Klaus Germer

DIE BLAUE LIBELLE

Alles frei erfunden.

Inhaltsverzeichnis

1.   Déja Vu

Als ich im düsteren Parkhaus des Hanseviertels in mein Auto steigen wollte, blickte ich in das schwarze Loch einer Pistole. Dahinter einer in einem Wegwerf-Maleranzug mit Plastiktüten an den Füßen und Latexhandschuhen. Der Zeigefinger seiner rechten Hand krümmte sich langsam.

"Verflixt und zugenäht", dachte ich, "das wird eng."

2.   Arbeitsende

Was tun, wenn man bei Klassentreffen mitkriegte, wie sich die Freunde über den Vorruhestand unterhielten und sich darauf freuten, die angesammelten Summen auf Fernreisen auf den Kopf zu hauen? Keiner wollte mir so recht glauben, dass ich bis zum bitteren Ende arbeiten müsste, weil sich in fünfundvierzig Erwerbsjahren einfach keine großen Reichtümer angesammelt hatten.

Die Jahre gingen ins Land und das Geld wurde nicht mehr. Die zu erwartenden Erbschaften waren schön und die Lebensversicherung nett, die würden uns aber auch nicht durch das gesamte Rentnerdasein bringen. Jedenfalls nicht, wenn man sich mal was gönnen wollte.

Es blieben Lotto oder ein Verbrechen.

Ich entschied mich für's Verbrechen.

Meine Strategie war einfach: Als unbescholtener *seriöser* älterer Herr würde ich mich in Bereichen bewegen, wo sich sonst nur einschlägig bekannte *unseriöse* Menschen tummelten, das würde ich ein paar Deals lang tun und hätte dann mein Alterszubrot zusammen. Ich würde vor keinem Abgrund zurückschrecken.

Grau ist alle Theorie.

3.   Autowerkstatt

Der Anblick des schönen Karmann Ghia veränderte alles.

Alles.

Ab jetzt gab es vor dem Karmann und nach dem
Karmann.

In der seltenen Hamburger Sonne stand er da. Und jeder
weiß: *Wenn* es in Hamburg schön ist, dann ist es *richtig* schön.

"Hübsch, was?"

Ich drehte mich um.

"Jim" stand in Schreibschrift auf seinem Overall. Darüber
ein südländisches Gesicht, aber nur ein bisschen.

Ich wieder: "Das war mein erstes Auto.
Neunundsechziger Karmann." Innen schon Gummischalter,
außen noch kleine Blinker und Rückleuchten. Das einzige Auto,
dass die Unterschrift seines Designers esstellergroß und stolz auf
der Motorhaube trug wie eine Schildkröte ihren Panzer. Die
Motorhaube war natürlich hinten.

Hamburg-Borgfelde. Hier arbeitete ich. Grob Hafennähe,
früher Arbeitergegend, deshalb bevorzugtes Bombenabwurfziel
während der Operation Gomorrha 1943. Alles kaputt. Nach dem
Krieg wurden nur die Häuser nördlich der Eiffestraße, der West-

Ost-Arterie vom Hauptbahnhof bis in die östlichen Vororte Hamburgs, wiederaufgebaut. In Richtung Süden blieb eine riesige Brache. Viel Platz, nichts drauf, irgendwann kam das Verkehrsamt, dann Führerscheinstelle, An-, Um- und Abmeldeabteilung und so weiter. Exporteure stießen dazu: Alte Volkswagen nach Ghana, alte Taxis in den Iran. Dann wie die Schmeißfliegen Firmen, die sich auf das Ausschlachten von Bussen spezialisiert hatten, Schilderdrucker, Übersetzer, Hinterhofwerkstätten, Speditionen, Polsterer. Und irgendwann ging's wieder nach oben: Auch Mercedes, Porsche, Jaguar hatten hier ihre eigenen Niederlassungen. Als neuestes Maserati, auf dem Hof des Nissan-Händlers.

Ich stand kurz vor der Pension, stromerte mittags lange durch die Gegend. Manche verlotterten Höfe sahen richtig romantisch aus, mit Autowracks wie schlafende Tiere. Ein Pole hatte sich darauf festgelegt, einen alten Benz auf den anderen zu stellen. Einige Plätze hatten bis zu zwanzig Briefkästen am Maschendrahtzaun neben ihrer Einfahrt hängen.

Manchmal ging ich auch auf die Höfe und sah mir einige besondere Schmuckstücke an. Einmal ließ ich prüfen, ob man den alten Opel meiner Mutter noch durch den TÜV bringen könnte. Könnte man, wäre aber zu teuer. Dann eher nicht. Der Chef hatte das Schwarze unter den Nägeln eingewachsen.

An der Süderstraße stand ich nun vor einer dieser typischen Werkstätten: Schmuddelig und unordentlich. Dabei wäre es doch ganz einfach, alles ein wenig einladender zu machen. Aber eines war an diesem Laden hier anders: Die ausgestellten Autos waren nicht ohne. Opels, Peugeots, natürlich VWs und die unvermeidlichen Mercedes', alle mindestens fünfzehn Jahre alt. Aber diese sahen halbwegs gepflegt aus. Als ob sich jemand um sie gekümmert hätte.

Er nickte. Wir redeten über den Karmann, er hatte mehr Ahnung als ich. Er schien mich zu mögen, das ging mir öfter so.

"Willst du 'n Kaffee?"

Alles gleich per Du hier. Ich folgte ihm in das staubige Büro.

Er ging an eine erstaunlich saubere Espressomaschine.

"Alte Autos, neues Leben." Ich las ihm vor, was auf der Rückseite seines klinisch reinen Overalls stand.

Er rollte mit den Augen.

"Wir sind mit dem Namen noch nicht durch. „'Wir hauchen Ihren Autos neues Leben ein' trifft den Kern eher, ist aber irgendwie langatmig."

Es roch nach fertigem Espresso, und er hielt mir eine saubere Hand entgegen:

"Cem, also Jim."

"Olaf."

Er war Mitte-Ende Dreißig, hatte braune Augen und dunkles welliges zurückgekämmtes Haar. Schlank und kräftig, ungefähr einen Meter achtzig groß. Autoverkäuferrolex. Sympathisch. Früher bestimmt Mädchenschwarm. Ein Menschenfänger.

"Zucker?"

Er hatte diese weiche Hamburger Sprachfärbung, wie Bierschaum, sympathisch. Büschen atemlos bei allem, was er sagte.

Ich schüttelte den Kopf.

"Du guckst dir 50 Jahre alten Karmann an und träumst von der guten alten Zeit. Ein Traum für Autohöker. Aber der ist schade schon vergeben." Er sprach ein bisschen komisch.

Meine einzige Begegnung mit einem Autohändler lag fünfundzwanzig Jahre zurück und war kompliziert. Am Ende hatte ich ihn beschissen und er war sauer. Immerhin.

"Wie oft hörst du, dass Menschen an ihr erstes Auto denken?"

Mit Pathos konnte man bei den Menschen aus dem Nahen und Mittleren Osten punkten.

Er verdrehte die Augen. Bei dem hier nicht.

Ich hielt es nicht mehr aus und fragte, was mich schon länger wurmte.

"Warum sehen diese Läden hier in der Gegend alle so verkommen aus? Wieso macht hier nirgends mal einer Ordnung, äußerlich?"

Er ging drauf ein: "Natürlich hast du Recht, aber ich bin eben nicht immer hier und habe keine Lust, Zeit mit Putzen zu verdaddeln."

"Außerdem haben wir noch einen Laden, Winterhude, der ist sauberer, da machen wir nur Einzelstücke fit, richtige Edelsteine. Da gehört der da auch hin." Er zeigte auf den Karmann. "Was machst du denn so?"

Ich erzählte es ihm.

"Wie alt bist du?"

Ich erzählte ihm auch das.

"Bist du selbständig?"

Ich verneinte.

Als ich sein Firmengelände verließ, hatte er mir ein Jobangebot gemacht. Als Innendienstleiter. 50€ die Stunde auf die Hand, Einzelheiten später.

Drei Tage später ging ich wieder hin, sagte zu.

Jim trug dieses Mal keinen weißen Overall, sondern einen schwarzen und dazu blankpolierte institutionelle Sicherheitsschuhe. Frisch rasiert, ordentlich gekämmt und seine Hände waren wieder sauber. Oder immer noch.

Aber Chaos im Laden: Er räumte und wischte auf seinem Schreibtisch herum, grinste mich an, machte eine Geste durch die Luft und legte los: "Bring hier System rein, innen wie außen."

Handschlag.

Vier Wochen später war ich offiziell im Ruhestand und fing gleich bei Atatürk an.

So hieß der Laden tatsächlich. Sein Vater, in den sechziger Jahren als blutjunger Landmaschinemechaniker aus der Türkei gekommen, war das Improvisieren gewohnt und konnte sich seine Stelle aussuchen. Der Autoexport fing gerade an, und Jims Vater stellte keine Fragen. Er fand eine Stelle, wo er über der Werkstatt wohnen und eine Familie gründen konnte. Später übernahm er den Laden, gab ihn an seinen Sohn weiter, aber wohnte dort noch immer. Mit seiner Frau. Über der Werkstatt.

Daher hieß die Bude weiterhin "Atatürk".

Später erfuhr ich auch den Rest: Jim wuchs mit einem nur unwesentlich älteren Bruder genau dort auf, sie hatten eine wunderbare Jugend. Weil der Alte immer davon träumte, das

Industriegebiet zumindest wohnlich zu verlassen, gingen sie im neutralen Winterhude aufs Gymnasium. Aber so richtig wollte dann doch keiner von der Familie dort weg, darum blieben sie. Sie hatten mit zehn ihre ersten Autos getunt, und sie waren beide gut darin. Jim wollte nichts anderes als Autos, sein Bruder war etwas schlauer:

"Bruder hör zu: Wir können beide Autos, aber ich kann auch Autos, wenn ich Arzt mache. Wenn du aber nur Autos machst, kannst du nur Autos."

"Ja Mann, aber wenn ich nur Autos mache, dann mache ich auch Knete, wenn du Doktor machst."

Beide hatten Deutsch Leistungskurs; beide mit überdurchschnittlichen Resultaten.

Nach dem Abitur trennten sich ihre Wege: Sein Bruder studierte Medizin, ergatterte ein Stipendium in Harvard und verliebte sich dort in eine lebenslustige Kommilitonin aus Kalifornien. Er folgte ihr und landete als Herz-Lungen-Spezialist in einer Privatklinik in Palo Alto.

Jim schlug nach dem Alten: Er machte sein Abitur, dann eine Lehre zum Automechaniker in einer auf alte Mercedes spezialisierten Werkstatt in Blankenese. Auf der Berufsschule lernte er Lisa kennen. Sie war die Tochter *der* Oldtimer-Koryphäe ganz Norddeutschlands. Er machte ihr, nicht nur deswegen, schöne Augen und landete tatsächlich bei ihr.

Lisa und Jim waren gleichzeitig fertig, und wollten sich gleich für die Meisterschule bewerben. Auf der romantischen Ebene ließen sie es ruhig angehen und trennten sich sogar für zwei Jahre. Stellten dann aber beide fest, dass das Gras auf der anderen Seite auch nicht grüner war. Vor allem Lisa, die sogar verlobt war und fast vor dem Traualtar gelandet wäre. Sie hatten aber in all dieser Zeit locker Kontakt gehalten, waren sich allerdings nur selten begegnet. Zudem hatte Lisa nach ihrer aufgelösten Verlobung eine Auszeit gebraucht und war mit einer Freundin ein halbes Jahr durch Australien gegurkt. In wechselnden alten Holdens...

Dann aber begann es wieder leicht zu glimmen und zu flimmern und auf der Meistersprechungs-Feier der Hamburger Kfz-Innung kam es zur Eruption. Zuerst ging Lisas Mutter zu Jim und gratulierte ihm. Er machte sie seinen Eltern und seinem extra aus den USA angereisten Bruder bekannt. Der raunte ihm zu: "Ich bin stolz, Bruder. Was ist Harvard-Doktor gegen guten deutschen Handwerksmeister, hm? Übrigens, was mit Lisa? Sowas lässt du gehen? Brauchst du Hinterkopf?"

Die einzigen, die der hausbackenen Feier konzentriert und stolz folgten, waren Jims Eltern. Sein Bruder hatte zwar schon mit 23 Jahren seinen ersten Doktortitel erworben und seine Eltern zur entsprechenden Zeremonie in Harvard eingeladen. Mit Business-Class-Flug und Luxushotel – das ging, denn er verdiente sich teils horrende Summen mit dem Service und Tunen der

Porsches und Corvettes seiner high-society-Mitstudierenden hinzu. Aber das hier war etwas anderes. Ein Deutscher Meisterbrief!

Jims Eltern waren nicht sehr gebildet und sprachen auch nach vierzig Jahren Hamburg kein fehlerfreies Deutsch. Aber sie hatten beide eine gehörige Portion Mutterwitz; gepaart mit einer wuchtigen Prise Bauernschläue ergab das eine explosive Mischung, die jedes gesellige Beisammensein zum Vulkan machte. Die Partys auf dem Hof und in den Hallen der Werkstatt waren in den Kreisen von Jims Schulfreunden legendär. Noch Jahre nach dem Abitur ließ jeder seiner alten Freunde seine Eltern grüßen.

All dies war Lisas instinktsicherer Mutter nicht entgangen, die Gedankenfolge vom herzlichen Händeschütteln mit Jims Eltern bis zum endgültigen Heranwinken ihres eher ruhigen Mannes muss etwa so abgelaufen sein:

‚Ach da ist ja Jim – gut sieht er aus – verdammt gut – warum hat der Lisa denn ziehen lassen – ach nein, *sie* hat sich ja von *ihm* getrennt – ist das sein Bruder – wow – und oh je, seine Eltern – sehen ja ein bisschen verhärmt aus – sein Vater kommt heran – er gibt mir höflich die Hand und lächelt – ach ist der süß – gratuliert mir zu Lisa – ich fasse es nicht – und seine Mutter – trägt eine Cartier – ob die echt ist – ja die ist echt – Gold – hier ist der Bruder wieder – war der nicht Arzt – die Mutter lacht – alle lachen

– Lisa fühlt sich wohl bei denen – sehr wohl – so wohl – wo bleibt denn... - ach da ist er ja – das macht Spaß - vielleicht können wir ja noch...'

Jims Bruder hatte ihn während der allgemeinen Begrüßungsorgie kurz beiseite genommen und zuerst verstand Jim ihn nicht, sprach er englisch, ach nein, es war Schriftdeutsch, das sprach er mit ihm sonst nie:

"Pass auf Bruder, das braucht jetzt eine ordnende, eine starke Hand, ich helfe dir, du musst dir diese Frau jetzt ein für allemal sichern, hast du das verstanden?"

Jim nickte schwer atmend.

"Mein Vorschlag: Wir gehen alle irgendwohin, ok?"

Jim nickte nochmals.

"Ok, ich checke ab wie wo was und ob alle wollen; die wollen, das sage ich dir, und du bringst das mit der Frau über die Bühne, ich will euch nie wieder getrennt sehen, ist das klar? Hast du mich verstanden?"

Nun hatte auch Jim selbst erkannt, dass hier eine Chance lag, und er wäre auch von allein auf die Idee gekommen, dass hier Großes dabei war, zusammenzuwachsen. Dieser letzte Schubser seines Bruders half ihm, zu fokussieren. Er nickte nochmals.

"Ok, ich mache das jetzt."

"Gut. Und hör auf, mit Fingern so in Tasche rumzufummeln, was sollen Leute denken?"

Sein Bruder rutschte wieder in ihren üblichen Sprachduktus, für ihn war das erledigt. So wie Alfred Hitchcock Filme drehte: Alles im Kopf fertig, kurz umsetzen, nächstes Projekt.

Jim setzte alles auf eine Karte: Er ging zu Lisa, griff sie am Ellenbogen und steuerte sie aus dem Quirl von Menschen und Geschnatter, mittendrin seine über das ganze Gesicht lachenden Eltern, in etwas ruhigere Gewässer.

"Ist das nicht süß, unsere Eltern verstehen sich prima, und dein Bruder lädt uns alle, hinterher, mit allen meinen Schwestern, schade, dass der schon vergeben ist..."

"Willst du mich heiraten?"

"...ein, er checkt gerade...was?"

"Wollen wir heiraten?"

Es war wie im Film, er sprach sehr laut, abgehackt, um seinen Drei-Wörter-Text nicht durcheinander zu bringen, aber doch höchst präzis in genau dem Moment, in dem alle anderen halbwegs ruhig blieben, er hob die letzte Silbe unnötigerweise soweit an, dass sie nach dem Fragezeichen grollend zu Boden glitt und sein donnernder Antrag, so unausgegoren er auch sein mochte, wurde von allen als mutige Heldentat anerkannt. Wer schreit, hat Recht.

Die versammelten Großfamilien, und mit ihnen einige andere Meisterfeierer, die das ganze Theater mitbekommen hatten, schauten erst Jim fragend an, dann Lisa, nach dem Grollen. Dann wieder Jim. Wie beim Tennis. Jim fummelte ständig mit irgendwas in seiner Hosentasche herum. Lisa hatte erst einen hochroten Kopf bekommen, auf dem machte sich dann aber schnell ein triumphierendes Grinsen breit. Ihre Augen fingen dann doch etwas zu schimmern an, und ihr schöner, roter, leicht breiter Mund öffnete sich:

"Ja!", schrie sie, "Na klar!" und betrachtete erstaunt, fast zärtlich, das Gebilde, das Jim aus seiner Tasche zog: Einen in letzter Sekunde aller Schlüssel beraubten Schlüsselring, den er ihr unfallfrei über ihren linken Ringfinger schob.

"Dann nimm das als Beweis meiner Treue und Redlichkeit!"

Und das war's.

Danach ging's in den Hafen, wo Jims Bruder über einen befreundeten BMW-501-fahrenden Facharzt einen Tisch für zehn mit Elbblick ergattern konnte.

Alle lagen sich in den Armen und hatten eine tolle Zeit.

"Bruder, so geht Drama."

Sein Bruder lehnte mit ihm am Geländer der Terrasse, unter ihnen die Elbe, und schnorrte einen Zigarillo.

"Hätte nicht gedacht, dass du extrem gehst. Hut ab. Auch tolle Rede Mann: 'Treu und redlich.' Und nun?"

Jim lachte.

"Ich zieh durch, Alterchen. Hab Vater gesprochen, nochmals ordentlich Hand angehalten."

"Bruder. Meine Ehrfurcht wächst."

Und so wurden zwei Familien mit Benzin im Blut zusammengeführt und es kamen zwei Töchter hinzu, Mercedes, klar, und Isabella, und Lisa und Jim führten zwei Werkstätten. Sie die elegante Oldtimergarage ihres Vaters in Winterhude und Jim das Gewusel in Borgfelde.

All dies erfuhr ich im Laufe von Wochen und Monaten, Stück für Stück.

Zum Beispiel, dass der Name „Atatürk" für eine gewisse Beunruhigung in Islamisten-Kreisen in Hamburg sorgte, das verlief aber dann irgendwie im Sande.

Dass es durchaus eine Art Mafia in Borgfelde gab, die aber ebendieser Werkstatt hier nicht so wirklich etwas anhaben wollte oder konnte. Oder nur kaum.

Wie auch immer, mein neues Leben begann, als ich morgens um acht bei Jim auftauchte und in die Feinheiten meines neuen Jobs eingewiesen wurde:

„Komm wann du denkst, geh wann du denkst, sag nur Bescheid. 50€ die Stunde cash, Lohntüte einmal die Woche, schreib bitte jede Stunde auf. " Und dann: „Autos haben wir genug, wir haben mehrere Wechselnummern, nimm dir, was du möchtest, aber sprich das mit dem Boss ab."

Der „Boss" hieß Volkan, war zwei Meter groß und wirkte immer mürrisch, hatte aber, gemäß Jim, „Mechaniker-Zauberhände und alle respektieren ihn, da gibt es nie Ärger im Shop und mit Kunden." Er wurde im Laufe der ersten Wochen mein ständiger Ansprechpartner und Ratgeber.

Ich wurde in der Werkstatt als „Olaf, neuer Innendienstleiter" vorgestellt, ich gab allen die Hand, man war per Du, Geschäftssprache war Deutsch und als zweites, was mich wunderte, Englisch.

„Wir sind immer zehn Mann hier, zwei Deutsche, Volkan und ich, ach nee, drei, du ja auch, das sind elf in toto, ein Palästinenser, ein Ghanaer, ein Südafrikaner, ein Russe, ein Japaner, ein Kolumbianer, ein Türke und ein Finne, der macht Mechatronik. Plus Hiwis für Verschiffungen plus alles das, was du für nötig hältst, Putzfrau, Catering, Juwelier?"

Jim lachte, Volkan nicht.

„Hiwis?"

„Wenn wir eine Ladung was auch immer nach zum Beispiel Uruguay fertig machen, dann holen wir uns ein paar, die spanisch sprechen, auch wegen der Papiere. Oder wenn irgendeiner zehn absolut identische Ladas haben will, dann brauchen wir Russen. Ansonsten machen wir hier ausschließlich Autos fertig; alte neu, kaputte heil, rote grün, ohne TÜV mit, bauen ein, bauen um, von Smart bis Bulli. Porsche bis Maserati. Sogar Tesla, darum Heikki, der Finne. Keine LKW, keine Mopeds. Wir können auch alt, aber das geben wir Lisa."

Ich machte meine Runde und stellte schnell fest, dass sich trotz des Nationengemischs so etwas wie eine gemeinsame Sprache, oder sagen wir Kommunikation herauslas. Irgendein frecher Kerl zeigte auf meine grauen Haare und nannte mich, auf deutsch, „Alter Mann", und das sollte an mir hängen bleiben. Lange.

Zu meiner Erstausstattung gehörte ein neues MacBook, mit dem ich allerdings keinerlei Zugriff auf irgendetwas hatte sowie ein alter aber penibel gesäuberter und innen wie neu aussehender Opel Corsa.

„Hat Bluetooth, neue Maschine, Klima und bleibt erstmal deiner, wenn zu klein oder was Cooles brauchst, sag Bescheid", brummte Volkan und gab mir mit einer fast zärtlichen Bewegung die Schlüssel.

Ich machte mich an die Arbeit.

Nach drei Monaten durchgehender Sechzig-Stunden-Wochen lud Jim mich zu sich nach Hause ein.

„Irgendwas Besonderes?"

„Nein, wollte nur mal in Ruhe mit dir über alles reden, in der Firma hat man ja keinen Frieden."

Und das stimmte, wir sahen uns zwar fast täglich, aber meine Arbeit war für ihn etwas unter der Sichtachse.

Er wohnte in der Oderfelder Straße in Eppendorf Ecke Harvestehude in einer traumhaften Penthouse-Wohnung mit Blick.

Wir standen auf seinem Balkon und bewunderten die Aussicht.

„Gleich da drüben, auf der anderen Straßenseite, wohnt Murat, den kennst du doch auch."

Murat war sein bester Freund seit Kindertagen, sie waren zusammen aufs Gymnasium gegangen und Murat kam mindestens zweimal die Woche vorbei. Mal nur für einen Kaffee, mal für fachliche Dinge. Er fuhr einen mittelalten Benz, den er zu jeder Jahreszeit in perfektem Neuzustand haben wollte.

Volkan verstand das nicht: „Kann sich alles leisten, steckt aber Höllengeld in alte Schleuder. Weißt du, was Frau fährt?"

„Nein, was?"

Aber Volkan hatte das Interesse an diesem Thema verloren und wandte sich wieder einem Vergaser zu.

So war es mit Volkan.

Wir standen auf Jims Balkon? Terrasse?

„Wir nennen das ‚Deck', wie die Amis. Eine Porch wäre zwar cooler, aber Deck geht auch, Alter Mann."

Immer komplett „Alter Mann", alle. Fast alle. Nie in englisch oder sonst einer Sprache, nie nur „Alter" oder hamburgisch „Aller" oder „Oller", nein: Immer komplett respektvoll „Alter Mann". Für mich war das ok. Hauptsache ich kam nicht ans andere Ende dieses furchtbaren "Digga", welches einem in Bus und Bahn ständig um die Ohren flog.

„Olaf, wie schön!"

Lisa kam angeschneit. Wie immer mit einem Auftritt wie eine A-Prominente, die bei einer Gala einen Riesenscheck an eine Wohltätigkeitsorganisation überreichen soll. Sie war der Hammer und sprach mich immer mit meinem richtigen Namen an.

Sie umarmte mich herzlich, während sie schon oder noch Anweisungen in den Raum schmiss: „Ich esse jetzt was mit euch, dann düse ich zu diesen Leuten da und die Mädels schlafen bei meinen Eltern und nehmt euch auch Nachtisch und Jimmy…"

Jimmy? Ich guckte ihn an. Er verdrehte die Augen. „…morgen sind wir bei deinen Eltern und dann, warte mal, wann war noch mal…?" Ihr Mund blieb offen, während wir uns voneinander lösten.

„Wann war was?"

„Egal – kommt Küche, essen."

Die Küche war komplett verglast und hatte in der Mitte als Tisch eine alte Werkbank aus irgendeiner Werkstatt aus den Fünfzigern, die so sauber aussah, dass man sein Essen direkt von der Tischplatte lecken würde.

„Der berühmte Tisch!"

„Ja. Hochzeitsgeschenk von meinem Bruder, den hat er irgendwo im Mittleren Westen aufgegabelt. Da steckte ein Beil derart fest drin, dass zwei Mann daran zerren mussten, um es da raus zu kriegen."

Lisa kaute und wollte schon wieder loslegen, aber Jim hob nur kurz die Hand und erzählte seine Story zu Ende.

„Und dann war es raus und da war dieser Spalt und was machen wir mit dem, haben wir uns gefragt, na ja, und dann haben wir den mit Messing gefüllt, und da ist was drin, das sagen wir aber nicht."

Jeder wusste, dass in dem Spalt der Schlüsselring war, den Jim Lisa als Spontan-Verlobungsring angesteckt hatte, während sie eine exakte Replika dieses Schlüsselrings aus Platin an der linken Hand trug.

„Würde sogar als Schlüsselring funktionieren," hatte Volkan mir in einem seltenen Anfall von Schwatzlust zugeflüstert.

„Genau", Lisa war fertig mit Kauen und konnte der Geschichte nichts hinzufügen. Gute Story.

Sie war sehr groß, breitschultrig und nicht wirklich gertenschlank, eine Erscheinung, die jedem Raum Erleuchtung gab. Sie war nicht superschlau, und ihr Riesenvorteil war, dass sie genau das wusste. Jedem war aber klar, dass sie ein Genie mit Autos war, sie kannte die Geheimnisse jedes für sie relevanten Motors, also mindestens fünfzig Jahre alt. Und dabei sah sie trotz täglicher Schrauberei an Motoren, meistens sogar am Offenen Herzen, immer sauber und rein wie ein frisch geduschtes Landmädel aus.

„Wie machst du das?"

„Immer Handschuhe aus Baby-Geißenleder. Hauteng. Die armen Tiere."

Wir aßen von ihr höchstpersönlich zubereitete Sandwiches und tranken alkoholfreies Craftbier. Jim trank überhaupt nicht, Lisa nicht mehr, seit eine ihrer Schwestern im

Vollrausch einen kapitalen Verkehrsunfall mit drei Toten verursacht hatte und seitdem querschnittsgelähmt und psychisch und finanziell ruiniert im Rollstuhl saß.

Sie fragte mich über meine Kinder aus und meine Frau und dass man sich ja mal kennenlernen müsse, und nach einer Stunde sprang sie auf und düste ab. Sie musste einem Kunden die Vorzüge einer Vollbehandlung seines sechsundfünfziger SL (Flügeltüren) in ihrer Werkstatt schmackhaft machen.

„Das kostet sechsstellig", sagte Jim und wir lauschten dem satten aber dennoch unaufdringlichen Sound ihres siebenundsechziger SL (Pagode), als sie drei Stockwerke unter uns vom Hof fuhr.

„Die Garagen da unten waren fast so teuer wie die ganze Bude hier."

Jim lachte wieder und blinzelte mich freundlich an.

„Jetzt mal im Ernst, Jim, wie bleibt sie immer so sauber? Ich mache mich schon dreckig, wenn ich nur mal mein Fahrrad aufpumpen muss."

„Ist ihr Ding, in jahrelanger Kleinarbeit hat sie sich abgewöhnt, schmutzig zu sein. Sie hat was gegen Schmutz, Staub, Spinnweben, Unordnung – guck dich doch nur mal um hier."

„Na, wenn man deine Bude so sieht, dann ist da wohl nicht viel abgefärbt."

„Das stimmt, aber sie hatte auch schon durch ihren Alten von klein auf eine andere Klientel. Du weißt ja, dass sie ihre Kunden meistens im Arztkittel empfängt, Jeans darunter, weiße Schuhe, Brille mit, man könnte denken, Fensterglas – aber, pst, das stimmt nicht! Meistens hat sie sogar ein Stethoskop umhängen und viele Stifte in den Brusttaschen."

Das hatte ich auch schon mal gesehen, als ich in ihrer Werkstatt, die sie wechselweise und meiner Meinung nach nur im Halbspott „Studio", „Kanzlei", Praxis" oder auch schon mal „Institut" nannte, etwas abholen sollte. Ärztekittel mit dicken silbernen Knöpfen, nur stand „Lisa" auf der Brusttasche und darunter klein ihr Logo, ein stilisierter SL (Flügeltüren), das war auch auf dem Rücken, wie ein großes Tattoo.

„Mit dem macht sie immer eine Show und horcht den Motor im Standgas ab."

„Hört man da was?"

„Sie ja, sagt sie…"

Wir schwiegen einen Moment.

„So, Alter Mann, der Grund unserer Zusammenkunft, ich wollte ein Quali-Gespräch mit dir führen. Doppeltes Feedback sozusagen."

Bei „Quali" hatte ich mich verschluckt, und wir lachten die Sache zusammen weg und kamen gleich zur Sache: „Fang mal an, was hast du gemacht bisher, was sind deine Ideen, gefällt es dir? Genug Geld hast du ja verdient…"

Das hörte sich nicht wie ein Vorwurf an, was auch unfair wäre, denn ich hatte zwar bisher gute vierzigtausend Euro verdient, ihm aber auch eine Menge Profit eingebracht.

Nachdem ich sein Büro aufgeräumt und umgestellt und neu organisiert hatte, hatten wir schon etwas Grund in der Sache. Ich heuerte eine Crew zum Grundreinemachen an und renovierte. Alle Ausgaben ließ ich mir von Jim genehmigen, seine erste Frage war immer: „Wieviel?"

Es war immer okay.

Nach innen kam außen dran – alles Kaputte wurde repariert oder entfernt, das Gelände gereinigt und bepflanzt. Das rostige Tor vom Rost befreit, gestrichen, das Firmenschild geputzt und angeleuchtet, dann ließ ich die auf dem Hof stehenden Autos ausrichten.

Dann die Werkstatt: Außen war sie plötzlich blütenweiß, das Rolltor wurde generalüberholt und erhielt eine Beschriftung analog zu dem „Atatürk" auf dem Firmenschild. Einmal dabei, ließ ich Visitenkarten, Briefpapier, Notizzettel und sonstigen Kleinkram mit dem Schriftzug bedrucken, dann Kittel, Overalls, kaufte T-Shirts und Polohemden.

„Corporate Design, Volkan."

Innerhalb der heiligen Hallen war es schwieriger, denn ans Werkzeug durfte ich den Jungs nicht. Ich ließ sie in dem Glauben, dass sie weiterhin das Sagen hätten und drehte die Bude sanft in meine Richtung: Besorgte altmodische Werkzeugwagen und peppte die Wände mit themenlastiger Neonwerbung und alten Blechschildern auf. Ich ließ den Betonboden mehrfach mit ultraresistentem Speziallack versiegeln, so dass er immer wie nass aussah. War trotzdem rutschfest. Alle waren begeistert. Den vereinzelten Vorwurf, Atatürk sähe jetzt aus wie ein Hipster-Friseur, ließ ich elegant an mir abperlen.

Da ich all diese Arbeiten delegierte und den Mechanikern nur selten in die Quere kam, und wenn, sofort angeranzt wurde: „Was ist dein Auftrag, Alter Mann, lass mich Arbeit!", blieb genügend Zeit, die Organisation der einzelnen Abläufe unter die Lupe zu nehmen.

„Prozesse, Volkan, wir müssen prozessorientiert denken."

Ich richtete ein Auftragsbuch mit Terminkalenderfunktion ein, welches auf einem großen Bildschirm in die Halle gespiegelt wurde. Wir gewannen Zeit und Jim holte Aufträge ins Haus. Unglaublich, wen er alles kannte. Und wer von denen wieder jemanden kannte. Ich bin nie dahintergekommen, woher genau Großaufträge für Afrika, Mittelost oder Russland kamen, plötzlich waren sie da. Nach zwei Monaten hatten alle mein System besser verstanden als ich selbst, was mich natürlich hin und wieder alt aussehen ließ: Vertraute ich dem Russen, so bellte mich der Finne an, und Volkan musste mehr als einmal schiedsrichtern und mich in die Tücken der Zeitvorgaben bei Reparaturen oder Umbauten einweisen. „Prozess, Alter Mann, immer an Prozess denken. Prozess plus Zeit ist Erfolg."

Nun verdrehte ich die Augen.

Aber es wurde, und alle merkten es. Jim hatte überall Freunde und Bekannte, kannte Gott und die Welt, Murat kam oft vorbei und sorgte dafür, dass wir noch mehr Aufträge bekamen. Er war immer freundlich, fragte, ob Jim mich gut behandelte und raunte: „Alter Mann, wenn du hier fertig bist, dann komm zu mir, ich habe immer kleine ‚Rentner-Jobs'."

Das war nur Halbspott.

Und tatsächlich, nach drei Monaten war die Aufgabe soweit erledigt, dass es nur noch ums Erhalten ging. Mein Job war getan.

„Einiges kann man noch verbessern, aber mit einer festangestellten Bürokraft solltest du hinkommen."

Wir hatten das schon besprochen und ich hatte ihm vorgeschlagen, die Suche in Lisas Hände zu legen.

„Warum?"

„Mach mal so, echt. Wart's ab."

Und tatsächlich: Lisa fand eine Bekannte, die den Job machen wollte und vor allem konnte. Sie hatte ihren Frühling schon überschritten, war aber in Ehren ergraut und somit kein Fressen für die multinationale Mechaniker-Meute, die ihr Respekt erwies und manchmal sogar die Tür aufhielt.

Lisa jetzt: „Olaf, du denkst doch wohl nicht, dass ich eifersüchtig bin, oder?"

Sie hatte einen Adenauer-Mercedes in Wedel abgegeben und mich gebeten, sie dort abzuholen und in ihre Werkstatt zu bringen.

Ich, scheinheilig: „Nein, wieso?"

„Guter Schachzug, mich die Bürokraft aussuchen zu lassen. Nicht blöd."

„Olaf, der Frauenversteher."

Sie lachte.

Arztkittel, Stethoskop, Jeans, barfuß in weißen Birkenstock-Flipflops. Die langen blonden Haare zu einem Pferdeschwanz zusammengebunden.

„Ich weiß, ich sehe aus wie aus einem Schwesternporno, aber glaub mir, das wirkt."

„Lisa, mal was anderes…"

„Was?"

„Murat."

„Was ist mit ihm?"

„Der ist doch Jims bester Freund."

„Seit Ewigkeiten, ja."

„Was macht der eigentlich?"

„,Dienstleistungen' nennt er das. ,Service aller Art'. ,Beratungen' – so genau weiß ich das nicht. Hat Spielhallen, ist an Reinigungen beteiligt, tief in der Türken-Community verwurzelt, tiefer als Jim. Anders. Hat Jura studiert. Warum fragst du?"

„Er hat mir angeboten, bei ihm mal reinzugucken, wenn ich bei Jim fertig bin. Hätte was für mich."

„Pass auf, Olaf: Murat ist ein Supertyp, als Freund. Er hat uns allen schon geholfen, sogar meinem Vater, als der mal Probleme mit einem Kunden hatte. Wenn dir einer irgendwie blöd kommt, nicht bezahlt oder sonstwie – geh zu Murat. Er ist nett, witzig und großzügig, lieb zu seiner Frau, ein toller Vater, und die Story seiner Kinder ist wirklich heftig. Man kann sich immer auf ihn verlassen. Als Freund."

„Aber?"

„Sagen wir so: Ich möchte nicht auf der gegenüberliegenden Seite stehen, verstehst Du?"

„Ja. Das verstehe ich."

Jim war zwar absolut sauber, aber ab und an kamen schon merkwürdige Gestalten auf seinen Hof. Die sahen dann nicht immer den lustigen, zuvorkommenden Jim, aber alles in allem ging es immer nur um Autos. Wir schweißten keine Drogen in Querträger und steckten keine Leichen in Kofferräume. Zumindest hatte ich das nie gesehen.

„Lisa, was sagt dein Gefühl: Soll ich bei Murat mal vorbei gucken, hören, was er mir zu sagen hat?"

„Mach das, er respektiert Jim zu sehr, als dass er dir schaden wird, denn Jim hält große Stücke auf dich. Aber zwei Sachen: Pass auf, wenn du Freundschaft und Geschäft vermischt."

„Und zweitens?"

„Pass auf, wenn du Geschäft und Freundschaft vermischt. Murat ist ein Freund der alten Schule."

Und dann waren wir an ihrer Werkstatt. Sie drückte mir einen Kuss auf die Wange, bedankte sich und entschwand. Ich war mir nicht sicher, ob sie Jim von unserer Unterhaltung erzählen würde, und ich war nicht sicher, ob ich das wollte...

4.   Neue Karriere

Ich traf Murat an der Außenalster. Wir saßen auf einem Steg, tranken Gin Tonics und ließen uns die Abendsonne ins Gesicht scheinen. Das ging auf dieser Seite nämlich.

"Pass auf, lange Rede kurzer Sinn, wir reden jetzt etwas um den heißen Brei, du verstehst, und wenn wir uns nicht einig werden, dann vergisst du das alles wieder und es ist nichts angebrannt, okay?"

"Ja."

"Und wenn nicht, dann erzähle ich dir etwas mehr, ok?"

"Ja."

"Dann kannst du aber nicht mehr zurück, hast du das verstanden? Ich sage dir Bescheid, sobald der point of no return kommt, ok?"

"Ja."

"Aber zuerst will ich von dir etwas wissen."

Er war so alt wie Jim, Mitte dreißig. Einsfünfundsiebzig, perfekte Figur: Breite Schultern, kräftige Gliedmaßen, kompakt. Grüne Augen und dunkelbraune Haare, was auf eine Herkunft außerhalb Anatoliens schließen ließ, aber da verfing ich mich vielleicht in einem Vorurteil. Er sprach auch mit Hamburger

Zungenschlag, aber etwas feiner und raffinierter als Jim. Er war wie immer perfekt hanseatisch gekleidet – dunkle Hose, offenes maßgeschneidertes Hemd, teuer aussehende Budapester. Ich habe ihn später mal gefragt, ob die auch maßangefertigt seien, und er nickte nur. "Pferdeleder?" - "Ja. Immer."

"Du weißt ja so ungefähr, was dich erwartet?"

Es war sinnlos, das abzustreiten.

„Ich frage mich: Warum?"

Mein Übergang in das Rentenleben wäre finanziell gesehen zwar keine Katastrophe, der uns lieb gewordene Lebensstandard würde sich aber verändern. In unseren Dreißigern, das dritte Kind war gerade geboren, hatten wir uns ein Haus gekauft, die Zuschüsse für kinderreiche Familien waren großzügig, aber nur für selbst genutzte Immobilien. Dann aber lockte das Abenteuer, wir gingen ins Ausland, vermieteten das Haus, die Zuschüsse blieben aus. Als wir uns nach fünfzehn Jahren entschieden, die Bude zu verkaufen, stellte ein Gutachter schwere Substanzschäden fest, die Minderung beim Erlös war bitter und fraß unser im Ausland Erspartes auf. Für neues Eigentum war es nicht zu spät, aber da einer meiner beruflichen Vorteile meine Ortsungebundenheit war, zogen wir vor, zur Miete zu wohnen. Das gegenüber einem Kauf gesparte Geld legten wir dann in Urlaube und luxuriöse Begleiterscheinungen an, nicht in Festverzinsliches.

Als junger Mann war ich gern gesegelt, aber meine Frau, obwohl an der Küste aufgewachsen, fühlte sich auf dem Wasser mit kleinen Kindern nicht wohl, so dass ich dieses Hobby ruhen ließ. Als die Kinder aus dem Haus waren, gab sich ihre Scheu aber, sie machte sogar einen Segelschein, und so schafften wir uns einen Segelkutter an, zu irgendwas mussten diverse Abfindungen ja gut sein. Wir nannten das Schiff natürlich „Die Blaue Libelle" und vercharterten es zeitweise, wodurch es sich fast selbst finanzierte. Aber wie man es auch drehen und wenden mochte, regelmäßige Zuwendungen kämen gut an.

All dies erzählte ich Murat. Er nickte.

"Das hatte ich mir so gedacht. Du musst nicht, aber du willst dir was dazu verdienen, um es schön zu haben. Da ist nichts wirklich Großes, oder? Keine Kredithaie auf deinen Fersen?"

"Nein. Alles genauso, wie ich es dir eben erzählt habe."

"Kein Problem, hör zu."

Und ich hörte zu.

Als er sagte, "So, nun ist der Punkt, an dem..." gestikulierte ich, dass er weiterreden solle. Er hob leicht die Brauen, nickte und sprach weiter.

Zunächst sollte ich nach München fliegen und einen Karton Pralinen bei einer Adresse in der Au abgeben. Morgens hin, abends zurück. Fünfhundert Euro, in bar.

Ich ging davon aus, dass ich bei diesem Botengang beobachtet wurde. Und ob es wirklich nur Pralinen waren?

Mit der zweiten Vermutung lag ich daneben – es handelte sich nicht um einfache Pralinen, sondern um eine Sonderedition Lübecker Marzipans, mit dem man einen Geschäftspartner erfreuen wollte. Der Mann war happy. Auftrag erledigt.

Mein Plan, mit weiteren Einsätzen unsere Portokasse aufzupeppen, ging schnell auf. Sehr schnell. Ich erledigte diverse Botengänge, die alle nur scheinbar sinn- und zusammenhanglos bezahlt wurden: Mir wurden zwar immer acht- und zwanglos diverse Scheine zugeworfen, mal von Geldscheinrollen abgepellt, mal zerknüllt aus Schubladen gefischt, aber es steckte System dahinter, was Murat und sein Team (das später von mir nur halbspöttisch so genannte "Management") mir zusteckten. Meine Aufgaben wurden mit fünfhundert bis tausend Euro entlohnt und fanden einmal pro Woche statt. Zuerst verstand ich die Staffelung nicht, aber sie war klar zeitlich begründet. Fünfhundert Euro war der Mindestlohn, tausend das Maximum für einen Tag Arbeit. Übernachten musste ich anfangs nirgends. Ich hatte jederzeit die Möglichkeit, "nein" zu sagen, Gründe wurden nicht hinterfragt.

Meine Frau hatte sich noch nie um unsere finanzielle Situation gekümmert - das kam mir jetzt gelegen. Unauffällig füllte sich meine Schreibtischschublade, das Konto rührte ich kaum an. Es wuchs langsam, denn ich bestritt unseren täglichen Ausgabenbedarf möglichst cash.

Nach drei Monaten lud mich Murat zu einer "Besprechung" ins Fischereihafenrestaurant ein.

Als wir beide in Chinos und blauen Blazern an unseren Plätzen mit Elbblick saßen, kam ich mir vor wie ein Vater, der seinem Sohn zum abgeschlossenen Studium ein Essen spendiert.

Murat machte aber wie immer schnell klar, wer in dieser kleinen Runde das Sagen hatte.

"Alter Mann, ich bin zufrieden mit der Gesamtsituation und würde gern einen Gang hochschalten – bist du dabei?"

"Klar, gib mir, was immer du hast, Murat," antwortete ich und hatte mein Schicksal damit besiegelt.

Murats Organisation war weit und breit gefächert, das hatte er mir bei unserem Treffen nach dem point of no return erzählt – vom Rauschgifthandel in großer Dimension über Autoschiebereien, Handel mit Luxusuhren, egal ob geklaut oder gekauft, Menschenhandel, Arbeitsvermittlung bis hin zu den Bettelbanden und Pfandsammlern, er war überall. Angeblich hatte er sogar einige Gangster-Rapper auf der Gehaltsliste.

Noch mehr beeindruckte mich die halb- bis vollständig legale Seite seines Geschäfts: Dönerstände und Friseure inklusive, neuester Schrei, Bartstudios, Barber, Barbiere und so weiter,

Kioske und Reinigungen, Restaurants und freie Supermärkte - für sein Portfolio war ihm nichts zu schade. Er verdiente an nahezu jeder Taxifahrt in Hamburg mit, kassierte in Kneipen und Restaurants, Shishabars und obskuren Clubs ab. Er hatte überall seine Finger drin, nur in einem nicht: Prostitution. Er machte nie schmutzige Scherze über Frauen, und übrigens auch nicht über sexuelle Minderheiten, oder behandelte sie schlecht. Er folgte dem gleichen Kategorischen Imperativ wie ich früher: Verhalte dich immer so, als säße deine Frau neben dir.

Gut – kein Sex, dafür jede Menge Drogen, Waffen, Schutzzahlungen, Verschieben von Dokumenten, Schmuggel, Drohungen, Fälschungen, Betrug, Geldwäsche, Inkasso und so weiter und so fort.

Gut für mich, denn mein Verdienstspektrum erweiterte sich kolossal: Ich trug nun nicht mehr nur Pralinen und Briefumschläge durch Deutschland, sondern wurde international eingesetzt. "Kataloge" nach London, "Schriftsätze" nach New York, "wichtige Dokumente" nach Dubai – ich machte alles und wurde nun auch besser bezahlt. Ein steter Fluss an Bargeld schwappte zu mir herüber - hohe vierstellige Summen für maximal zwei Tage Arbeit waren nun die Regel. Dazu Business-Class-Flüge und Übernachtungen in Luxushotels.

Ich wusste nie, was genau ich transportierte. Ich nahm irgendwann an, dass Murat über ein weltweites Netz von

Kontakten verfügte, die mittels Codes miteinander kommunizierten. Und diese Codes wurden von Kurieren durch die Welt geschippert. Was sonst sollte ich in Los Angeles oder Tokio oder Algier? Ich sollte es nie erfahren. Ich wurde nie aufgefordert, meine Tasche zu öffnen, warum auch: Ich schleppte nur Papier. Belanglos bedrucktes Papier.

Außerdem saß ich nun bei einigen Management-Treffen dabei und kam zunehmend mit der mehr physischen Seite des Geschäfts in Berührung: Ich wurde Zeuge mehrerer übelster psychischer und physischer Misshandlungen. Murat vertrat die Auffassung, dass psychisch besser geeignet ist, den Willen der Unwilligen zu brechen. Ich war schon fast beruhigt, bis ich dann sah, wie schnell er gewillt war, seine Meinung zu ändern. Wo gehobelt wird, fallen Späne. Wenn du die Hitze nicht verträgst, hau aus der Küche ab.

Bei all dem war mir nie klar, ob mich alle aus diesem Kreis akzeptieren würden. Ich wurde zwar nie abgetastet, aber ich war sicher, dass es irgendeinen Scanner gab oder anderswie garantiert wurde, dass keiner Mikrofone am Leib hatte. Ich saß dabei, hörte mir alles an und erledigte meine Aufgaben, teils unter Personenschutz, als sich durch einen eher beiläufigen Zufall weitere Verdienstmöglichkeiten auftaten:

Ich war mit einer Gruppe von Murats mittlerer Riege unterwegs, um eine Lieferung abzuholen. Ich vermutete, dass es sich dabei um Kokain handelte, es hätten aber auch Edelsteine, wertvolle Uhren oder eine Waffe sein können, das wusste man nie.

Wir brachten das Geschäft über die Bühne, erhielten ein Paket von der Größe eines halben Schuhkartons und gingen damit zu unserem Auto. Plötzlich tauchte aus dem Nichts ein Schatten auf, riss uns das Paket aus den Händen und haute ab.

Ich war seit diversen Rückenverletzungen in meinen Dreißigern immer gelaufen und schaffte trotz meines fortgeschrittenen Alters einen Halbmarathon noch in knapp zwei Stunden. Ohne viel Nachzudenken lief ich dem Drecksack hinterher. Es dauerte nicht lange und er war außer Atem, ich hatte ihn eingeholt und wartete auf die Kollegen, die das Paket an sich und den Unglücklichen in ihre Mitte nahmen.

"Gut gemacht, Alter Mann, und nun mach dir 'nen schönen Nachmittag, deinen Platz im Auto brauchen wir für den hier."

Konkretes gab es nicht, aber die Gerüchte hörten sich nicht gut an...

Das machte die Runde. Ich hatte etwas erreicht, was äußerst schwer ist: Mir Respekt nicht durch Murats Gnaden, sondern durch eine eigene Aktion verschafft. Außerdem hatte ich einigen von ihnen den Arsch gerettet.

An meiner Loyalität gab es nun nichts mehr zu rütteln. Phase zwei konnte anfangen. Trotz aller Vorsicht waren nahezu alle Mitarbeiter Murats mild polizeilich bekannt oder hinterlegt. Ich nicht. Man wälzte Pläne, dachte nach, kam aber nicht so schnell zu einem Ergebnis. Dachte ich.

Murat sah ich regelmäßig, er bewegte sich planetenartig umher und war sehr vorsichtig, was die Kommunikation untereinander anging. Keine Smartphones, nur in äußersten Notfällen billige kleine altmodische prepaid-Handys, es wurde von Mensch zu Mensch kommuniziert. Und durch spießige Notizzettel. Alles traf sich in wechselnden Lokalen, von der Dönerbude bis zum Riesenrestaurant am Steindamm, je nach Größe der Teilnehmerzahl. Notfalls ging es ins Hinterzimmer, es wurde auch mal die Musik lauter gedreht.

Zu Beginn eines jeden Meetings musste jeder sein Handy in einen mit Blei und irgendwelchen Störsendern ausgestatteten Kasten in Form eines Rimowa-Pilotenkoffers werfen. Irgendwie wirkte es old school, ein Ausdruck, der einem bei Murat öfter einfiel. Es ging ihm um die Vermeidung von Ablenkung, technischen Problemen, leeren Akkus, Abhöraktionen, aber hauptsächlich Ablenkung.

Das klang paranoid, aber solche Details bewiesen allen, dass in Murats Reich nachgedacht wurde und dass es somit organsiert und vor allem gewinnbringend voranging.

Und das tat es: Unvorstellbare Geldmengen wurden sichtbar bewegt, und jeder partizipierte. Die Schlaueren verbargen ihren Reichtum und gaben sich keine Angriffsfläche - die eher einfach gestrickten Kollegen trugen juwelenbesetzte Uhren und fuhren röhrende Sportwagen. Noch. Alle umgaben sich mit Frauen, die erstaunlich nett und witzig waren. Und erschreckend normal aussahen. Aufgedonnerte Halbhuren gab es hier nicht. Na ja, kaum. Aber auch die waren nett.

Im Sog dieses wachsenden Reichtums trieb es auch mich empor wie das Fettauge in der Suppe: Für meine Dienste wurden keine Scheine mehr abgepellt – ich bekam ganze Rollen, stramm gewickelt. Auch war meine Meinung mehr und mehr gefragt. Bei strategischen Vorhaben wurde ich hinzugezogen, wie man es dann machte, stand auf einem anderen Blatt. Murat war mittlerweile eine Art Präsident für's große Ganze geworden, der sein Tagesgeschäft an unterschiedliche Ebenen abgab, ich hatte nun nicht mehr einen Ansprechpartner, sondern mindestens fünf. Gemein war ihnen, dass sie alle äußerst smart waren, höflich und geduldig, dabei aber mit unvorstellbarer Brutalität in der Sache vorgingen. Die Körperverletzungen waren ausgesucht grausam, bewegten sich aber nur in begrenzten Kreisen, so dass Berichte darüber kaum jemals außen ankamen. In der richtigen Welt.

Mir ging es prima. Wir lebten gut, ich hatte einen Teil meines wachsenden Wohlstands meiner Frau gegenüber als Entlohnung für diverse Botendienste einer international vernetzten Anwaltskanzlei deklariert. Mit Murat hatte ich die Tarnung so aufgebaut, dass regelmäßig Kuriere an unserer Haustür klingelten und mir die jeweiligen Sendungen übergaben. Sie schöpfte keinen Verdacht.

Wir sind seit fünfunddreißig Jahren verheiratet, und ich habe meine Frau nie betrogen oder belogen. Daraus ziehe ich den möglicherweise etwas naiven Schluss, dass sie es auch nie gemacht hat. Wir beide kämen nie auf die Idee, dass der jeweils andere etwas Anderes macht als das, was er gesagt hat, was er tut. Sie hatte immer Kontovollmacht, wir haben nie etwas abgeschlossen, nie nicht gesagt, wo wir hingehen oder wo wir herkommen. Wir geben uns unsere PIN für unsere Handys, aber würden niemals eine WhatsApp des anderen lesen. Wir kontrollieren nicht unsere Anruflisten und öffnen nicht des anderen Post. Wir fragen, wo jemand ist oder war, aber wir hinterfragen nicht. Das mag uns in Sicherheit wiegen, und es wäre sehr leicht, den anderen zu hintergehen, aber was wäre der Punkt, wenn man auch alles besprechen kann.

Unsere Familie basierte nie auf ständigem Zusammensein. Wir hatten gemeinsame Freunde und Bekannte, aber es gab immer auch eigene Kreise. Mich haben auch nach der Abnabelung der Kinder alle Aktivitäten meiner Frau immer interessiert, ich war am Rande involviert, wollte aber keinen aktiven Anteil daran. Wir diskutierten, wann immer sie glaubte, dass ich etwas zur Sache beitragen könne. Wenn sie von ihrer Euphorie weggeschwemmt wurde, dann gebot ich Einhalt. Sie wiederum, als durchaus offenere Person als ich, interessierte sich mehr für meine Dinge als ich für ihre, aber Details waren ihr nicht wichtig. Solange sie mir nicht wichtig waren.

Wir ließen beide gern fünfe gerade sein und führten ein sehr komfortables Leben mit vielen Reisen, essen gehen und keinen ausgelassenen Anschaffungen. Fürs Alter gespart haben wir nicht. Trotzdem: Wir waren beide positiv und zuversichtlich, dass sich auch im hinteren Teil des Lebens irgendwas ergeben würde.

Als ich nun meine zweite Karriere begann, war sie froh, dass ich zum einen beschäftigt war, Spaß dran hatte und es auch noch etwas einbrachte. Ich hatte die Beschäftigung mit „Botengängen und Kurierdiensten", die dann später international wurden, plausibel gemacht, und sie fand alles nachvollziehbar und stellte wenig Fragen. Das Geld kam bar herein, ich führte es langsam in unseren täglichen cash-Kreislauf ein und als es zu viel wurde, eröffnete ich ein Konto und zahlte dort kleine Beträge ein, rührte das Konto aber anfangs nicht an. Da sie selbst auch vermehrt Einkommen durch ihre diversen Projekte hatte, stellte sich die Frage nach dem „warum" und „woher" unseres kleinen Wohlstands nie. Zumal ich die Bargeldbündel gut versteckt hatte und sporadisch selbst kleine Geldwäscheaktionen unternahm. Ich kaufte bar einen Gebrauchtwagen und verkaufte ihn per PayPal, in diesem Rahmen bewegten sich meine Aktivitäten in der

Halbweltfinanz. Ich war nie ein Geldmensch, und ich würde auch jetzt keiner mehr werden. Wir hatten uns eingeredet, dass wir im Alter notfalls ohne essen gehen und aufwändige Reisen auskommen würden und freuten uns, dass es nun plötzlich doch ging.

Ich veränderte mich im Laufe der Zeit in Murats Kreisen, aber ich war immer der Meinung, dies gegenüber meiner Frau verbergen zu können, es sie nicht merken zu lassen, meine Arbeit nicht mit nach Hause zu nehmen, wie ich es früher auch selten gemacht hatte. Sie fragte regelmäßig nach meinen Ausflügen und später, als es international wurde, nach meinen Reisen. Sie wusste, dass ich einen Auftrag immer dazu nutzen würde, mir Land und Leute anzusehen, das hatte ich früher aber auch schon getan. Insofern, ja: Ich war nicht 100% aufrichtig, aber nein: Ich habe sie nie betrogen und Dinge verfälscht, sondern einfach nur einiges ausgelassen.

5.   Lübeck

Das, wo ich angekommen war, das war nicht mehr Halbwelt, das war das Dunkle, das war ziemlich fies. Nicht dass mich das sonderlich gereizt hätte, aber es störte mich auch nicht, und mir war klar, dass ich auf illegalem Wege mehr Geld würde verdienen können, als wenn alles korrekt und offiziell wäre. Wesentlich mehr.

Die erste Hürde war genommen.

Ich nahm an, dass ich nach meiner „Probezeit" illegal wurde. Ich habe vielleicht kein Rauschgift transportiert, aber garantiert irgendwas Illegales.

Das war nicht in Ordnung und hätte mich, wenn auch kein Gefängnis, so doch sicherlich eine große Geldstrafe gekostet. Mich auf jeden Fall ruiniert. Die Moral?

Aufpassen.

Ich hörte nicht auf, mich wie ein Holzwurm in die Rinde des verbotenen Baumes zu bohren, ganz im Gegenteil. Ich fand die Unterwelt spannend und, es mag das falsche Wort sein, lustig. Ich saß manchmal mit absurd dämlichen und straßenschlauen und rattigen und raffinierten und eitlen und kindischen Menschen allen Ernstes zusammen und bewegte, und das ist nicht übertrieben: Millionen. Trug zumindest zum Bewegen dieser Summen bei.

Ob das süchtig macht, weiß ich nicht, aber es verschiebt Perspektiven. Grenzen. Tektonische Platten.

Ich war nie gewalttätig, habe mich in meinem Leben, außer ein paar Kinderraufereien, nie geprügelt, ich bin vehement gegen die Todesstrafe.

Allerdings:

Bei der Bundeswehr hatte ich kein Problem damit, auf eine Zielscheibe mit einem hockenden Soldaten zu schießen anstatt auf eine abstrakte Zielscheibe mit Ringen.

Ich hatte Verständnis für Mutter Bachmeier, die den Vergewaltiger ihrer kleinen Tochter vor Gericht erschoss.

Das Prinzip der Rache, das verstand ich.

Nie ein großer Fan von Toleranz wurde es mit dem Alter noch schlimmer – mich störte der in sein Telefon brüllende Halbstarke, der seine Füße auf den gegenüberliegenden S-Bahnsitz legte.

Dem Motorradfahrer, der uns allen mit seinem aufgebohrten Auspuff den Schlaf raubte, wünschte ich Tod und Teufel an den Hals.

Die Jugendlichen, die unter uns im Park bei dumpf stampfender Musik feierten, hätte ich gern mit einem Luftgewehr vertrieben.

Jeder solle das tun, was er wolle, ohne den anderen dabei zu stören, da war er wieder, mein Kategorischer Imperativ.

Ohne selbst Gewalt anzuwenden, war ich doch nicht komplett gewaltfrei oder pazifistisch und dem Prinzip der starken Tat in manchen Situationen, wenn man mal das Zusammenleben und die Erziehung ausnimmt, nicht abgeneigt.

Bei Murat wurde ich sozialisiert - natürlich spritzte in meinem Beisein nie das Blut, na ja: selten, und rohe psychische Gewalt sah ich selten angewandt, aber doch öfter die Ergebnisse genau dieser Gewalt. Das Geschäft war rau und die Branche eine sperrige. Murat war Brutalität nicht fremd, und während unserer vielen Gespräche näherte er sich diesem Phänomen fast philosophisch.

"Du kennst die Kernfrage früher zur Wehrdienstverweigerung, Alter Mann?"

"Ja, ja, drei Russen wollen deine Frau vergewaltigen und du hast zufällig ein Gewehr und könntest deine Frau somit vor einer Vergewaltigung retten."

"Ich weiß nicht, warum das immer Russen sein müssen, aber ja, im Kern. Was würdest du tun?"

"Die Russen vertreiben. Aber, Murat, hier haben wir es, warum muss ich sie erschießen: Ich könnte die Waffe drohend in ihre Richtung halten, dem ersten ins Knie schießen, alle wüssten, mir wäre es ernst und weg wären sie."

"Das reicht schon. 'Du machst von der Schusswaffe Gebrauch.' Geht gar nicht."

Ich seufzte: "Ich weiß. Durchgefallen."

"Du würdest also schießen, wenn du müsstest?"

"Ja, ich glaube schon."

"Wie wären deine Einsteigebedingungen?"

"Was?"

"Was wäre dein Motivator? Hass? Liebe? Rache? Geld?"

Wir beließen es dabei.

Eines Tages in Murats Büro:

"Alter Mann, wir haben ein Problem, ich brauche dich."

"Stets zu Diensten."

"Du warst ja bei der Bundeswehr, hast du selbst mal erzählt, und hast das 'Töten gelernt', Deine Worte."

Ich nickte.

"Wir haben neulich drüber gesprochen."

Er schob mir ein kleines Paket zu.

"P1, damit hast du bei der Bundeswehr geschossen, kennst Du noch."

Ich schluckte.

"Polaroid ist da drinne, ist mir egal wo und wie, es muss nur innerhalb von einer Woche erledigt werden." Er nickte mir zu.

Ich schwitzte.

Die Lust auf Smalltalk war mir vergangen, ich zog stumm von dannen.

Es wurde ernst.

In dem Paket waren eine Bundeswehrpistole, das Foto mit Namen und Lübecker Adresse des Opfers in spe und eine dicke Rolle klangfest aufgewickelter Geldscheine verschiedener Währungen: Neben Euros ein paar Franken, Pfund und US-Dollars – alles zusammen gute fünfzigtausend Euro.

Vorauszahlung – nicht nur als Zeichen des Vertrauens zu werten, eher ein klarer Fingerzeig, dass es kein Zurück geben würde.

Das hatte jetzt eine andere Kragenweite. Das war kein Spaß mehr. Hier könnte ich nicht weglaufen wie der Dieb neulich, den ich wieder einfing.

Jetzt ging es ins Eingemachte.

Wie so oft kramte ich ein altes Motto wieder hoch: Wenn du die Dinge nicht ändern kannst, dann ändere deine Einstellung dazu.

Ich spähte das Opfer, einen mittelalten schmierigen Kneipenbesitzer in Lübecks Altstadt zwei Tage aus, hatte schnell herausgefunden, dass er sein Auto immer an der gleichen ruhigen

Stelle parkte, kaufte mir in zwei großen, voneinander entfernt liegenden Baumärkten mehrere Einmalanzüge für Maler sowie eine Packung Latexhandschuhe, alles bar, benutze Aldi-Mülltüten als Überzieher für die Füße, zwei Lagen der Latexhandschuhe, setzte mir eine schwarze Plastiktüte mit ausreichend Luftlöchern auf den Kopf und wartete. Als der Mann in sein Auto steigen wollte, kam ich von hinten heran und schoss das gesamte Magazin in seinen Kopf und Oberkörper. Je viermal. Das konnte kein Mann überleben. Ich schoss aus einer Plastiktüte, die heißen Patronenhülsen flogen somit nicht durch die Gegend. Das hätte nämlich der einzige Fingerzeig auf mich sein können: Das Mittel. Die Pistole. Sie war sauber, sagte Murat, was immer das heißen mochte. Irgendein Junkie hatte sie geklaut, weitervertickt, sie landete irgendwo, Murat bekam sie von irgendwo anders. Ob sich daraus eine verfolgbare Kette drehen ließ? Nein. Konnte man an den Geschossen ohne Hülsen erkennen, von wo die Waffe kam? Wenn man Vergleiche hatte schon. Wenn. Alles in allem ziemlich trüb, aber dadurch auch ziemlich sicher.

Ich lief los, zog mir zwischendurch auf einer Bank neue Füßlinge an, rannte in ein Parkhaus, zog die Schutzklamotten aus, zog ein frisches Paar Füßlinge und Latexhandschuhe an, packte die Klamotten in eine Plastiktüte, räumte die Plastiktüte in eine andere Plastiktüte, stellte diese in einen Pappkarton, legte die Pistole und die Latexhandschuhe darauf, Deckel drauf, zog ein frisches Paar Handschuhe an, stieg in mein Auto und fuhr äußerlich ruhig und gelassen zur Autobahn.

Seit meinen Schüssen waren gerade acht Minuten vergangen. Seit Murats Auftrag vier Tage.

Ich fuhr an die Lübecker Bucht, nahm die Plastiktüte aus dem Karton, tat sie mitsamt der Pistole zu einem Klappspaten in einen Rucksack, und ging zum Strand. Die Pistole nahm ich auseinander, gelernt ist gelernt, und warf die Einzelteile von getrennten Stegen aus in die Ostsee. Am Fuße der recht einsamen Steilküste bei Niendorf vergrub ich die Plastiktüte tief im Sand. Erst wollte ich sie verbrennen, aber ich traute mich nicht, auf mich aufmerksam zu machen. Den Pappkarton zerlegte ich und warf ihn in getrennte Altpapiertonnen. Für die Patronenhülsen hatte ich mir vorher eine Betonmischung von der Größe einer Zigarettenschachtel vorbereitet – diese rührte ich an, drückte die 8 Hülsen Stück für Stück hinein und warf das kompakte steinharte Ding später bei Niedrigwasser in die Elbe. Bei all dem trug ich zwei Latexhandschuhe übereinander.

Ich fühlte nichts – vielleicht weil ich den Mann nicht kannte, ihm nicht ins Gesicht sah, mir einredete, dass er ein pädophiler Kinderporno-Tycoon war und somit der Zweck die Mittel heiligte. Vielleicht weil ich bis zum Überschwappen voller Adrenalin steckte, wo immer das herkam.

Die gesamte Aktion hatte einschließlich der Vernichtung aller meiner Arbeitsmittel keine drei Stunden gedauert. Als ich zu meiner schlafenden Frau ins Bett stieg, las ich noch ein paar Seiten und fiel dann in einen tiefen und festen Schlaf. Der Lohn der Mühe lag harmlos in meiner Schreibtischschublade.

In unserer Firma, so nannte ich das mittlerweile, galt der Grundsatz des "Need to know" - keiner sollte wissen, was andere an wirklich gefährlich krummen Dingern drehten, um gar nicht erst in die Gefahr zu kommen, sich eventuell zu verplappern. Der Kreis der Eingeweihten war sehr begrenzt. Trotzdem sprach sich der Lübecker Mord unter der Belegschaft schnell herum, zumal die Nachrichten von einer "professionellen Hinrichtung" sprachen. Gut für mich, und gut für Murat.

Zeit ging ins Land, ich genoss meinen Ruhestand. In unregelmäßigen Abständen erhielt ich Aufträge, bekam wichtig aussehende Sendungen nach Hause gebracht, das war aber unser üblicher Weg der Kommunikation und diente auch als Tarnung gegenüber meiner weiterhin arglosen Frau.

Die fünfzigtausend legte ich gut an: Die alljährliche Überwinterung unseres Kutters in einer Marina an der Schlei beinhaltete jedes Jahr diverse Reparaturen und Anstreichaktionen und Auswechslungen. Ich gab eine komplette Inspektion samt Auswechseln und Erneuern sämtlicher nicht sichtbaren Verschleißteile in Auftrag. Dazu bestellte ich eine neue Maschine,

eine komplett neue Elektronik und einen neuen Satz Segel. „Die
Blaue Libelle" wusste gar nicht, wie ihr geschah. Dem Werftheini
hatte ich gesagt, dass ich keine Rechnung bräuchte. Gut für ihn,
und gut für mich.

6.   Volkan

Ich hatte lange nichts von Volkan gehört und verabredete mich mit ihm auf ein Bier in einem netten Laden nahe seinem Wohnort in Wellingsbüttel.

Ich war wie immer zu früh, und er kam auf den Glockenschlag pünktlich in das Lokal. Eine imposante Erscheinung, unser Volkan: Zwei Meter groß und ungefähr einhundert Kilo Lebensgewicht, nicht ein Gramm Fett, er sah aus wie ein Zehnkämpfer. Seine dunklen kurzen Haare waren wie immer sauber gescheitelt, und er war wie stets frisch rasiert. Auch seine Kleidung – immer makellos. Er war der erste, der sich freute, als wir bei Atatürk eine Kleiderordnung durchsetzten, seine Overalls waren immer sauber und frisch gebügelt und ich hatte den Verdacht, dass er sie heimlich an den tückischen Stellen abnähen ließ, denn sie saßen bei ihm wie angegossen. Er sah aus wie in sie reingenäht.

Er nickte mir kurz zu und setzte sich: Kerzengerade - Telefon, Brieftasche und Schlüssel parallel zueinander und im rechten Winkel zur Tischkante. Beide Hände auf dem Tisch. Große Hände, immer gepflegt, Fingernägel kurz und einmal wöchentlich maniküre. Keine Piercings und Tätowierungen, jedenfalls keine sichtbaren. Seine Hände und Finger waren bei näherem Hinsehen von einem Geäst feiner Narben durchzogen, ein Ergebnis seiner Schlosserarbeiten oder Relikte einer wilden Vergangenheit?

Ich würde es erfahren.

„Volkan."

Er wiederholte seinen Nickgruß.

Volkan war das, was man früher einen „Jugo" nannte, ohne genau spezifizieren zu können, wo er denn nun herkam, war er Serbe, Kroate, Mazedonier? Er sprach absolut verständliches Deutsch, ließ jedoch, soweit es ging, sämtliche Pronomen und auch sonst alles weg, was seiner Meinung nach nicht unbedingt nötig war. Das verlieh seiner Ausdrucksweise eine gewisse chirurgische Präzision.

Er war Ende dreißig, verheiratet, Vater zweier Jungen, dreizehn und fünfzehn Jahre alt.

Ich wollte etwas von ihm, wusste aber nicht genau, inwieweit ich ihm vertrauen konnte und was er wusste und ob er bereit war, fein am Rande des Erlaubten zu hantieren. Ich hatte ihn mit Murat zusammen erlebt und wusste, dass die beiden sich gegenseitig schätzten, die Hintergründe waren mir jedoch unklar, das musste ich heute Abend irgendwie erhellen.

Ich hatte mich öfter mit Volkan unterhalten, wir waren auch schon gemeinsam aus, aber da war es immer um Dinge gegangen, die unmittelbar mit meinem Job bei Jim zu tun hatten, wir besprachen Geschäftliches und rutschten dann auch gern mal in persönliche Belange ab, ich schätzte Volkan sehr und hatte das Gefühl, dass das auf Gegenseitigkeit beruhte.

„Was trinkst du?"

„Alkoholfrei."

„Was essen?"

Er schüttelte den Kopf.

Gespräche mit Volkan waren schwierig, da er die irritierende Angewohnheit hatte, den Gesprächsfluss durch Geschehnisse auf Nebenschauplätzen unterbrechen zu lassen. Das war schlimm genug, er nahm ihn dann aber durch eigene Initiative nicht wieder neu auf.

Beispiel:

Eines Morgens erschien er im Atatürk-Büro in einer schwarz-orange Lederjacke.

„Harleyfahrer?", fragte ich ihn.

Er nickte.

„Bist du dafür nicht ein wenig zu jung?", neckte ich ihn.

„Nicht wenn Harley älter als Fahrer."

„Deine Harley ist also alt."

Wieder das Nicken. Nicht ausdruckslos, eher lauernd, seine Augen erwarteten irgendeine Finte von mir, auf die er vorbereitet schien.

Ich öffnete den Mund und wollte die Preisfrage stellen, ob seine Harley denn per Kette oder stillosem Riemen angetrieben wurde, als er ein wütendes „jebena ptica" ausstieß und das Büro explosionsartig verließ, um eine Taube davon abzuhalten, ihr Geschäft auf einem gerade gewaschenen 1967er Opel Rekord zu verrichten.

Er kam dann nicht zurück ins Büro, sondern ging direkt in den Umkleideraum. Das Harley-Antriebs-Gespräch wurde nicht fortgesetzt.

Und so saßen wir nun im feinen Wellingsbüttel in einem gediegenen Lokal und hatten unsere Ruhe.

Ich kam schnell zur Sache:

„Volkan, hast du mal gesessen?" Das war vielleicht nicht der diplomatischste Ansatzpunkt für ein sensibles Thema, aber ich wusste auch nicht, wie ich es sonst vom Stapel lassen sollte, zumal ich einen direkten Kurs bei Volkan in guten Händen wusste.

Was würde nun passieren? Würde er wütend aufspringen, den Stuhl umwerfen und aus dem Laden stürmen?

Lügen? Scheinheilig fragen, wie ich denn darauf käme? Oder sich öffnen wie ein Buch?

Er seufzte und fragte: „Hat Murat erzählt?"

„Nein. Aber du weißt, dass ich viel für Murat arbeite, und da ist es nicht immer sauber, und weil ich euch oft zusammen gesehen habe, du aber anscheinend nichts für ihn machst, dachte ich…"

Er seufzte nochmals: „Kam Anfang neunziger mit Eltern illegal, aus Bürgerkrieg. Kein Asyl. Dortmund. Keine Arbeit. Dann Hamburg, dumme Sache. Verurteilt."

„Was für eine ‚dumme Sache'"?

„Kurier."

„Wie lange?"

„Zwei Jahre. In Knast lernte Freund von Murat kennen, nach Freilassung Murat fragt mich Kenntnisse, hatte Lehre angefangen, Kfz. Vermittelt Jim, zahlt Wohnung, Lehre, Geselle, dann Meisterschule. Nichts Illegales mehr."

Da war ich mir nicht so sicher, das sah er wohl an meinem Gesichtsausdruck: „Jedenfalls nicht direkt. Helfen schon, weggucken klar."

Volkan war für Jim unersetzbar, und er bezahlte ihn sehr gut, mehr würde er als Werkstattleiter bei keinem renommierten

Autohersteller bekommen. Er hatte seine Angestellten nicht nur im Griff, sondern schaffte es, ohne die in diesem Gewerbe übliche Ruppigkeit mehrere Nationalitäten, Geistesgrößen und Mentalitäten ruhig, aber bestimmt unter einen Hut zu bringen. Er ließ nie im Unklaren, was er erwartete. Er plante präzise und spulte diese Planungen minutiös ab. Er konnte mit Unwägbarkeiten und Überraschungen umgehen, mochte sie aber nicht und ließ daher lieber eine Gelegenheit aus, als auf eine unsichere Spur zu geraten. Was aber nicht weiter schlimm war, denn er war nicht der kreative Boss von dem Ganzen, sondern der leitende Angestellte, der zusah, dass der Affe Zucker bekam.

Ich weiß nicht, was er dachte und was er vermutete, aber er wurde gesprächig.

„Habe bezahlt, bin sauber, habe Familie aufgebaut. Monica viel schwereres Paket."

Monica, seine rumänische Frau. Im Gegensatz zu ihm schwerst tätowiert, und bei genauem Hinsehen sah man auch den einen oder anderen Piercing-Krater. Sie wurde als Fünfzehnjährige von Menschenhändlern aus den Karpaten entführt und nach Berlin gebracht, wo sie nach allen Regeln der zweifelhaften, grausamen Kunst in einem illegalen Bordell sieben Jahre aufs übelste gequält und gedemütigt wurde. Mit zweiundzwanzig gelang ihr die Flucht nach Hamburg, wo sich ihr Glück wendete. Sie kam gerade richtig für ein Projekt des traditionell sozial gestimmten Hamburger Senats und landete in einem Frauenhausprojekt für Zwangsprostituierte aus den neuen EU-Ländern. Dort bescheinigte man ihr, die nur bis zur achten Klasse eine Dorfschule besucht hatte, eine extrem hohe Lernfähigkeit, wobei man aber das Ergebnis ihrer Intelligenztests vorerst im Dunkeln ließ. Sie, die manche „Liebes"nacht kaum überlebt hatte, wusste, dass sie nur diese eine Gelegenheit hatte, und sie griff zu: Monica verstieg sich aufs Lernen – darunter Deutsch bis zur Perfektion. Sie machte ihre Haupt-, Real- und Fachhochschulreifenabschlüsse in rasender Geschwindigkeit nach, dazu den Führerschein. Das Projekt attestierte ihr dann die Fähigkeit, es auch allein schaffen zu können und entließ sie in die Freiheit, allerdings nicht ohne ihr bei der Suche nach einem Übergangsjob als Kassiererin bei Aldi in Osdorf und einer Wohnung dort im sozialen Wohnungsbau behilflich gewesen zu sein. Monica kaufte sich einen gebrauchten Dacia und schrieb sich in einer Abendschule ein: Abitur in zwei Jahren.

Dann lernte sie auf einem Weihnachtsmarkt Volkan kennen, der gerade seine Mechaniker-Ausbildung beendet hatte. Die beiden merkten schnell, dass sie als Paar bessere Chancen als allein hatten, und wenn es nur darum ging, die allmählich verheilenden Narben endgültig ad acta zu führen. Sie trieb ihn nicht, aber sie machte ihm klar, dass sich auch ihm in Deutschland Voraussetzungen boten, an die er sich festkrallen müsste, denn woanders bekäme er sie nicht: Und so ging er abends zur

Meisterschule, während sie, das Abitur mittlerweile in der Tasche, tagsüber bei Aldi sitzend, ein Fernstudium der Betriebswirtschaftslehre begann. Aus einem Zweckbündnis wurde Liebe, sie heirateten, das erste Kind kam, sie bezogen eine größere Mietwohnung in Altona, das zweite Kind kam, Volkan wurde Meister, Monica hatte schließlich ihr Ziel erreicht und arbeitete als Steuerberaterin in einer angesehenen und staubkonservativen Kanzlei in Alsternähe. Wie sie die silberhaarigen Partner von sich, der tätowierten Ex-Hure, überzeugt hat, war mir immer schleierhaft, aber dass sie schnell die Partnerschaft angeboten bekam, wunderte mich nicht.

All das wusste ich vom Hörensagen, und doch: Volkans Augen waren keine glücklichen, als ob er selbst nicht an das Schicksal glaubte und hinter jeder Ecke wieder den direkten Rückweg zur Hölle wähnte. Wenn nicht für ihn selbst, so doch für Monica.

Die ich übrigens bei einigen Gelegenheiten treffen konnte, wenn sie Volkan abholte oder bei einer der Grillpartys in Lisas Werkstatt. Sie sah aus wie die klassische Unternehmensberaterin, dezent geschminkt, graues Kostüm, sie sprach sehr gewählt – und war unglaublich herzlich. Während einer Sommerfeier bei Jim, zu diesen Events wurde ich weiterhin eingeladen, kam sie auf mich zu, umarmte mich und fragte:

„Olaf…" (auch sie hielt wenig von meinem nom de guerre). „Olaf, mein lieber Olaf, wie geht es dir? Bist du froh, dieser Hölle hier entkommen zu sein? Obwohl, dein Verdienst ist ja nicht nur die Veränderung hier, das war nicht schwer, aber dass du irgendwo einen Fluch eingebaut hast, dass das alles auch so bleibt."

„Monica, ja, klar, du weißt doch, mein Zweitname ist Harry Potter. Was macht der soziale Wohnungsbau in Wellingsbüttel?"

Sie lachte. Durch irgendwelche Kontakte eines Klienten oder ihrer Partner waren die beiden an ein tolles Haus nahe des Alsterlaufes gekommen, realistische Größe, aber Toplage.

„Es geht, es geht, man hat doch viel Scherereien. - Olaf, man erzählt sich, dass du englisch kannst."

„Ja?" Was kam nun?

"Du liest auch in englisch, oder?"

„Englische und amerikanische Bücher, ja."

„Unser Ältester will besser in Englisch werden, und da sagte Volkan, dass er mit dir mal gesprochen hatte."

„Ja, als die Amerikaner hier waren, genau."

„Was soll er lesen, wenn er besser werden will, so ganz spontan?"

„Hemingway und Stephen King.“

„Hemingway und Stephen King?“

„Ja, mach das, „Der alte Mann und das Meer“ und „It“. Wenn ihm das beides Spaß macht, dann bleibt er dabei. Ich bringe Volkan beide am Montag mit, die sind etwas älter, aber das wirkt zusätzlich motivierend, denke ich mal. Die kann er auch mal in die Ecke feuern. Plus BBC hören und Filme in englisch gucken. Am besten aber: Reden, reden, reden. Wenn es danach weitergehen soll: Einfach fragen.“

„Olaf, du bist ein Schatz, komm, ich spendiere dir eine Mousse au Chocolat.“

Und sie hakte mich unter und zog mich zum Nachtisch.

Das alles ging mir durch den Kopf, als ich da so mit Volkan hockte, und ihm wohl auch.

„Volkan, es ist alles in Ordnung, ich will nichts Großes.“

Und plötzlich fiel mir auf, an wen er mich erinnerte: Den Boxer Klitschko. Ich weiß nicht, welchen, davon gibt es zwei und ich verwechsel die immer. Und jetzt gerade sah er aus wie Klitschko, wenn er noch nicht ganz verloren hat, aber in der Ecke sitzt, die vorletzte Runde läuft und ihm ein Mittel gegen den Gegner fehlt. Resignierend.

„Was?“

„Ich brauche Siegel."

„Siegel?"

„Ja, für Nummernschilder. Zwei komplette Sätze vorn und hinten, Hamburg und TÜV und diese grünen Dinger für die Scheibe innen."

„Mehr nicht?"

„Nein, nur das. Kannst du das besorgen?"

Er lachte wie befreit auf.

„Klar. Mit Schilder dazu. Gebrauchte. Besser. Und andere Kreise, aber nur nah. OD, PI, SE, RZ und so."

„Ok, das ist super, was kostet das so ungefähr?"

„Freundschaftsdienst, Alter Mann. Für Bücher."

Hemingway und Stephen King.

7.   Berlin

Eine meiner Thesen ist die, dass die Menschheit längst ausgestorben wäre, wenn Männer für die Geburten zuständig wären. So hart, wie Frauen Geburten durchstehen, dann keinem davon erzählen und das Ganze dann noch- oder mehrmals durchziehen, verdient allerhöchsten Respekt. Ich selber war bei drei Geburten dabei und erlebte am Beispiel von Mutter und Kind, was zu ertragen der Mensch doch imstande ist. Und so verwunderte es mich, dass mein zweiter Mord mich viel mehr aus der Bahn warf als der erste. Den hatte ich adrenalingeschwängert in einer Art Rausch begangen, das ließ die vorher zurechtgelegte Abfolge perfekt wie ein Uhrwerk abspulen. Das zweite Mal, das war der Hammer.

Murat gab mir wieder ein Polaroid mit der Adresse auf der Rückseite und guckte mich erwartungsvoll an.

"Was?" fragte ich.

"Nichts nichts, ich warte nur…"

"Auf was?"

"Irgendeine Reaktion, einen Kommentar."

"Nein, ich mach das, es war okay, hast du schon mal einen umgebracht?"

Er guckte mich mitleidig an.

"Ja ja, ist ja gut. Was haben wir denn hier? Oh, in Berlin."

"Ja, genau wie du gewünscht hast, alles nur Orte, in denen du dich halbwegs auskennst oder zumindest vertraut bist. Pistole liegt schon in deinem Auto. Geld auch. Brauchst du sonst noch was?"

Ich schüttelte den Kopf und studierte das Foto. Wieder so ein Fiesling, wahrscheinlich wieder ein Pädophiler. Irgend etwas regte sich in mir, aber ganz tief drin.

Ich fuhr los. In die Hauptstadt.

Berlin kannte ich, und ich beschloss, im Adlon abzusteigen, am Brandenburger Tor. Das Auto parkte ich in der Nähe. Ein Corsa am Adlon, das ging nicht. Die Adresse des Opfers war in Charlottenburg, in Kudammnähe. Das würde das Stalken meines späteren Opfers erschweren. Ich fuhr in die Schlüterstraße zur angegebenen Nummer, guckte nach dem Namen am Klingelschild: Ja, passte.

Bei meinem ersten Opfer war die Sache einfacher – als Anlaufadresse hatte ich seine Kneipe, und nach drei Tagen wusste ich seinen Tagesplan. Hier nun fing es komplizierter an, aber nach zwei Tage wusste ich, wie der Hase lief. In einem internet-Café hatte ich den Mann gegoogelt und erfahren, dass er Inhaber eines Handyreparaturshops war. Ich hatte gelernt: Neunzig Prozent aller Handyläden waschen Geld. Ich fuhr zu dem Laden im Wedding und lief einmal an dem Laden vorbei. Mein potentielles Opfer saß in einem Büro in der Rückseite des Geschäfts. Ein Blick auf die Öffnungszeiten: Bis acht Uhr abends, solange sollte der Mann wohl vor Ort sein.

Die Zwischenzeit, es war mittags, konnte ich auch mit etwas Sinnvollem überbücken - das KaDeWe! Nach zwanzig Minuten war ich da und parkte in der Passauer Straße. Aber die gewohnte Mischung von kindlicher Vorfreude und Aufregung stellte sich nicht ein – ich hatte schließlich einen Job zu erledigen. Und bei diesem Job ging es im wahrsten Sinne des Wortes um Leben und Tod.

Rein in den Palast, und gleich wieder raus. Es ging nicht. Während mich bei der ersten Sache meine eigene Kaltblütigkeit schockierte, schlug das Pendel jetzt erbarmungslos in die andere Richtung aus: Mir schlotterten alle Gliedmaßen, ich schwitzte und fror zur gleichen Zeit.

Ich fuhr in den Wald am Wannsee, wo ich nahe dem Haus der Wannsee-Konferenz parkte und mich auf den Spazierweg entlang des beliebten Berliner Gewässers machte. Wie vieles in Berlin verströmte auch diese Gegend Geschichte, atmete sie aus, ob man nun jedes Detail kannte oder nicht.

Ein paar hundert Meter weiter hatte sich Kleist zusammen mit Henriette Vogel erschossen, war das nun ein gutes Omen?

Kurz dahinter der Beginn neuerer deutscher Geschichte: Die Mauer. Am Ende eines stinknormalen Spaziergangs würde ich auf die Glienicker Brücke stoßen, dem dramatisch aussehenden Austauschpunkt der Agenten oder sonstiger Staatsfeinde während des Kalten Krieges. All das war wuchtig, meine eigenen Gedanken nichtig und klein. Trotzdem, mein Herz klopfte so stark, dass ich befürchtete, an Ort und Stelle einen Herzinfarkt zu erleiden und meinem nächsten Opfer somit das Leben zu schenken. Ich zitterte derart unkontrolliert, dass ich mich beim Flensburger Löwen auf die nächste Parkbank setzen musste. Hand ans Herz: Es schlug im Galopp. Heiliger Strohsack.

Ich guckte mich um. Die im Wasser dümpelnden Jollen erinnerten mich an die Alster.

Ich zitterte mich ein paar Meter den Uferweg entlang und setzte mich nochmals kurz auf eine Bank. Wieder Blick aufs Wasser. Beruhigend, sagt man.

Und ja, Beruhigung setzte ein.

So halbwegs.

Was hatte mich nur geritten?

War ich denn komplett wahnsinnig geworden?

Der erste Fall war noch einfach: Ein pädophiles Schwein musste bestraft werden, wenn nicht ich, dann jemand anders, so hatte ich mich beruhigt. Natürlich war ich gegen Selbstjustiz. Sie durfte nicht sein, sie musste streng bestraft werden, aber ich verstand die Motive. Was es nicht richtig machte, objektiv. Ich wurde philosophisch: Irgendwie ging das in die Richtung von Voltaire: "Ich missbillige, was Du sagst, aber ich werde bis zum Tode Dein Recht verteidigen, es zu sagen." Wobei das gar nicht von Voltaire ist, aber sinngemäß hat er es wohl irgendwann mal so gemeint. Selbstjustiz darf nicht sein, aber wenn jemand meinen Lieben etwas antun würde, dann könnte ich für nichts garantieren. Das ist eine gute Einstellung, weil sie einen in der Theorie moralisch groß und im Einzelfalle zum Helden macht. Ich brachte den Lübecker um, weil ich ihn für pervers und brutal hielt, er hatte sich an kleinen Kindern vergangen und gehörte weg. Zwar nicht an meinen Kindern, und ich wusste auch nicht, ob das alles stimmte, aber ich ging der Einfachheit halber davon aus, erschoss ihn ohne jegliche Regung, sackte fünfzigtausend Euro ein und fühlte nichts. Als hätte ich eine Mülltüte runtergebracht.

Ich fühlte so sehr nichts beziehungsweise so wenig etwas, dass ich nicht einmal die Richtigkeit meines Tuns in Frage stellte.

Bis jetzt nicht.

Nun hockte ich wie ein Häuflein Elend auf einer Bank am See und tat mir leid. Das hatte auch keinen Sinn. Ich gab mir einen Ruck, stieß mich ab und begann, mechanisch Wannsee und Havel abzulaufen. Für die Schönheit hatte ich kein Auge, ich legte mir nur Pro und Contra-Listen im Kopf zurecht. Aus hedonistischer Sicht war alles perfekt, ich hatte viel Geld für Kleinkram, während das normale Geld die wichtigen Dinge wie Miete und Grundversorgung abdeckte. Zwei Morde gaben mir mehr als ein Managerjahresnettogehalt, und was gingen mich die Opfer an?

So ging es nicht, diese Verharmlosungsstrategie ging nicht auf.

Ich ging wie ein Automat weiter, versuchte angestrengt, an nichts zu denken, sah das alles als Aufgabe, die man als Mensch eben zu erfüllen habe.

Es fing an zu nieseln. Auch das noch.

Wie war ich da nur hineingeraten? Ich dachte nochmals an Jim, an Murat, an die vielen Geldscheine, an das angenehme Leben, was man sich damit machen könne. Um mehr war es mir nie gegangen, ich wollte nie Millionär sein, aber immer genügend Geld für die vielen Kleinigkeiten haben, Reisen, schön essen gehen, gute Hotels, angenehme Kleidung.

Auch das überzeugte mich nicht.

Somit die alte Strategie – Ablenkung.

Ich kehrte auf dem Absatz um und fuhr die knapp fünfundzwanzig Kilometer zum Hotel. Hörte eine unverfängliche Playlist, die ich mir zusammengestellt hatte. Musik zum Morden. Ich stellte das Auto in der Nebenstraße ab, zahlte reichlich

Parkgebühren, bloß nicht auffallen!, ging auf mein Zimmer, zog mich aus und legte mich bei geöffneten Vorhängen aufs Bett.

Nach drei Minuten war ich fest eingeschlafen.

Abends um zehn wachte ich wieder auf, das ganze Theater hatte mir wohl doch mehr zugesetzt als ich gedacht hatte, aber ich war erfrischt und fit und die angebahnte trübe Stimmung war wie weggeblasen, und wie ich mich kannte, würde das wohl auch so bleiben. Ich beschloss, den Rest des Tages zu genießen und mir in der Bar des Adlon weitere Gedanken über das Richtig und Falsch meines Tuns und Handelns Gedanken zu machen. Dazu kam ich aber gar nicht, denn als ich gerade meinen Martini bestellt hatte, "Eiskalt, klar und crisp.", hörte ich hinter mir eine schnaufende Stimmung mit New Yorker Akzent hervor pressen "That's exactly what I fucking need", und der Rest des Abends war gerettet.

Es wurde so feucht und fröhlich und lustig, dass ich überhaupt keine Zeit hatte, mir über Einmalanzüge und Handschuhe Gedanken zu machen.

So viel Alkohol war es dann zwar doch nicht, denn Justin, mein neuer Freund aus Manhattan, musste früh raus und war ein vernünftiger Typ, aber es waren zwei amüsante Stunden, für ihn und für mich und vor allem für den Barkeeper, dessen anfangs arrogantes unverbindliches Lächeln wir mit unseren Kreationen im Laufe des Abends doch in das eine oder andere Grinsen verwandeln konnten, was aber auch Nachteile hatte, denn ich wollte keinesfalls, dass er sich an mich erinnerte, schließlich war ich nicht zum Vergnügen hier. Mir ging es wieder gut, ich musste auch den wahren Grund meines Aufenthaltes nicht mehr vor mir selbst verleugnen, es ging um viel Geld, und die Opfer werden es schon verdient haben. Solange ich nichts Gegenteiliges erfuhr, war es ok.

Die Welt ist kein Ponyhof.

Ich checkte aus, packte meinen Koffer ins Auto und nahm meine tags zuvor unterbrochene Beobachtung wieder auf.

Nach drei Tagen reifte mein Plan. Murat erwartete diesmal Vollzug innerhalb von zwei Wochen oder anderenfalls zumindest rechtzeitige Mitteilung, aber das war nicht nötig. Der Berliner hatte einen Hund, allerdings einen sehr kleinen, der anscheinend krank war und sich kaum noch bewegen konnte. Mit dem fuhr er jeden Abend direkt vom Wedding per Stadtautobahn in den Grunewald und ging dort mit ihm spazieren. Jeden Abend das Gleiche: Autobahnausfahrt Hüttenweg ab, direkt am Kronprinzessinnenweg parken, unter der Autobahn hindurch. Was danach kam, variierte nach Lust und Laune des Hundes. Mal ging es links, mal rechts, mal geradeaus in den Wald hinein.

Typisch: Kinder quälen aber kleine Hunde durch die Gegend tragen.

Nach zwei Tagen war mir klar: Hier irgendwo musste es passieren.

Am sichersten würde ich ihn direkt an seinem Auto erwischen, aber der Parkplatz war nie richtig leer und zudem würden die Knallgeräusche halb Berlin aufschrecken. Hier hatte ich nicht aufgepasst, denn schon in Lübeck gab es einen derartigen Krach, dass ich überlegte, in Zukunft mit einem Schalldämpfer zu arbeiten. Oder aber mit einem Revolver, der würde zwar schwerer zu dämpfen sein, war aber etwas leiser und warf zudem keine Hülsen aus. Einschlägige und gleichzeitig verlässliche Literatur oder Blogs gab es hierzu leider nicht, aber nach meiner letzten - allerdings auch ersten - Aktion hatte ich objektiv auch nach mehrmaligem Nachdenken alles richtig gemacht. Murat hatte mir grinsend aus den Lübecker Nachrichten vorgelesen, dass es sich nach Meinung des Landeskriminalamtes um eine professionell geplante und durchgeführte Hinrichtung gehandelt habe.

"Was grinst du, Murat? Das war minutiös geplant, nichts dem Zufall überlassen."

Er lachte. "Hey, alles bestens, ich sage nichts. Professionelles Ding. Besser kann es nicht laufen."

Er sah mich prüfend an und setzte hinzu: "Alter Mann..."

Zurück zum Grunewald. Beim vierten Mal fuhr ich ihm nicht aus dem Wedding hinterher, sondern war bereits an der Stelle und führte eine kleine Generalprobe durch.

Parkplatz fiel aus, daher entweder Unterführung oder gleich danach der Wald.

Ich spielte es in normalen Klamotten durch, zählte Schritte ab, plante Fluchtwege, notierte mir im Geiste Anzahl und Typus der anderen Spaziergänger. Es gab nur Hundehalter und Läufer. Ich entschied, nicht stur auf einem Plan zu beharren, sondern für und auf alles vorbereitet zu sein. Wenn es gut ging, würde ich mir drei verschiedene Szenarien aussuchen können, wenn es schlecht käme, wären überall viele Menschen. Wie ich es auch drehte und wendete, es blieb ein massives Problem: Wie käme ich da wieder weg?

Laufen und Fahrrad waren viel zu langsam, ich brauchte ein Auto. Mein eigenes ging nicht, dann eben ein Mietwagen, dazu die neuen Nummernschilder von Volkan.

Ich hatte das Hotel gewechselt, abends in der Bar des Hilton am Gendarmenmarkt dachte ich die letzten Details durch.

Am Mietwagen müsste ich alle auf eine Miete hinweisenden Merkmale abkleben. Die Nummernschilder könnte ich mit starken Magneten an den alten befestigen, um sie ebenfalls schnell entfernen zu können.

Blieb die Art und Weise meines Outfits.

Ich überlegte hin und her, während ich mich in der Bar umsah. Halb leer an einem Wochentag abends um neun.

Scheiß drauf, sagte ich mir, es geht nicht anders.

Am nächsten Morgen klapperte ich die Berliner Baumärkte ab und fand, was ich suchte. Es konnte, es musste losgehen.

Neun Tage Berlin, es kam der Tag der Wahrheit, ich war bereit.

Glaubte ich.

Ich stellte den Mietwagen, einen stinknormalen silbernen Golf, am frühen Nachmittag auf dem noch leeren Parkplatz an der Autobahn ab. Fahrtrichtung Richtung Onkel-Tom-Straße, die Türen wären später unverschlossen. Ich ging in den Wald, las den SPIEGEL, naja, versuchte es, spazierte herum, möglichst weit weg, um nicht aufzufallen.

Um fünf ging ich zum Wagen, es standen nur zwei andere Autos herum, aber darum konnte ich mich nicht kümmern. Es hatte auch keinen Sinn, mich zu fragen, ob der Wedding oder Charlottenburg nicht doch die bessere Wahl gewesen wäre. Ich hatte diesen Tag gewählt, weil der Wetterbericht Regen vorhergesagt hatte, bei dem Wetter waren hoffentlich weniger Menschen unterwegs, andererseits würde mein hundedevoter

Freund sicherlich kommen, da er alles für die sieche Kreatur zu tun bereit war, und die liebte den Grunewald. Jeden Zentimeter davon.

Um halb sechs nahm ich meine prall gefüllte Papiertüte und verschwand unter einer Schutz bietenden Buche. Tarnfarbene Einmaloveralls hatte ich zwar nicht gefunden, aber mit einem dicken edding hatte ich das weiße Ding an einigen Stellen verdunkeln können, darüber zog ich einen Blaumann und Überzieher, dazu die bekannten Latexhandschuhe, die eh hautfarben waren und mich somit nicht verraten würden. Ich sah aus wie ein Waldarbeiter, der seine Augen mit einer Rundumplastikbrille vor herumfliegenden Spänen oder sonst was schützen wollte. Dazu auf dem Kopf eine Hertha-Kappe.

Und dann ging alles ganz schnell. Der Touareg kam, parkte neben meinem Golf, der Mann war im Begriff, auszusteigen, und ich änderte sofort meinen Plan. Statt ihn direkt unter der Autobahn zu erwischen, nutze ich die Leere des Parkplatzes, keine Menschen in der Nähe, bestens, ich lief, während er die hintere Tür für seinen Hund öffnen wollte, die paar Schritte auf ihn zu, zog im Gehen die Pistole aus der Tasche, kam näher, stand zwei Meter schräg hinter ihm und als er ins Auto griff, schoss ich ihm in den Kopf, dann einmal in den unteren Rücken, zweimal in den Oberkörper und noch zweimal in den Kopf. Seine Knie knickten ein, er stöhnte leicht auf und während sein Unterkörper Richtung Boden glitt, rutschte sein

Kopf an der Sitzseitenkante entlang und blieb auf der Türschwelle liegen. Zwei weitere Schüsse in den Kopf, aber da war nichts mehr als eine Masse Blut, hinter der die zerfetzte Sitzbank einen unwirklichen Kontrast bildete. Keiner sagt einem vorher, welch unsagbare Gewalt Pistolenschüsse in sich bergen, sie reduzierten den linken mittleren Wagenteil zu einer Orgie aus Blut, Knochenstücken, Metallteilen und Schaumgummi. Ich drehte mich um, riss mir blitzartig Overall, Überzieher und eine Lage Handschuhe vom Leib, steckte diese in den bereitliegenden Müllsack, Pistole und Schutzbrille dazu und stieg in mein Auto, ließ den Motor an und fuhr langsam davon. Die Hülsen ließ ich liegen. Eine Plastiktüte um die Hand hätte zu auffällig ausgesehen. Es ließ sich nicht ändern. Weiterhin kein Mensch zu sehen. Ein letzter Blick in den Rückspiegel. Der kleine Hund sah mir nach, anscheinend unverletzt. Wenigstens das.

Auf dem Hüttenweg kam mir ein Auto entgegen, die Bluttat würde wohl gleich entdeckt werden, aber wer achtete schon auf einen silbernen Golf mit einem ältlichen Hertha-Fan als Fahrer?

Ich fuhr die Onkel-Tom-Straße nach Zehlendorf, von dort nach Stahnsdorf und über Nuthetal auf den Berliner Ring. Ich kannte Berlin zwar, mir fiel aber keine Stelle ein, an der ich absolut sicher meine Spurenbeseitigungsaktion bei Tageslicht durchführen konnte. Ich folgte der A10 und fuhr und fuhr, bis es dunkel war.

Meine Zeit in Berlin hatte ich natürlich genutzt, um mir über genau diese Dinge Gedanken zu machen, und was Besseres gab es als die nächtliche Uckermark? Zwischen Angermünde und Schwedt gab es den Landiner Haussee, für meine Zwecke wie gemacht. Als ich dort ankam, war es dunkel und totenstill. Ich hatte das Auto in drei Stunden nur einmal verlassen, um die falschen Nummernschilder und Klebebänder an den Fenstern abzureißen, das Zeug kam in den Kofferraum. Dann wischte ich mir das Gesicht mit Feuchttüchern sorgfältig ab. Am See angekommen begann ich, systematisch meinen Abfall zu schreddern: Die Nummernschilder zerschnitt ich mit einer Blechschere in briefmarkengroße Stücke, die Brille steckte ich in eine kleine Plastiktüte und zertrat sie zu Granulat, die Pistole zerlegte ich in ihre sämtlichen Einzelteile. Handschuhe, Überzieher, Hertha-Kappe, Overalls und die Kreppbänder tat ich in eine Papiertüte. Dann ging ich am See entlang und warf alle paar Schritte einzelne Nummernschildfetzen hinein und alle hundert Meter ein Pistolenteil.

Nach einer Viertelstunde war ich durch, ich nahm einen Spaten, grub ein tiefes Loch und stopfte die Papiertüte hinein. Dann schaufelte ich das Loch wieder zu, entledigte mich der eigens zu diesem Zweck angelegten Schuhe und des Overalls und tat diese in eine Gefriertüte, die ich dann per Kreppband eng verschloss. Den Spaten warf ich ebenfalls in den See.

Zack die Bohne.

Es war stockdunkel. Nichts zu sehen.

Ich ging zum Auto zurück, legte die kleine Tüte in den Fußraum und fuhr los.

Über die A11 fuhr ich auf den Berliner Ring zurück und bog am Kreuz Oranienburg Richtung Berlin ab. In Stolpe tankte ich und nahm das Auto währenddessen unter die Lupe. Nichts. Den kleinen Beutel warf ich in einen Mülleimer neben den Tanksäulen, zahlte und wusch mir in den ekelhaften Waschräumen gründlich die Hände und nochmals das Gesicht.

Dann fuhr ich zurück in die Stadt, steuerte in der Hilton-Tiefgarage einen von Überwachungskameras nicht einzusehenden Platz aus, wischte dort das Auto mit Feuchttüchern soweit wie möglich aus, steckte sie in die Hosentasche und fuhr ohne weiteres Gepäck direkt in meine Etage.

In der guten alten Zeit gab es in guten Hotels Wäschesäcke aus Baumwolle oder Leinen – lange her, aber für mich war der Wechsel zu blödem Kunststoff passend, denn so konnte ich alle an diesem Tag getragenen Kleidungsstücke inkl. Schuhe und Gürtel in einem Plastiksack verstauen, den ich dann in meinen Koffer legte. Ich duschte ausgiebig und wartete auf irgendeine Reaktion meines Körpers oder Geistes.

Nichts von beidem kam. Ich ging ins Bett und schlief ein, bevor ich das Licht gelöscht hatte.

Ein paar Wochen später gab Murat mir das dritte Polaroid, ein kräftiger Kerl in München, und wieder drei Monate später Fall vier, dieses Mal in Stuttgart.

Beide Jobs erledigte ich ohne vorherige Angstattacken, genauso gründlich vorbereitet wie vorher und mit jeweils verfeinerten Details. Quasi prozessgesteuert. Außerdem hatte ich nachgedacht: Es gab in Mordfällen, vereinfacht gedacht, Motiv, Umfeld und Technik. Ich hatte bei keinem der Opfer ein Motiv, aus dem Umfeld kam ich auch nicht, daher konnte man mir nur mit der Technik beikommen, und das konnte ich verhindern, zwar nicht zu einhundert Prozent, aber doch genügend, um ruhig schlafen zu können. Außerdem wusste ich, dass ich in diesem Fach immer besser wurde.

Ich kassierte für jeden Auftrag die üblichen fünfzigtausend Euro, zahlte für Spesen jeweils fünftausend und machte mir ansonsten feine Tage an den Tatorten oder in deren Nähe.

Das Bargeld floss weiterhin langsam in die Portokasse ein. Meine Frau freute sich mit mir über meine angeblichen Kurierreisen an verschiedene Destinationen, die ich sogar jedes Mal tatsächlich verrichtete, um meine Tarnung perfekt zu machen. Es schien zu wirken.

8.	Management

"Du hast waaaas?"

"Kommheruffdigger, nuschreimanichsorumhier."

Theo und Gerhard.

Sie gehörten zum Stammpersonal, das heißt, man sah sie öfter an den jeweils aktuellen Treffpunkten in Murats Dunstkreis herumlungern. Sie waren entweder zwischen zwei Jobs oder hatten eine Verabredung mit ihm oder einem aus dem inneren Kreis.

Es gab ein gutes Dutzend dieser Leute, und sie einte, dass sie alle filmreif waren.

Murat hatte ihnen die teuren, allzu auffälligen Autos verboten ("Waaas? Für Job verstehe ich ja, aber auch privat?")

Als ich bei Murat anfing standen Lambos, Ferraris und dieser oder jener Porsche herum. Nie von der Stange. Sie waren zwar alle angeblich "nur" geleast, aber als ich im Laufe der Monate mitbekommen hatte, welche immensen Geldmengen auch von diesen Clowns bewegt wurden, war ich mir nicht mehr so sicher.

Folge: Keine exotischen Autos mehr, auch privat nicht, stattdessen VW, Audi, Mercedes. Meinetwegen auch BMW. Solide deutsche Ingenieurskunst. Einer versuchte mal, das Verbot zu umgehen. Ich hatte mittlerweile die Theorie, dass Murat ein gewisses Aggressionspotenzial in sich hatte, das in regelmäßigen Abständen ausbrechen musste, und das hier waren perfekte Gelegenheiten. Die Details habe ich nie erfahren, aber der Missetäter ward nie mehr gesehen und die Autos blieben unauffällig. Als Test hatte er mich mal gebeten, dieses Verbot zu überprüfen und bei den Typen zuhause nachzuschauen, das hatte ich aber abgelehnt, was ihn freute. Denunzianten in seinen Reihen wollte er auch nicht.

Alles klar, keine fetten Autos – wie war es aber mit Uhren? Auch da bat Murat um Vorsicht, schrieb aber nichts vor, so dass die eine oder andere Rolex und Hublot, natürlich in Gold, zu sehen war, allerdings verschämt getragen unter langen Ärmeln. Die intelligenteren Köpfe hatten das Gesamtkonzept sofort verstanden und ließen, was das angeht, die Katze im Sack.

Leider hörte diese Zurückhaltung auf, wo Haarschmuck, Tätowierungen und vor allem Kleidung im Spiel waren.

Natürlich, ich entstamme einer anderen Generation, aber bei uns löste eine Mode die andere ab. Hippie – ok, dann aber ganz. Rocker – meinetwegen. Popper – tragen Slipper und Polohemden mit hochgeschlagenen Kragen, aber dazu keinen Luxus-Parka.

Diese Jungs aber legten einen Stil über den anderen, kombinierten in einer Oberbekleidung drei verschiedene Jahrzehnte und stolzierten wie die Pfauen durch ihre durchaus männlich dominierte Umgebung, und ich fragte mich oft, wem sie damit imponieren wollten? Ich sollte es nie erfahren.

Ich nannte Murats Mitarbeiter alle "das Management" und gebrauchte dann ausgedachte, besonders deutsch klingende Namen aus der Generation „Jürgen". Da ich diese Namen nie durcheinanderbrachte, waren alle mehr oder minder happy und über kurz oder lang nannten sie sich auch untereinander so und die Sache blieb kleben. Selbst Murat machte mit, aber natürlich hätte keiner gewagt, ihm einen anderen Namen zu verpassen. Ich hatte ihn scherzeshalber mal gefragt, erntete aber nur die erwartete Antwort.

Ich ging auf die beiden zu und fragte: "Komm, was war, Theo? Los. Yalla." Ich durfte "yalla".

Um einen Eindruck zu bekommen: Das Management hatte ich nicht aus völlig abwegigen Gründen so genannt. Diese Typen waren mit allen Wassern gewaschene Profikriminelle, die unter sich mehrere Jahrzehnte Knast oder zumindest Jugendarrest aufteilen könnten, bei guter Führung. Nicht alle von ihnen waren vorbestraft, aber wenn, dann hatten sie sich um die Gruppe? Bande? verdient gemacht und verdienten höchsten Respekt. Sie waren zwischen achtundzwanzig und vierzig Jahre alt und unterschieden sich äußerlich kaum voneinander: Scheinbar durchtrainiert, dunkle Augen, extrem sorgfältig frisierte Haare und Bärte, teilweise großflächig tätowiert, sehr gepflegt und modisch, wenn auch für meinen Geschmack nicht immer komplett sicher, sie sprachen Gettodeutsch, konnten aber auch anders. Jeder dieser Hulks verdiente zwischen fünfhunderttausend und einer Million Euro im Jahr, aus naheliegenden Gründen steuerfrei. Murat stellte fast nur Männer in festen Händen ein, am liebsten Familienväter - er wollte verantwortungsvolle Leute, die sich nicht während ihrer Arbeitszeit die Hörner abstoßen mussten.

Theo war die einzige Ausnahme, er war auf tragische Weise Witwer geworden: Seine Frau war eines qualvollen natürlichen Todes gestorben. Er kümmerte sich rührend um sein zweijähriges Kind, wurde aber nach Ablauf des einjährigen Trauerjahres rallig und wurde von seinen Kollegen mitleidslos mit seinem Singledasein aufgezogen.

"Raus damit jetzt, was war los?"

Gerhard jetzt: "Der ist ner Tussi volles Rohr hinten rein geballert, nur um sie kennenzulernen."

Wenn sie mit mir redeten, sprachen sie hochdeutsch, meist mit Hamburger Akzent, aber da wir manchmal auch Hospitanten aus anderen Gegenden hatten, wurden auch mal andere Zungenschläge gegeben. Erschrocken waren wir, als ein neuer uns plötzlich auf Schweizerdeutsch begrüßte.

Theo, einen Meter fünfundneunzig, fast einhundert Kilo, kein Gramm Fett, wand sich wie ein ertappter Birnendieb, es hätte nur gefehlt, dass er einen verschwitzten Strohhut in seinen Fingern drehte.

"Und?"

"Ja, die Frau da aus meiner Straße, die fand ich schon lange cool, also erst seitdem", er nickte in Richtung der Tür, und wir verstanden.

"Ich habe mal beobachtet, wann sie immer losfährt und wollte sie abpassen."

"Warum hast du sie nicht angesprochen?"

"Alter Mann, ich als Kanake, keine Chance, ich brauchte einen Knall, mehr als schiefgehen konnte es ja nicht. War meine Theorie."

"Geile Theorie, du Erbsenhirn," Gerhard stichelte weiter und wippte dabei von einem Bein aufs andere. Sein Informationsvorsprung mir gegenüber war eingeholt und wir waren nun beide gleich tumb.

"Jaja. Theo, was genau ist passiert?"

"Also, sie wohnt nicht in meinem Haus, sonst würde ich sie ja kennen, ein paar Häuser weiter, ihr Auto steht immer vor der Tür, daher weiß ich, was läuft. Fährt immer gleichzeitig los..."

"Gleichzeitig mit dir?"

"Nein, immer um die gleiche Zeit."

Ich rollte mit den Augen.

Er grinste; blöd war er nicht.

"Kennt sie dein Auto?"

"Alter Mann, was denkst du, ich fahre jetzt Passat. Nein, kennt sie nicht, ist aber auch gut. Also, ich passe Zeitpunkt ab und rolle langsam hinter ihr her."

"Und da hattest du schon genau überlegt, dass du sie abschießt, und auch wo."

"Genau, auf dem Groß-Flottbeker Weg, beim Einbiegen, wenn kein Auto kommt, leicht tuschieren, ich wollte ja auch keine Unbeteiligten gefährden."

Achtsam, die heutigen Gewaltverbrecher.

"Ja, und denn, nun, mach!"

"Ja ey, also ich stehe hinter ihr, glücklicherweise nicht als erster an der Einbiegung, kommen manche vorbei, ich passe ab, um ihren Vordermann nicht reinzuziehen, gebe kurz Gas und wwwommm, donner ihr hinten rein."

"Und dann?"

"Lauter Lärm, mahlendes Metall, grell gleißendes Glas, schreiende Scheiben."

"Hör auf zu dichten, Theo, erzähl weiter."

Gerhard und ich waren nicht sicher, wohin diese Geschichte gehen würde und sahen uns kurz unsicher an.

"Ja ja, in Ruhe, es muss ja auch dramatisch passen, also: Ich Warnblinker an, aus dem Auto gesprungen, betroffenes Gesicht gemacht, zu ihr hin, Tür aufgerissen, Träne rausgedrückt, sie angeguckt – Alter, sieht die gut aus!"

Gerhard und ich gucken uns nochmal an.

"Ich mich entschuldigt, sie getröstet, gefragt, ob Polizei kommen soll, sagt sie nein, also hat sie schon mal nichts gegen Kanaken, ich tröste weiter, nehme ihre Hand, ihr Auto kann fahren, meins auch, ich gebe ihr meine Nummer und kriege ihre. Hallo? Ich habe ihre Nummer."

"Nicht schlecht, Theo, und nun?"

"Jetzt kommt's: Sie war zur Werkstatt, kostet weiß ich nicht, aber regelt die Versicherung direkt, und dann fragt sie, ob bei mir alles klar ist, und druckst so rum, und dann frage ich sie, ob sie abends mal Zeit hat, dass ich mich mit einem Essen anständig entschuldigen kann und sie so, ja klar, gern, und ich so: wann, und sie so ja, dieses Wochenende? Und ich so, cool, magst Du Fisch, und sie, super, und ich bestelle einen Tisch im Austern-und-Mehr und bingo."

"Ihr geht gleich ins Sternerestaurant?"

"Ja, ist aber locker da, und ich kenne den Typen, der das da macht."

Natürlich kannte er ihn, denn im Austern und Mehr gab es mal prominenten, pressemäßig ausgeschlachteten Ärger: Mehrmals wurde dort eingebrochen, Geld gestohlen, dann Essensvorräte, Weingläser und so weiter, so dass der Inhaber irgendwann entnervt aufgab. Meine Theorie, dass das an der Missachtung der Regel lag, niemals ein Wortspiel als Namen eines Lokals herzunehmen, verfing nicht. Schade. Der neue Betreiber hatte sich gleich an Murat gewandt, der gab das in Theos Hände, und fortan war Ruhe. Und das Geld floss. Und da wollte Theo nun mit seinem Unfallopfer hin.

Das alles hört sich locker und lustig an, und diese beiden Typen sind nicht die Schlimmsten in Murats Stall, aber sie sind trotzdem brandgefährlich. Seine Leute sind handausgesucht, alle halbwegs intelligent, gepflegt und durchtrainiert. Sie gehen Extrawege, um sich ihre schicken Klamotten nicht schmutzig zu machen, aber ich habe gesehen, was passiert, wenn das doch mal vorkommt.

Einem Kollegen von Gerhard und Theo spritzte ein Speicheltropfen auf den Kragen, als er einem säumigen Zahler aufs Maul gab, das ließ alle Dämme brechen. Er schlug den armen Teufel mit methodisch ausgeführten Schlägen halb tot, was natürlich viel mehr als nur seinen Kragen versaute, was ihn mit jedem Tropfen und Flecken noch wütender machte und noch stärker zuschlagen ließ.

Das aber sollte Theo den Abend nicht verderben, er besprach sein Anliegen, es ging um irgendwelche Lektionen, die irgendwem erteilt werden müssten, und zog dann selig von dannen.

Austern und Mehr, ich komme.

9.   Murat

Als ich ihn kennenlernte war Murat Mitte dreißig.

Er war kein typisches Gast- oder Fremdarbeiterkind aus dem tiefsten Anatolien nein: Seine Eltern kamen aus gutsituierten Kreisen in Istanbul. Architekten. Sie landeten im Hamburg der späten siebziger Jahre durch Verbindungen zum türkischen Generalkonsulat in einem eleganten Architekturbüro. Studiert in Oxford und Mailand, mehrsprachig und so gründeten sie nach Erhalt ihrer endgültigen Aufenthaltsgenehmigung eine Familie. Murat war nur ein Jahr jünger als Stammhalter Hassan, und einige Jahre kam später noch ein Nesthäkchen, seine Schwester Bettina.

„Bettina?"
„Ja, Alter Mann. Gelebte Assimilation. Hassan war noch ok, Murat auch, ich kam zu schnell hinterher, um sich andere Gedanken zu machen, aber meine Eltern glaubten dann, dass ihnen eine Ayse oder Hatice die Internationalität verhageln würde. Daher Bettina."

Da alle mittelblond und grünäugig waren, war das stimmig. Trotzdem, bei Bettina liefen alle Emanzipationsversuche ihrer Eltern ins Leere; sie war das klassisch verwöhnte Prinzesschen geblieben, hatte einen Schweizer Zahnarzt geheiratet und lebte mit ihm und drei Kindern in einer schicken Villa im

Tessin. Glücklich und zufrieden, mit Range Rover und Pferdeanhänger.

Dies alles wusste ich von Kollegen, Murat selbst sprach kaum über seine Familie.

Er redete auch ungern über sich selbst, und so puzzelte ich mir mein Bild von ihm aus kleinen Mosaiksteinen zurecht, die er selbst oder andere hier und da fallen ließen:

Gutbürgerliche Verhältnisse. Die fünfköpfige, mittlerweile deutsche Familie wohnte im edlen Pöseldorf, früher einmal ein eher flippiges Viertel. Vergleichbar mit der Schanze heute, nur feiner. Jil Sander hatte da ihre erste Boutique; Udo Lindenberg, Otto Waalkes und Marius Müller-Westernhagen wohnten in einer WG über einer berühmtem Eckkneipe, in der der Wirt "Ottos Atomsuppe" anrührte. Mittlerweile waren sowohl Jil Sanders Boutique als auch die Atomsuppe weg. Die Stimmung aber war immer positiv geblieben, wozu natürlich auch die Nähe zur Außenalster beitrug.

Bald trennten sich die bildungsbürgerlichen Wege der Brüder. Murat besuchte das Gymnasium in Winterhude, wo er Jim, damals noch Cem, kennenlernte und auf ewig mit ihm befreundet blieb, machte ein gutes Abitur und studierte dann Jura an der Universität zu Hamburg. Jetzt verschwimmen die Spuren und Berichte etwas: Die einen sagen, er hätte schon an der Uni gedealt oder andere krumme Dinger gedreht, andere behaupten

Stein und Bein, dass er sich während seiner Auslandsemester in San Diego mit libanesischen Muttersöhnchen zusammentat und ein bis in die heutigen Tage währendes Netzwerk schmiedete, welches schon in den Anfangstagen des Internets auf weltumspannenden Drogen- und sonstigen illegalen Geschäften fußte. Wiederum andere raunten von einem Onkel, der schon früh die türkische und bald auch die gesamte nahöstliche Unterwelt Norddeutschlands kontrollierte. Wahrscheinlich stimmt von jedem ein Bisschen.

Mit dem Studium der Jurisprudenz hörte Murat nach dem ersten Staatsexamen auf, er erwarb dann noch ein MBA in San Diego. Im Alter von Mitte zwanzig verfügte er über eine veritable akademische Laufbahn, eine Menge Freunde und Kontakte in Kleinasien, Nord- und Mittelamerika und wer weiß wo noch.

Für rechtschaffene Menschen war er ein Talent, das irgendwann mal durch die falsche Tür geschritten ist, er selbst sah sich als Beherrscher des Universums.

Diese oberflächlichen Merkmale sind relativ einfach zu durchschauen. Was in seinem Geschäftszweig allerdings in der Praxis extrem wichtig ist, ist die gesunde Mischung aus Kaltblütigkeit, Gewaltbereitschaft, Ehrgeiz, Mitleidslosigkeit, Gefühlskälte, Präzision - kurz: Es braucht einen Psychopathen. Und das, so sollte ich schnell herausfinden, war er: Ein Psychopath, wie er im Buche steht. Oder zumindest ein Mann, der in den passenden Momenten die Eigenschaften eines lupenreinen Psychopathen auszupacken verstand.

Murat verfolgte seinen Weg mit äußerster Brutalität und er beseitigte alles und jeden, der sich ihm in den Weg stellte. Ohne mit der Wimper zu zucken. Ich habe miterlebt, wie er Morde in Auftrag gab, Existenzen vernichtete, Familien auseinanderriss und nebenbei nett und freundlich und intelligent plauderte, als sei nichts gewesen.

Dass er so war, war offensichtlich, *warum und seit wann* hat keiner je erfahren. War er ein Kind, welches Fliegen und Fröschen die Beine ausriss, Katzen den Schwanz anzündete und Hunde mit einem Hammer erschlug? Ich glaube, es war noch viel schlimmer…

War es ein Zeichen meiner eigenen Brutalisierung, dass ich mich trotzdem auf ihn einließ und mich in seiner Gesellschaft sogar wohl fühlte? Dass ich ihm gefallen wollte? Dass ich mich freute, wenn er mich lobte? Ich hatte mich selbst immer für schlau gehalten; mir war aber auch klar, dass ich für Manipulationen durchaus anfällig sein könnte; so würde ich zum Beispiel nie von mir behaupten, in der Nazizeit unter gewissen Umständen nicht mitgebrüllt zu haben oder in der DDR stets gegen alle Verlockungen der Stasi gefeit geblieben zu sein. Murat war ein Menschenfänger, der es durchaus mit den hochprofessionellen Demagogen jeglicher Couleur aufnehmen konnte. Was ich jedoch nie verstand: Warum war das so? Was genau ließ mich und viele andere dahinschmelzen? Woraus bestand Murat, was hatte er, welchen Hintergrund gab es?

Außer seiner Herkunft wenig. Er war mittelgroß, schlank, hatte volles Haar, war immer glattrasiert, muskulös, ohne aufzufallen, kleidete sich modisch, trug keinerlei Schmuck, hatte keine sichtbaren Tätowierungen oder Löcher, die auf frühere Piercings hinwiesen, man hätte ihn fast makellos nennen könne, wenn da nicht zwei Dinge gewesen wären: zum einen fehlte ihm der Ringfinger der linken Hand, und dann hatte er eine zwar gut verwachsene und mittlerweile etwas verwaschene, aber dennoch klar erkennbare Narbe am Hals. Als ich sie das erste Mal sah, öffnete ich instinktiv den Mund, um etwas zu sagen, aber der Blick, den er mir daraufhin zuwarf, war derart brutal und vielsagend, dass mir kein Wort über die Lippen drang. Und nicht nur das. Ich bekam einen sehr trockenen Mund und fühlte etwas, was nicht gesund war: Todesangst.

Zurück zu seinem Äußeren und dem, was zweifelsfrei über ihn bekannt war: Er trug immer teures, zeitlos elegantes Schuhwerk und folgte keiner Modeschwingung. Mit anderen Worten: So, wie er aussah, würde er Einlass in jedes teure Hotel, in jede Erste-Klasse-Lounge und zu jedem Kita-Elternabend erlangen.

Was ich hingegen kannte, waren seine weiteren Karrierestationen: Nach seinem Studium arbeitete er bei irgendwelchen Verwandten („Erweiterte Familie, frag mich nicht.") in Abu Dhabi, Kapstadt und Hong Kong. Das war interessant und gab Anlass zu über unser übliches Maß („Nicht immer nur Mord und Totschlag, was, Alter Mann?") hinausgehenden Gesprächen, weil ich auch in Asien gearbeitet hatte.

„Und? Warst du in Hong Kong mal in der Blauen Libelle, Murat?"

„Ja, klar."

„Und?"

„Was soll ich sagen? Ich habe den totalen Hype um den Laden nie verstanden."

Dann eben nicht. Man mochte Die Blaue Libelle, oder man mochte sie nicht.

Ich mochte sie. Sehr gern sogar.

Murat offensichtlich nicht.

Irgendwann kam er zurück und wurde nahtlos zu dem, der er war.

Aber was war er denn nun genau?

Romantisch verklärt eine Art Mafia-Don, ein Boss der Bosse, eine Spinne im Netz der unterschwelligen Kriminalität, ein Abkassierer, ein Pate. In eher weltliches Licht gerückt ein brutaler, zynischer Egomane, der über Leichen geht und seine unendliche Brutalität hinter einem freundlichen Wesen und guten Manieren und einer Stimme verbirgt, die nie laut wird. Und hinter dem Gesicht eines liebevollen Familienmenschen.

Konnte das denn sein?

10.   Hassan

Hassan war der Heißsporn der Familie. Noch bevor man auch in Deutschland von „Radikalisierung" sprach, war es bei Hassan längst passiert. Er trug früh den Rauschebart des Propheten, kleidete sich in weite Gewänder, betete fünfmal täglich und hielt alle islamischen Regeln vom freien Freitag bis hin zum streng ausgeführten Ramadan ein. Er war aber sonst ein lebhafter und fröhlicher Typ, ihm fehlte nach außen hin komplett das verbissene, freudlose, dass nicht-islamische Laien oft mit dem Islam in Verbindung bringen. Er gehörte zu denen, die sich ernsthaft auf die hundert Jungfrauen freuten, die Allah ihm im Falle eines Todes versprach.

Und er kam ihnen näher: Langsam aber sicher driftete Hassan in die Fänge der Gewaltprediger und Extremisten ab. Freitage dienten bald nur noch vordergründig dem Gebet, tatsächlich aber traf man sich in der dafür berüchtigten Moschee am Hamburger Steindamm, ungefähr zu der Zeit, als sich Mohammed Atta mit seinen Kollegen auf 9/11 vorbereite, mit Hassan aber hatte man anderes vor, man wollte ihn an der Quelle haben, mitten in Syrien mit einer Infrastruktur, die ihm nicht nur Einsätze in der Türkei, in Syrien selbst, dem Libanon und Israel erlaubten, sondern auch in den Golfstaaten und den Ländern nördlich der Sahara.

Hassan hatte viele Vorteile und einen Nachteil: Neben seinem guten Aussehen und fröhlichem, einnehmendem Wesen war er unglaublich sprachbegabt, ein Genie: Er sprach sechs Sprachen absolut fließend, ohne den geringsten Hinweis, dass er kein Muttersprachler war: Türkisch, Deutsch und Englisch, und nicht nur amerikanisches und englisches, sondern er konnte noch zwischen Ober- und Mittelklasse unterscheiden und machte auch vor dem tiefsten Cockney nicht Halt. Dazu Französisch, sämtliche arabische Dialekte und, heureka, Hebräisch. Nach seinem ersten Einsatz in Israel, er hatte den Auftrag, einen israelischen Grenzposten an der Straße von Tel Aviv nach Ramallah in die Luft zu jagen, bei weitem übererfüllt…, befasste er sich rein aus Interesse noch mit dem Jiddisch der zwanziger Jahre – und war in der Lage, mit älteren Israelis, die diese Sprache von ihren aus Galizien eingewanderten Vorfahren aufgeschnappt hatten, herrlich nostalgisch zu plaudern.

Sein unglaubliches Sprachgefühl führte ihn auf delikate Exkursionen, die an der Schwelle zwischen stinknormalen Auftragsmorden und James Bond-ähnlichen Projekten standen. Mal düste er erster Klasse nach Rio de Janeiro, um einen reichen jüdischen Geschäftsmann zu treffen, mal robbte er nachts unter kurdischem Stacheldraht hindurch, um abtrünnigen Milizen das Einmaleins des Partisanenkampfs beizubringen. Er war kein Führungsmaterial, weil ihm sowohl der theoretische Überbau als auch das wirkliche Interesse am Kampf für einen Höheren Sinn fehlte, aber ihm gefiel, was er tat, und er wusste, dass er damit denen, die über diesen Höheren Sinn verfügten, half.

Wenn da doch bloß sein Nachteil nicht gewesen wäre, der ihn stets mit dem Hintern wieder einreißen ließ, was er sich mit den Händen mühsam aufgebaut hatte: Seine wahnsinnig kurze Zündschnur. Ihn explosiv-cholerisch zu nennen, wäre untertrieben. Es wurde mit dem Älterwerden nicht besser. Immer wieder brannten seine Sicherungen durch, bis er sich den mehreren laufenden Verfahren durch seine Flucht, seine Wiedergeburt, wie er es nannte, in den Untergrund entzog.

Extreme Projekte verlangten extreme Tarnung, so musste er sich für einige Missionen den Bart rasieren und sich westlich kleiden. Auf einem Flug mit SAS nach Stockholm gefiel er einer blonden Malmöer Stewardess derart, dass sie ihm beim Aussteigen auf ein Wiedersehen ansprach, und da er einige Tage Zeit hatte und sie ihm mit ihren blauen Augen und den perlweißen Zähnen gefiel, dazu eine Topfigur und genügend Lachfalten um die Augen, sagte er zu. Nach zwei Tagen waren sie ein waschechtes Liebespaar, nach einer Woche verlobt, und da sie dann beide wieder ihren jeweiligen Beschäftigungen nachgingen, sie zum Fliegen, er zum Bauen und Deponieren von Bomben und anderem Schabernack, dauerte es dann doch ein gutes Vierteljahr zur Hochzeit. Bis dahin sprach er fließend schwedisch, sogar mit südschwedischem Tonfall. Sie konvertierte bereitwillig zum Islam, er sortierte aus seinen diversen Identitäten diejenige heraus, die eine Heirat mit einer Ausländerin am einfachsten machte: Einer Heirat mit anschließender nach strengem Brauch begangener Feier in Beirut stand nichts im Wege. Sie aß ihm aus der Hand, und er ihr auch. Der böse Hassan zeigte sich nicht, war vielmehr extrem geduldig und liebevoll im Umgang mit seiner neu-religiösen Frau.

Noch.

Seine Intelligenz machte ihm klar, dass es für sie nicht leicht war, aber es gelang ihm, sie davon zu überzeugen, dass der Islam keineswegs immer frauenfeindlich war und das Leben im relativen Luxus für sie keine großen Nachteile bot. Natürlich gab sie ihren Stewardessen-Job auf, aber da sich bald Nachwuchs ankündigte und Hassan der Bequemlichkeit und seiner Familie zuliebe Wohnsitz in Dubai nehmen wollte, wo sich auch extrem islam-konformistische Frauen halbwegs frei bewegen konnten und sogar Auto fahren durften, nahm sie die wenigen Nachteile geduldig hin und freute sich über regelmäßige Besuche von Verwandten und Freunden. Hassan gab den liebevollen Ehemann, war ein guter Gastgeber und alles sah nach einem glücklichen und erfüllten Leben aus, zumal nach dem ersten Kind, einem Jungen, rasch ein zweites kam, ein kleines Mädchen.

Murat hatte immer zu seinem Bruder gestanden und ihn immer geliebt. Das ist bei dicht aufeinanderfolgenden Geschwistern nicht außergewöhnlich, und auch wenn er in

Kindertagen oft die nächste Zielscheibe von Hassans Wutausbrüchen war, hatte er gelernt, ihn zu nehmen und im Laufe ihres Heranwachsens wurde er der Einzige, der auch in Zeiten blinder Rage an ihn herankam. Im Alter von zehn Jahren hatte er gemerkt, dass er einen Weg finden musste, mit Hassans Zorn nicht nur umzugehen, sondern sich auch zu wehren und so nahm er heimlich Unterricht in diversen Kampfsportarten. Es war Straßenunterricht, und es war gewiss nicht olympisch, was den Ablauf der einzelnen Kämpfe anging. Die überforderten Eltern der beiden hatten längst jegliche Schlichtungsversuche unterlassen, sie hatten alle Hände damit zu tun, Hassan trotz seiner, mild ausgedrückt, erratischen Art bei sich behalten zu dürfen, wozu auch beitrug, dass er sich gegenüber Schule, Sozialamt, Polizei, Justiz und allen anderen mit ihm früher oder später befassten Institutionen immer reuig ausgab und Besserung gelobte und alle ihm aufgetragenen Therapien und Sozialarbeiten und Behandlungen und Ritalinverschreibungen brav, kopfnickend und auch in der Sache kooperativ über sich ergehen ließ. Lange hielten diese guten Vorsätze nie an.

Eines Tages hatte Murat durch eine gezielte Ungeschicklichkeit Hassans nur ihm selbst verständlichem Ordnungssinn absichtlich und gravierend durcheinandergebracht und wartete auf die vorhersehbare Reaktion. Die kam dann auch, Hassan stürzte sich wie besessen auf seinen Bruder, der ihn aber mit einem Tritt gegen das Schienbein völlig überraschte, ihn zu

Fall brachte und systematisch verdrosch. Mit zehn. Die Eltern der beiden standen hilflos daneben und sahen zu, wie Hassans hübsche Züge durch präzise Hiebe seines ebenso hübschen Bruders anschwollen und durch eine dicke Schleim- und Blutschicht sehr schnell als solche nicht mehr zu erkennen waren. „Murat, hör auf, du bringst ihn um!", schrie seine Mutter, aber er antwortete nur ganz ruhig: „Oh nein." und drosch weiter auf ihn ein. Erst als Hassan sich nicht mehr wehrte, ließ er von ihm ab, sah seine Eltern an, hob kurz die Augenbrauen und setzte sich wie völlig unbeteiligt an den Abendbrottisch.

Wer nun einen Hassan erwartete, der auf Rache aus war, hatte sich getäuscht. Von diesem Tag an hielt er sich zuhause mit jeglichem Jähzorn zurück und war ein anderer Mensch, aber nur dort und im Beisein seiner Familie. Er war nicht gebrochen, hatte vielmehr die für manche Rüpel erforderliche Lektion erteilt bekommen, hatte sie verstanden und sich vorgenommen, sich den veränderten Umständen anzupassen. Die komplexen Stärkenverhältnisse hatten sich aber nur im familiären Umfeld verschoben, außerhalb davon überkompensierte er sein friedliches Nestverhalten auf der Straße, in der Schule und überall sonst.

Das Verhältnis zu Murat blieb über all die Jahre sehr gut und innig. Sie liebten sich, respektierten sich und waren füreinander da. Murat war der Einzige, der sich sanfte Kritik an Hassans Verhalten erlauben durfte, aber auch er war schlau genug, zu wissen, dass es keinen Weg geben würde, Hassan mit gutem Zureden und einem aufmunternden Schulterklopfen zu ändern. Man müsse sehen, wohin die mit Vollgas vorwärts brausende Lokomotive steuerte, und ob sich vielleicht irgendwann ein unüberwindbares Hindernis auftun würde.

Auch die Eltern hatten nie wieder unter Hassan zu leiden. Er respektierte sie zwar nicht so, wie er Murat respektierte, aber er wusste, dass sie bei der Abreibung zugegen waren und wussten, dass er nicht unverwundbar war.

Lange her das alles.

Zurück nach Dubai – Hassan schien unter seinen Vaterpflichten gereift zu sein. Die schwerreichen islamistischen Extremisten aus den Golfstaaten ermöglichten ihm ein halbwegs luxuriöses Leben und kamen für seinen Unterhalt auf. Seine Einsätze nahmen regelmäßige Formen an, er half einmal im Monat für einige Tage in den Brandherden der Region und kehrte dann heim wie ein Angestellter, der von einer Geschäftsreise kam. Meist holte seine Frau ihn mit den Kindern vom Flughafen ab. Er trug den Dischdasch, das lange weiße Hemd der Golfstateneinwohner, dazu ein weißes Kopftuch, gehalten von einer schwarzen Kordel. Barfuß in Schlangenledersandalen. Seine Frau war außerhalb ihrer Wohnung grundsätzlich verschleiert und trug das komplette schwarze Gewand der konservativen Golfstaatenfrauen. So fuhr sie auch Auto. Mochten die modernen Weiber nur mit einem Schal oder Jeans oder gar Minirock umherschlendern, Hassan legte Wert auf die Befolgung der alten Regeln, und das war ein kleiner Preis für sie, den sie eher amüsiert als widerstrebend zahlte. Denn was sie darunter trug, war eine andere Frage – da waren der Phantasie keine Grenzen gesetzt. Das gefiel auch ihm.

Schnell aber verschob sich die extrem-islamistische Welt des Hassan. Wie in einem Mahlstrom geriet die Region in Bewegung, in Syrien bildete sich die ISIS, eine radikale Gruppierung, die eine neue Welt für alle gläubigen Moslems versprach und energisch vorantrieb. Hassan war wie elektrisiert. Er griff sich die gutgläubige Schwedin und zog mit ihr und den Kindern nach Syrien, wo er sich sofort in die zweithöchste Hierarchieebene dieser neuen Radikalgruppierung aufschwang. Zunächst ging alles gut, sie lebten nomadengleich mal hier mal dort, von Hirtenromantik allerdings keine Spur.

Seine Frau hatte zwar von den früheren Wutausbrüchen gehört, unter anderem von Hassan selbst, war aber bisher weder Zeugin noch Opfer geworden. Nun aber veränderte er sich. Er stand unter Druck. Fuhr Aktion nach Aktion. War im Dauerstress. Konnte nicht mehr abschalten, geriet in einen Teufelskreis. Statt auszuruhen, musste er die nächste Schlacht, so nannte er das, unter Zeitdruck vorbereiten, man war im Krieg. Hassan war jetzt ein Dschihadkrieger. Fehler passierten, vermeidbare Fehler. Er war frustriert, dann böse, dann brach sich seine erst sporadisch auftretende, dann rasende, tobende Wut auch zu Hause ihre

Bahn. Er war gereizt, laut, unnahbar und es dauerte nicht lange, bis er sich auch körperlich an seiner Frau vergriff. Erst leichte Stöße, aus heiterem Himmel, aufgrund von Petitessen. Sie musste mittlerweile zuhause bleiben, hatte keinerlei Kontakt zu anderen Menschen, und obwohl sie leidlich arabisch sprach, durfte sie sich weder mit anderen Frauen oder, Allah behüte!, gar Männern austauschen.

Mittlerweile waren auch viele aus dem Westen kommende Kämpfer zum IS, wie sich die Gruppierung mittlerweile nannte, gestoßen. Moslemische Männer mit europäischen Frauen kamen, aber auch Deutsche, Engländer, Amerikaner und sogar eine Handvoll Skandinavier. Als eines Tages eine norwegische Familie kam, der Mann aus einer Osloer Familie, die vor drei Generationen aus dem Irak eingewandert war, mehr Norweger als Araber, blühte seine Frau auf. Trotz strikten Kontaktverbots auf beiden Seiten begannen die beiden Frauen, sich zunächst heimlich durch geöffnete Fenster zu unterhalten und dann täglich zum Tee zu treffen. Das ging einige Wochen lang gut, bis Hassan eines Abends früher als gewöhnlich nach Hause kam. Er fand beide Frauen in vertraulicher Haltung auf dem Teppich sitzend, in Jeans und T-Shirts, aus einem Handy plärrte ABBA.

Mit vor Wut verzerrtem Gesicht bat er die Nachbarin mit gepresster Stimme, sich zu bedecken und dann sofort die Wohnung zu verlassen. In dieser Reihenfolge. Dann ging er in zwei Schritten auf seine Frau zu, die vergeblich versuchte, ihn zu beschwichtigen. Sie kam gar nicht dazu, zu schreien. Er griff sie an den Haaren, schleifte sie durch die Wohnungstür auf die Straße und rammte ihren Kopf mit aller Gewalt so oft in das staubige Pflaster, bis sie sich nicht mehr bewegte. Sie war tot.

Den Kindern aber hatte er in all diesen turbulenten Zeiten nie ein Haar gekrümmt.

Nun denkt man, der IS sei so steinzeitmäßig, dass jeder Mann nach Belieben seine Frau umbringen könne – das war aber nicht so. Der „Staat" war professionell organisiert, zwar nicht nach im Westen gültigen Richtlinien, aber es gab eine durchorganisierte PR-Maschine, die darum bemüht war, die Organisation in aller Welt als Fortschritt in einer seit Jahrzehnten chaotischen Gegend zu verkaufen. Dazu mochten Grausamkeiten ungeahnten Ausmaßes gehören, diese sollten sich aber auf den Feind draußen konzentrieren, nicht auf häusliche Gewalt, und schon gar nicht gegen konvertierte Europäer, und erst recht nicht vor aller Augen.

Der norwegische Nachbar war zwar ideologisch genauso verbohrt wie alle anderen IS-Mitglieder, man richtete diese Einstellung jedoch nie gegen andere fromme Moslems, schon gar nicht gegen seine Familie.

Er rief sofort den Kadi auf den Plan.

Wozu hatte man die Scharia? Wenn man sie jetzt nicht anwandte, wann dann?

Hassan kam sofort in den Kerker, im wahrsten Sinne des Wortes. Man sperrte ihn nackt bis auf sein Lendentuch in eine alte Hütte, um seine Verpflegung würde man sich keine Sorgen zu machen brauchen, man hätte ein Urteil, bevor er verhungern oder verdursten würde.

Der Rat der Alten trat zusammen. Im dem waren nicht nur Alte, und es war nicht das erste Mal, dass die Justiz gebraucht wurde, allerdings hatte bisher noch keiner der Kämpfer seine Frau umgebracht, und schon gar nicht cora publico.

Die wirklich alten Alten hatten schnell ihr Urteil gefällt, Allah ließ da nicht viel Spielraum zu, aber die ebenfalls zum Rat gehörenden Kämpfer, die Soldaten, die Profis, die Organisatoren der ganzen Chose, wussten, was sie an Hassan hatten. Er war smart, mutig, intelligent und weltgewandt, das letztere war sein wirklicher Vorteil. Eine solche Kombination, zumal die Sprachgenialität, mit der er sich im gesamten Nahen Osten wie ein Einheimischer bewegen konnte, gab es kein zweites Mal. Aber der heimliche Kopf des Ganzen, die Graue Eminenz, der Mann hinter dem MANN, wusste, dass man auf keinen Fall derartige „Ablenkungen" gebrauchen könne, die innere Disziplin musste gewahrt werden, und wenn es auf Kosten der gesamten Schlagfähigkeit war. Das alles ließe sich wieder aufbauen, man würde schon jemanden finden, der türkisch UND arabisch UND sogar wie ein Israeli sprach, wenn es denn unbedingt sein musste, aber wenn plötzlich jeder jeden umbringen dürfe, dann würde man sich das sorgfältig aufgebaute Image sofort wieder zerstören, zumal diese Skandinavierinnen anscheinend irgendwie ein Handy in das Lager geschmuggelt hatten oder dieser weiche Sohn einer Hündin von Nachbar seiner schlampigen Frau eines gegeben hatte. Wahrscheinlich war das Video des brutalen Mordes längst in alle Welt versandt worden. Darum müsse das Urteil schnell folgen, und ebenso schnell verbreitet werden.

Er senkte den Daumen, damit war das Urteil gefällt.

Inschallah.

Tod durch das Schwert, vollstreckbar nach Sonnenuntergang, das war in einer halben Stunde, auf dem Versammlungsplatz, einem gottverlassenen Karree neben dem, was hier als Hauptquartier oder Regierungssitz oder was auch immer herhalten musste. Es würde gehen, und vor allem: Es würde der Welt zeigen, dass man sich hier an Recht und Ordnung zu halten hatte.

„Haben wir einen Henker nahebei?"

„Haben wir."

„Kamera?"

„Läuft."

„Dann los!"

Ohne Ankündigung, ohne weiteres Nebenschauspiel wurde ein hölzerner Hocker in den Staub gestellt, neben dem der Henker stand, das Kinn gestützt auf sein reichverziertes, eineinhalb Meter langes Schwert. Man holte Hassan aus seiner Zelle. Seine blinde Wut war verraucht, er wusste, was seine Stunde geschlagen hatte. Er bat, ohne Fesseln zu seinem Scharfrichter zu gehen. Die Bitte wurde ihm erfüllt. Als er sich hinhockte, sprach er laut ein Gebet – im Inneren wunderte er sich, ob es wohl auch unter diesen Umständen ein Recht auf die Jungfrauen nach dem Tod geben würde, aber damit würde er sich beschäftigen, wenn es soweit wäre. Der Rat der Alten stand vor dem Hocker. Es gab nichts zu sagen. Hassan legte seinen Kopf auf die Sitzfläche. Er schloss seine Augen nicht. Der Älteste der Alten nickte, der Henker holte aus.

Innerhalb von Minuten wusste man auch in den Hamburger Stadtteilen Harvestehude und Pöseldorf, in Malmö und allen anderen Ecken der Welt, was mit Menschen passierte, die mal eben so ihre Frau umbrachten. Dafür sorgte das professionell in arabisch, englisch, französisch, deutsch, türkisch und ausnahmsweise auch schwedisch über Al Jazeera verbreitete gestochen scharfe Video der Hinrichtung des nur „Kämpfer H." genannten Delinquenten. Dass er deutscher Staatsbürger war, erwähnte man nicht, was sich als geschickter Schachzug und unerwartetes diplomatisches Glück erwies: So musste sich keine deutsche offizielle Stelle genötigt sehen, Protest wegen der Hinrichtung eines Frauenmörders einzulegen.

Die Nachbarn wussten nicht, ob sie froh sein sollten, den Wüterich von nebenan los zu sein oder traurig, weil der einzige Kontakt, den es für sie in dieser fremden Umgebung gegeben hatte, unwiederbringlich aus der Welt war. Zunächst ging es um Praktisches: Was tun mit den zwei und drei Jahre alten Kindern?

Die Frau erinnerte sich an eine Organisation, die sich um die Kinder von Strafgefangenen kümmerte, und dass die wohl eine Außenstelle in Mossul hatte. Es gelang ihr, diese zu kontaktieren und den Fall zu schildern. Ja, für genau solche Fälle war Morning Tears da, in Belgien mit der ursprünglichen Agenda gegründet, bedürftigen Kindern in China zu helfen und für diese Kinder in eigens gebauten Waisenhäusern ein halbwegs normales Leben zu ermöglichen.

Der Mitarbeiter in Mossul stellte einige wenige Fragen, gab es Verwandte, wo kam der Vater her - so moslemisch waren sie dann doch, nicht nach der Mutter zu fragen. Hamburg, soso. Nach ein paar Rückfragen wusste man, dass die sehr rührige Präsidentin von Morning Tears Deutschland in Hamburg wohnte und als sehr hartnäckig und effektiv bekannt war.

IS, weiterhin bemüht um zumindest vereinzelte Sympathien, unterbrach kurz das absolute Kontaktverbot und

ermöglichte ein Gespräch zwischen dieser Frau und dem
Norweger.

„Holen Sie die Kinder hier raus und bringen Sie sie nach
Hamburg, ich schwöre Ihnen, dass ich Details habe, bevor sie
gelandet sind.“

„So einfach ist das nicht, haben die Kinder Pässe, gibt es
Dokumente?“

„Die sind irgendwo, ich finde sie, aber zuerst müssen die
Kinder hier weg.“

„Ok, ich vertraue Ihnen, schicken Sie was immer Sie
haben per mail, dann sind wir in vierundzwanzig Stunden durch
damit. Notfalls bleiben die Kinder eine Nacht im Gewahrsam am
Hamburger Flughafen, bis ich die Verwandten gefunden habe.“

Nach all diesen schrecklichen Ereignissen, noch bevor sich
der Mond einmal um die Erde bewegt hatte, war der Fall zum
Guten geklärt.

„Ich habe alles gefunden und maile das gleich vom
Handy, das nimmt man uns gleich wieder weg, wir werden nie
wieder voneinander hören. Inschallah.“

„Ok, das geht bestimmt über ein paar Server, die wir
beide nicht kennen und nicht kennen wollen. Sagen Sie mir aber
doch bitte schon mal ein paar Einzelheiten hier in Hamburg.“

„Es gibt da einen Bruder. Er heißt Murat.“

Murat hatte nicht die überbordende, allerdings meist anstrengende brillante Intelligenz seines Bruders. Er war immer noch überdurchschnittlich, aber wo Hassans Hirn wie eine komplexe High-Tech-Maschine arbeitete, glich seines eher einem fokussierten Laser. Er sprach reinstes akzentfreies Hochdeutsch, konnte aber den Hamburger Zungenschlag wie eine Nachttischlampe anknipsen. Sein Türkisch war astrein, was für Gastarbeiterkinder der zweiten Generation nicht selbstverständlich war.

Sein nicht ganz beendetes Jurastudium war zu wenig, um wirklich das Recht zu beeinflussen, aber es verschaffte ihm genügend Wissen, um seinen Bruder aus dem Gröbsten herauszuhalten. Zudem sah er Jura als Universalstudium des Lebens an, welches circa fünfundneunzig Prozent der im wirklichen Leben auftauchenden Situationen abdecken konnte. Das reichte ihm. Dazu die Auslandssemester in Südkalifornien.

Er hatte einen netten Freundeskreis, und seit seinen diversen Auslandsaufenthalten arbeitete er zur Tarnung als Angestellter bei einem Schiffsmakler. Zwanzig Stunden die Woche, die anderen zwanzig verbrachte er in einer zum Büro umgewandelten Wohnung in der Nähe des Michels. Dort legte er nebenbei das Fundament für sein Schattenreich. Er hatte diese

Wohnung als Student gekauft, vom ersten selbstverdienten schwarzen Geld, und im Laufe der Jahre so perfektioniert, so dass sie ihm als Büro, Fluchtpunkt, Safe und was sonst noch alles dienen konnte. Es kamen auch mal Besucher, gerade am Anfang, als er noch keine anderen Treffpunkte hatte, aber viele Menschen aus seinem inneren Kreis erfuhren nie, dass es diese Wohnung gab.

Murat war kein Feierbiest, aber er war auch kein Kind von Traurigkeit. Er machte seine Erfahrungen, und es gab immer mal die eine oder andere Schöne an seiner Seite, aber nie für lange, und er bemühte sich immer, durchaus erfolgreich, als absoluter Gentleman dazustehen und nie böses Blut aufkommen zu lassen. Er brach das Herz mancher Maid, aber er zerstörte es nie.

Während seines Studiums gehörte er einer fakultätsübergreifenden Gruppe von befreundeten Studenten an, einer seiner WG-Genossen hatte die Idee zu mehr oder minder regelmäßigen Doppelkopfabenden, wobei die räumliche wichtiger als die geistige Nähe war, zudem waren alle genervt von den ständig gleichen fachverbohrten abendlichen Diskussionen, und so war Abwechslung willkommen. Auch als alle schon mehr oder minder fest im Leben standen, hielt sich die Gruppe am Leben. Man spielte zwar nicht mehr Doppelkopf und traf sich nicht mehr regelmäßig, aber es klappte zwei- dreimal im Jahr und Murat ging immer gern zu diesen Treffen. Mittlerweile wurden auch bessere Hälften akzeptiert, und wenn es zu Anfang auch noch mehrere

Wechsel gegeben hatte, so hatte sich doch nach den dreißigsten Geburtstagen eine gewisse Konstanz eingestellt, und er entschied, nicht mehr jedes Model mitzuschleppen, sondern stattdessen allein zu kommen. Meist versuchten die jeweiligen Gastgeberinnen, ihn zu verkuppeln, was immer gut gemeint war, aber nie zum Erfolg führte.

Einer seiner alten Freunde wurde fünfunddreißig, hatte für die Gelegenheit einen kleinen Strandgasthof an der Ostsee gemietet und Murat wurde beim Abendessen neben Jennifer "Sag-niemals-Jenny-zu-mir" gesetzt. Sie war zwar nicht Mitglied ihrer damaligen Gruppe gewesen, war aber als Freundin einer Freundin irgendwie in den Kreis gerutscht und aufgrund ihres angenehmen und ausgleichenden Wesens wohl gelitten. Murat erschien bei diesen Partys immer als das wandelnde Understatement – Jeans, Bootsschuhe, weißes T-Shirt und schlichtes Hemd in Pastellfarben oder weiß. Bauhausarmbanduhr mit schwarzem Lederarmband. Die wuchtige Rolex hob er sich für seine stetig mehr und qualitativ besser werdenden Unterweltgeschäfte auf.

Ob mit Rolex oder ohne, er saß neben Jennifer "Sag-niemals-Jenny-zu-mir" und wunderte sich erneut, wie man so unter die Leute gehen konnte: Sie trug diesmal zwar keine unförmige Jeans und flache Chucks, aber eine nicht weniger langweilige dunkelgraue Hose, flache Lederschuhe und eine weite weiße Bluse mit langen Ärmeln. Lange blonde Haare außer Form, kein Make-up. Wenigstens hatte sie ihre Kassenbrille gegen Kontaktlinsen eingetauscht. Von ihrer Figur sah man nichts, er überlegte kurz, ob die ständig langen Ärmel Einstich- oder Ritzspuren verstecken sollten, ging aber wieder davon ab, absolut nicht der Typ. Sie hatte hübsche blaue Augen, wenn auch unter ungezupften Augenbrauen verborgen, aber, und das war wirklich wichtig: Sie war einfach sehr nett, Lehrerin an einer Gesamtschule in einem sozialen Brennpunktviertel und anscheinend nicht nur von ihrer Arbeit angetan, sondern stand auch mit beiden Füßen fest auf dem Boden der angehenden Rechtslosigkeit an ihrer Anstalt. Sie kannten sich, nicht gut, aber immerhin so gut, dass man sich nicht langweilen würde.

Denn was immer ihre Agenda war – sie hatte Humor.

"Jennifer, wir wieder. Was macht Steilshoop?"

"Es ist mir eine Ehre, Murat. Steilshoop wie immer in stetem Wandel und Handel. Bist du damit befasst? Gar verantwortlich dafür?"

"Ach, Jennifer. Nicht jeder Muselman ist ein Drogendealer, immer dieser latente Rassismus."

Er wusste, dass ein Teil ihres Erfolgs daher rührte, dass sie zu einhundertundzehn Prozent unkorrumpierbar und extrem gerecht war, das hatte sogar einen Weg in die Spatzenhirne der Steilshooper Kleinkriminellen gefunden und über die zu Murat.

"Ja was soll ich machen, wenn ihr die letzte gute deutsche Hausfrau vertreibt?"

Und so ging es weiter. Normalerweise würde Murat einen Scherz über ihre langweilige Garderobe machen, „Armani oder Jil Sander?", aber bei aller äußerlichen Banalität und harmlosen Schlichtheit lud Jennifer "Sag-niemals-Jenny-zu-mir" nicht zum Verspotten ein. Sie wirkte nicht wirklich stark, aber auf eine fast unheimliche Weise unangreifbar. Und wenn man den Deppen der miesen Viertel auch das eine oder andere gnadenlos vorwerfen konnte und musste – Instinktlosigkeit gehörte nicht dazu. Das hatten sie verstanden und ließen sie in Ruhe. Im Gegenteil – und auch wenn Jennifer "Sag-niemals-Jenny-zu-mir" es hasste: Sie gehörte zum Viertel und genoss dessen Schutz.

Ihre Unterhaltungen drehten sich meist ums Milieu; sie wusste, was mit seinem Bruder los war und ahnte wohl, dass Murat neben seiner Sachbearbeitertätigkeit noch andere Eisen im Feuer hatte, denn sie führte ihre Argumente immer so, als ob er sich absolut im Klaren sein müsse, worum es ging.

Was er war. Er gab es zwar nicht rundheraus zu, aber er stritt es auch nie ab. Er wollte ihren Scharfsinn nicht beleidigen.

In Kürze: Sie hatte was, sie war eine Nuss, die zu knacken war – wobei Murat aber nicht sicher war, ob es sich lohnen sollte, dafür Energie aufzubringen. Und wohin das führen solle.

Es sollte nicht lange dauern, und er würde seine Meinung auf den Prüfstand stellen müssen.

Nach dem Essen wurde die Feier schnell feuchtfröhlich, nicht Murats Ding, und da er noch etwas arbeiten wollte, machte er sich gegen Mitternacht auf den Weg ins Bett. Im Flur traf er Jennifer "Sag-niemals-Jenny-zu-mir", auch auf dem Weg in ihr Zimmer.

"Genug?"

"Ja, ich schlage erst morgen so richtig zu. Irgendeiner muss ja fit genug sein, das Frühstücksbuffet auszunutzen."

"Da mache ich mit, Jennifer. Vorher gehe ich schwimmen, was ist – kommst du mit?"

Sie guckte ihn mit ihren blauen Augen an. Es arbeitete.

"Warum nicht. Klopfst du an meine Tür? Wann?"

"Acht? Halb neun?"

"Viertel nach acht. Punkt."

Er grinste, nickte und sagte: "Gute Nacht, Jennifer."

"Du auch, Murat."

Sie ging in ihr Zimmer und schloss die Tür.

"Ja, ich freue mich auch, Jennifer "Sag-niemals-Jenny-zu-mir", wenn ich auch nicht weiß, worauf," flüsterte er und machte sich an seine Arbeit.

Bis zwei wühlte er sich durch Unterlagen, die er vorher mühevoll auf sein uraltes MacBook kopiert oder gescannt hatte – alte Schule eben, dann stellte er den Wecker auf acht Uhr, machte die Balkontür auf und lauschte der stetigen Ostseebrandung. Ruhig und plätschernd. Er las noch etwas und schlief ein.

Am nächsten Morgen klopfte er um Punkt viertel nach acht an Jennifer "Sag-niemals-Jenny-zu-mir"s Tür. Sie öffnete ihm sofort, im Hotel-Bademantel. Ihm fiel auf, wie groß sie war. Außerdem sah er zum ersten Mal ihre Waden – sportliche, starke und tatsächlich: Wohlgeformte Waden.

Sie tranken einen frischen Orangensaft am Buffet und machten sich über den nahen Strand ans Wasser. Auf den letzten Metern streifte sie den Bademantel ab und Murat wäre fast gestolpert. Sie hatte einen sehr knappen weißen Bikini an, Arme ohne Einstichstellen, da hatte er recht gehabt, geritzt hatte sie sich auch nie, aber das Lustigste, weil am wenigsten zu Erwartende, war ein gut fünfzehn Zentimeter breites elaboriertes Arschgeweih. Er rang noch nach Luft, als sie sich umdrehte und er ihre perfekte Figur im Ganzen sah.

"Ja ja, nun komm."

Er holte tief Luft und folgte ihr ins Wasser.

Sie kraulten hinaus, nebeneinander, ohne Druck. Nach einer Viertelstunde nickten sie sich zu, Jennifer "Sag-niemals-Jenny-zu-mir" nickte und sagte: „Erster am Strand…", der Hamburger Weg zu einer Herausforderung. Beide legten einen Zahn zu, Murat ließ Jennifer "Sag-niemals-Jenny-zu-mir" ein paar Längen Vorsprung, ganz Kavalier. Das Problem war nur, dass er diese Vorgabe trotz aller Mühen nicht aufholen konnte, schlimmer: Ihre Führung vergrößerte sich sogar noch.

Am Ziel hatte er sich völlig verausgabt, war allerdings froh, dass auch sie alles gegeben hatte und merklich nach Luft rang.

Sie setzten sich kurz in ihren Bademänteln auf den Strand. Er gratulierte und kam gleich zur Sache:

"So, Jennifer, nun mal raus mit der Sprache, was ist dein Ding?"

"Der Bikini? Den hat mir meine Schwester geliehen, die sagte, ich solle bloß was mitnehmen, es werde warm."

"Mh mh."

"Ach - das Arschgeweih? Das ist lange her, aber erstens sehe ich es nie, und zweitens gilt das doch heute als retro und cool."

"Komm, Jennifer, verarsch mich nicht, du weißt, was ich meine."

Ihre Augen bekamen wieder diesen halb harten, halb verschwommenen Schleier, aber er riss gleich wieder auf.

"Murat, willst du es wirklich wissen?"

Er wusste, dass er keine leichtfertige Antwort geben durfte. Entweder oder...

Er nickte und sah sie mit einem Blick an, den er für ehrlich interessiert hielt. Denn er war ehrlich interessiert.

"Murat, ich komme mit einem großen schweren Paket. Wir kennen uns von drei, vier Partys, aber wenn du mir tragen helfen willst, dann gehe in dich, und wenn du dir das zutraust, ohne dass ich mehr sagen muss, dann lass es mich wissen."

Als er den Mund aufmachte hielt sie ihm fast zärtlich den Zeigefinger ihrer rechten Hand auf den Mund: "Nicht jetzt." Ihm fiel auf, wie perfekt sie war. Bei solchen Wuselfrauen sah man meist abgekaute Fingernägel, unegale Füße mit schrundiger Hornhaut oder struppige, strohige Haare – nichts davon bei Jennifer "Sag-niemals-Jenny-zu-mir".

Sie ging ihm voraus zum Hotel, saß später beim Frühstück mit anderen Frühaufstehern an einem anderen Tisch und war dann verschwunden. Als er sie wiedersah, stand sie mit ihrem Koffer vor dem Empfang und wartete auf den Bus zum Bahnhof. Er wusste, dass sie mit der Bahn fahren wollte und bot ihr nicht an, sie mitzunehmen. Er hob die Hand zur

Verabschiedung, aber sie kam schnell auf ihn zu und gab ihm einen leichten Kuss auf den Mundwinkel. Sie hatte wieder ihre übliche Uniform an, alles verhüllend, alles verheimlichend. Aber er wusste nun, was da verheimlicht wurde, und er war angefixt. Um was für eine Last es wohl ginge?

Ihre Nummer hatte er schnell, der folgende Freitag als Date abgemacht. Er zermartere sich den Kopf, was ihr gefiele, wo sie das richtige Maß an Ruhe bekämen, um wichtige Dinge zu wälzen, aber andererseits auch keine Stimmung erwischen würde, die sie beide erdrückte.

Am besten war immer was mit Blick. Und mit Fisch.

12.   Övelgönne

Murat war zu diesem Zeitpunkt dreiunddreißig Jahre alt und hatte die Früchte seiner Arbeit größtenteils in Immobilien im In- und Ausland gesteckt. Er wohnte in Eppendorf, einem Viertel, dass ihm immer schon besser gefiel als das etwas zuckerbäckerartige Pöseldorf. In den siebziger Jahren war es das, was heute das Karolinenviertel oder Ottensen waren – hip, in, groovy. Dort befand sich einst das legendäre Onkel Pö, wo die Hälfte der deutschen Musiker aus dieser Zeit berühmt wurde, aber auch internationale Stars wie Jimi Hendrix oder Joe Cocker gespielt hatten und Helen Schneider und Al Jarreau ihre ersten Schritte zum Ruhm machten. In einer Seitenstraße davon wohnte Murat unter dem Dach, mit großer Dachterrasse „nach hinten raus" und alle wichtigen Fixpunkte des täglichen Lebens in Reichweite.

Er wusste nicht, wo das mit Jennifer "Sag-niemals-Jenny-zu-mir" enden würde, ob es überhaupt jemals anfangen würde, und ob er das wollte, oder sie, aber wenn, dann sollte er vorbereitet sein. Er würde sie um sieben in Bramfeld abholen. Keine Superecke, aber nahe ihrer Schule und somit praktisch für sie. Er wusste nicht, wo und wie sie aufgewachsen war, er wusste nicht, was genau sie wann wo studiert hatte, er wusste überhaupt sehr wenig dafür, dass er sich immer gern mit ihr unterhalten hatte. Vielleicht ja heute…

Er warf einen letzten prüfenden Blick über sein Reich.
Drei normalgroße Zimmer, eine Wohnküche mit angrenzender
Terrasse, gemütlicher Holzfußboden, bequeme Ledersofas, das
Badezimmer war sauber, sein Schlafzimmer auch. Alles war
ordentlich, ohne steril zu wirken. Er las viel und fand seine
"Sammlung Alltäglicher Gegenstände" nicht skurril oder auf
irgendeine perverse Abart seinerseits hinweisend. Er hatte in
früher Kindheit begonnen, Dinge aufzubewahren, die ihm
gefielen. Suppenverpackungen, Werkzeuge, Taschenmesser,
schöne Schreibgeräte, besondere Schrauben und Muttern,
metallene Zahnpastatuben, Spielzeug, technische Kleingeräte,
Uhren und so fort. Im Laufe der Jahre hatten sich Unmengen
davon in mehreren Umzugskartons angesammelt, so dass er vor
einigen Jahren den Entschluss gefasst hatte, nur die schönsten
dieser Dinge in seiner Wohnung auszustellen. Und so lag nun ein
Montblanc-Meisterstück neben einem Matchbox-Auto, ein Braun-
Taschenrechner neben einem Steiff-Teddy und ein Golfball neben
einer Tizio-Schreibtischlampe. Als es zu viel wurde, war sein
Können als Kurator gefragt, und er hatte sich entschlossen, pro
Sorte und Art nur einen Gegenstand auszustellen. Das war immer
noch viel, aber die geschickte Verteilung der Dinge nahm der
Wohnung das Gefühl, sich in einem Museum zu befinden.

Alles war in Ordnung. Er hatte schon vorher festgelegt,
sie in seinem Käfer-Cabrio von neunzehnhundertvierundsiebzig
abzuholen. Weiß mit roten Sitzen. Recht feminin. Sie würden im

Alten Lotsenhaus in Övelgönne am Ende des Hafens essen, dort konnte man draußen sitzen und sich in Ruhe unterhalten, ohne dass es einsam war und hinterher könne man noch ein wenig spazieren gehen. Oder so.

Es war Frühsommer, schönes Wetter, und auch wenn er nicht wusste, was er sich von diesem Abend versprechen sollte, freute er sich.

Er war altmodisch, schickte keine Nachricht, sondern klingelte brav und wartete an der Haustür. „Ich komme," rief es aus der Sprechanlage, und er meinte, einen vorfreudigen Ton herauszuhören.

Zuerst jedoch kam eine bombastisch gutaussehende Nachbarin die Treppe herunter, er ging zur Seite, um sie durchzulassen, aber sie blieb vor ihm stehen.

„Hat's dir die Stimme verschlagen? Verstummt so plötzlich? Kannste da nicht mit umgehen? Bist nur stark bei unscheinbaren Frauen? Hm?"

Sie gab ihm einen Kuss auf die Wange.

„Kommt das Essen hierher oder wollen wir?"

Sie war absolut nicht wiederzuerkennen. Raffiniert geschminkt, die schönen Augen unter sauberen Augenbrauen leicht hervorgehoben, die blonden Haare offen über ihre Schultern hängend. Sie trug ein weißes Hemd, bis zum herrlichen Dekolleté aufgeknöpft, die Ärmel aufgekrempelt, dazu eine enge Jeans und rote High Heels, die sie noch größer machten. Das Rot der Schuhe fand sich in Lippenstift und Nagellack wieder. Im Haar steckte eine RayBan-Pilotenbrille.

„Nein nein, ich komme, alles klar, ich hatte nur eben Charlize Theron um ein Autogramm fragen wollen, aber das war eine Fata Morgana."

„Na, das ist der tolle Käfer da aber hoffentlich nicht, och, ist der schön."

Er hatte sich gefangen.

Er nahm sie leicht am Ellenbogen und hielt ihr galant die Tür auf.

Während er hinten um das Auto herumging dachte er: „Na, was das wohl für ein Abend wird."

Showdown.

Bevor er das Auto startete und das typische Käferblubbern einsetzte, sah er sie kurz an. Sie zuckte mit den Schultern.

„Jeder so, wie er es verdient. Wart's ab – ich habe mich sehr auf heute Abend gefreut, Murat. Yalla."

Er grinste. „Ich auch." Und er gab den Pferden Futter, allen vierundfünfzig von ihnen.

Ein perfekter Abend nahm seinen Lauf. Sie saßen auf der Terrasse und sahen bei rasch steigendem Hochwasser mehreren riesigen Containerschiffen beim Ein- und Auslaufen zu. Sie sprachen über ihren Job und seinen, den als Sachbearbeiter, augenzwinkernd, das Leben in Hamburg allgemein und gemeinsame Freunde im speziellen. Sie genossen das fischlastige Menü und sprachen nicht über den Elefanten im Raum.

Aber als sie beim Kaffee angekommen waren und er um die Rechnung bat, fragte Murat:

„Willst du schon nach Hause oder wollen wir noch ein bisschen spazieren gehen?"

„Das wäre schön…"

„Kannst du denn mit den heißen Geräten gehen?"

„Aber hallo!"

Sie verließen das Restaurant, beide stocknüchtern und gingen an den Strand, an dem die steigende Elbe leckte.

„Und?"

„Murat, ich vertraue dir wie keinem anderen, wir kennen uns nicht wirklich gut, aber ich mag dich. Ich mag dich wahnsinnig gerne…"

Er schwieg.

„Mein Aufzug sonst, mein Sack-und-Asche-Apparell…“, er musste grinsen „…du weißt, was es ist, oder?“

„Ich hatte es immer vermutet, und so, wie du heute aussiehst denke ich mal, dass das nicht auf schlechten Geschmack zurückzuführen ist, oder hat dir deine Schwester wieder geholfen?“

Sie lachte.

„Nein.“

„Spuck’s aus.“

Sie schluckte.

„Ich habe das noch nie jemandem von außen erzählt, keiner weiß, was mit mir passiert ist, du bist der erste und einzige und ich vertraue dir.“

Und sie berichtete anfangs stockend, dann immer flüssiger, was ihr vor fünfzehn Jahren widerfahren war.

Sie ließ keine Einzelheit aus.

Sie war mit Freundinnen auf St. Pauli tanzen, erst in diesem Club, dann in jenem, es floss der Wodka, es kreisten die Joints, die Gruppe wurde mal größer mal kleiner, und als sie frühmorgens dann doch ein Ende fanden, lehnte sie die Vorschläge ihrer Freundinnen, doch lieber ein Taxi zu nehmen mit Hinweis auf die doch ziemlich lebhafte S-Bahn ab.

Ein großer Fehler.

Ein vorbestrafter Sadist hatte sie schon länger beobachtet, durch die Clubs hindurch, und war ihr in die S-Bahn gefolgt. Sie wohnte noch bei ihren Eltern in Blankenese, er folgte ihr unbemerkt vom Bahnhof Richtung Hirschpark, griff sie dann brutal von hinten an, hielt ihr den Mund zu und prügelte ihr mit der blanken Faust so oft auf Hals und Kopf, dass sie zeitweise das Bewusstsein verlor. Im Park warf er sie hinter ein Gebüsch, stopfte ihr ihren Slip in den Mund und verging sich derart brutal und pervers an ihr, dass es Murat, dem nichts Menschliches und auch nichts Unmenschliches fremd war, das hatte er zumindest bis dahin immer geglaubt, schlecht wurde.

„Ich hatte ein gebrochenes Becken, einen gebrochenen Arm, Jochbein- und Kieferbruch und ach ja, eine Totaloperation, Kinder werde ich nie bekommen können. Als ob ich jemals wieder mit einem Mann intim werden würde."

Murat schwieg.

Er wusste, dass er etwas sagen musste:

„Wie kommt man darüber hinweg, nein, das kommt man wohl nie, aber wie macht man weiter. Wie hast du das geschafft?"

„Ein Jahr habe ich nicht gesprochen und nur in meinem Zimmer in der Ecke gesessen, buchstäblich. Ich aß, trank und wusch mich, wobei bestimmte Teile meines Körpers bald roh vom exzessiven Schrubben waren, du kannst dir denken, welche."

„Und nach diesem Jahr?"

„Meine Eltern hatten Silberhochzeit. Sie sind tolle Eltern, waren aber mit der Situation ebenso überfordert wie meine Schwester, und Therapeuten ließ ich nicht an mich heran. Körperlich war ich, bis auf den fehlenden Geburtsapparat, wiederhergestellt, es war alles verheilt, man sah mir nicht das Geringste an. Aber innen – oh boy. Egal, am Tag der Silberhochzeit kam ich die Treppe runter und nahm meine Eltern in den Arm und weinte wie ein Baby. Danach ging es bergauf, und ich wurde innerhalb von zwei Jahren wieder ein halbwegs funktionierender Mensch. Ich nahm mein Studium wieder auf, und rutschte langsam auch wieder in meinen Freundeskreis zurück. Männer waren tabu, ich konnte sie, bis auf meinen Vater und meinen Opa, nicht einmal berühren, und du warst letztes Wochenende der erste Mann seit fünfzehn Jahren, der mich halbwegs normal anfassen durfte."

Er dachte nach. Da sie ihm erzählt hatte, wie sie verfolgt wurde, hatte man den Mann anscheinend gefunden und verurteilt. Für schwere Vergewaltigung gab es zehn Jahre, er wäre unter normalen Umständen wieder draußen, und zwar schon einige Jahre. Es war eher unwahrscheinlich, dass sie ihn darum bitten würde, sich jetzt an dem Monster zu rächen.

„Und der Typ?"

„Hat fünfzehn Jahre bekommen, da kam noch versuchter Mord hinzu, und hat zwölf davon abgesessen. Das war keine schöne Zeit für ihn…"

Das konnte er sich vorstellen. Natürlich wussten seine Mitknackis von Tag eins an, was er für einer war, und das ließen sie ihn spüren. Zwölf Jahre lang, von denen er zusammengezählt ungefähr die Hälfte in Isolationshaft verbachte, weniger um ihn zu schützen, als um einem Skandal vorzubeugen. Er verließ die Strafanstalt als körperlich und seelisch gebrochener Mann. Zu allem Überfluss hatte er dann auch noch einen schweren Arbeitsunfall, der ihn querschnittgelähmt an den Rollstuhl fesselte.

„Der vergewaltigt keine Frau mehr," sagte Jennifer "Sag-niemals-Jenny-zu-mir" trocken.

Murat nickte und sagte nichts. Sie waren die Elbe entlang gegangen, hatten irgendwann wie auf ein stilles Kommando kehrt gemacht und setzten sich nun bei einem Wasser und einer Fritz Cola in den Sand vor der Strandperle, einer genialen Bude direkt am Wasser. Er überlegte, dann nahm er ihre Hand. Sie zuckte kurz und lehnte sich an ihn. Er legte den Arm um sie. Sie ließ es zu.

„Pass auf, Murat, ich weiß, was du für einer bist, na ja, so ungefähr. Die Jungs in Steilshoop quatschen, und ein paar deiner

Jünger habe ich im Unterricht – da fällt mir übrigens was ein, aber das hat Zeit. Ich finde dich schon länger toll, und seit letztem Wochenende bin ich so was wie in dich verliebt. Du kommst nie mit einer Frau, hast wahrscheinlich an jedem Finger zehn Bimbos, die dich verwöhnen, aber das scheint dich nicht happy zu machen, denn du hast immer diesen romantischen Blick."

„Ja, aber… Moment: Wenn du Männer nicht an dich heranlässt, warum keine Frau?"

„Habe ich versucht, mehrmals, aber das ist einfach nicht mein Ding. Dann lieber warten."

Er nickte wieder.

„Ich sage dir meine Bedingung, und du überlegst es dir und wenn nicht, dann nicht, das verstehe ich dann auch. Ok?"

„Schieß los."

„Nichts unter der Gürtellinie."

„Was?"

„Ich akzeptiere nichts unter der Gürtellinie. Auch kein Fingern, kein Küssen, kein Lecken, nichts."

Er dachte nach. Das war die erste Frau, die er voll und ganz respektierte, im Grunde schon bevor sie ihm alles erzählt hatte. Allein das erforderte eine Menge Mut. Würde er das schaffen? Er war kein sexuelles Raubtier, und er trank fast nie

Alkohol, Ausnahmen waren vierstellig kostende Champagner und noch teurere Whiskys, mit denen ihm dämliche Geschäftspartner imponieren wollten, die aber jedes Mal derart gut schmeckten, dass sie den Mondpreis nach seiner Erkenntnis sogar wert waren. Egal, er würde somit nie betrunken über sie herfallen wollen. Und da er zwei Drittel der Hamburger Sauna- und sonstigen Clubs in der Tasche hatte und dem letzten Drittel zumindest nicht feindselig gegenüberstand, ergab sich, sollte einmal Not am Mann sein, immer die Möglichkeit nach etwas Zärtlichkeit *unter der Gürtellinie*, wie Jennifer "Sag-niemals-Jenny-zu-mir" es nannte.

„Was du anderswo treibst, ist mir egal."

Als ob sie seine Gedanken geahnt hätte.

„Und was ist mit Küssen? Und hier…" Er zeigte auf ihren vollkommenen Busen.

Als Antwort lehnte sie sich zu ihm, in ihn, und küsste ihn derart intensiv, dass ihm Hören und Sehen verging.

„Und später vielleicht? Versteh mich nicht falsch, ich akzeptiere das, vor allem angesichts des… des…?"

„Murat, ich verspreche dir nichts. Ich kann dich küssen - für mich ein Riesending. Du bist der erste Mann seit fünfzehn Jahren, außerhalb meiner Familie, dem ich etwas entgegenbringe. Für den ich etwas fühle. Ich habe das nicht aufgearbeitet, das kann man nicht, aber ich funktioniere, und mit dir, habe ich das Gefühl, kann ich endlich wieder leben. Ich brauche keine Beziehung als Therapie, ich will leben. Ich weiß, dass du nicht astrein bist, dass ein Leben mit dir kein normales ruhiges Leben aus dem Magazin ist. Ich will wissen, was du tust, zumindest in Umrissen, aber nicht heute. Irgendwann. Ich will kein Mitleid. Du brauchst für mich keinen zu töten. Oder jemandem weh zu tun. Dieser Teil ist für mich abgeschlossen. Jetzt geht es um mich. Und hoffentlich auch um dich. Konventionell ist es nicht, wird es nicht sein. Aber das war ich bisher nicht, und du, glaube ich, auch nicht.“

Normalerweise würde er sich verschließen wie eine Auster, wenn jemand ihn dazu brachte, seinen dreckigen Alltag in sein Leben außerhalb davon zu tragen. Er hatte es nie getan. Seine Vernunft sagte ihm, es auch weiterhin zu unterlassen, aber mit Vernunft allein wäre er auch nicht so weit gekommen. Einer seiner Vorteile war immer ein blitzschnelles Entscheiden gewesen, das hatte ihn zwar auch schon in Schwierigkeiten gebracht, aber wenn man Bilanz zöge, würde der schnelle Instinkt haushoch gewinnen. Im Geschäft wie im Privaten und erst recht in seinem Liebesleben. Nur war in letzterem seine Entscheidung bisher immer ein „Nein!“ gewesen. Jetzt schrie alles in seinem Körper „Ja!“.

Er nahm sie wieder in den Arm und drückte leicht zu.

„Zu dir oder zu mir?“

13.   Boxen-Liebe

Er hatte nach der Schlägerei mit seinem Bruder nie mit dem Kampfsportraining aufgehört. Einem Verein wollte er sich nicht anschließen, weil er sich nicht an Regeln halten wollte, außerdem kämpfte er nicht um der Liebe zum Sport willen, sondern rein ergebnisorientiert. Wollte er jemandem eine Lektion erteilen, zeigen, wer der Stärkere war, einfach nur wehtun oder ihn ein für allemal aus dem Verkehr ziehen? Auch wenn er glaubte, nicht per se sadistisch zu sein, begann er, sich in seinen frühen Zwanzigern für Cage-Fights zu interessieren. Er hatte von der extremen Variante, Kampf bis zum Tod, aus den Slums Fernostasiens gehört, es gab aber auch mildere Wege, so zum Beispiel den Kampf, bis einer besinnungslos war. Handtücher wurden nicht aus der Ecke geworfen, aber immerhin kam es nicht gewollt zu Toten. Die fielen aber manches Mal als Kollateralschaden ab, was die Sache extrem illegal, damit gefährlich, und dadurch auch äußerst lukrativ machte.

Er nahm einen seiner Betreuer aus der Ritze beiseite und sprach ihn nach dem Training am Tresen darauf an.

„Murat, bist du bescheuert? Du bist gut, du bist brutal, du kämpfst ohne Rücksicht auf Verluste, weder bei dir noch beim Gegner, du boxt, beißt, kickst und was weiß ich noch was für Sachen du kannst, aber bei diesen Kämpfen geht es um Leben und

Tod. Auch wenn es so aussieht, als ob nur einer k.o. sein soll, diese Typen sind tief drinnen auf Tote aus."

„Ich weiß, aber kennst du jemanden, der sich damit auskennt? Nur so interessehalber?"

„Nein, und ich will damit nichts zu tun haben."

„Kenneth."

„Murat, lass es."

„Kenneth!"

„Ok, ich höre mich um. Aber du bist bescheuert!"

Kenneth war seit zwei Jahren Medizinstudent im letzten Semester und hoffte, endlich fertig zu werden und als Sportarzt zu reüssieren. Er hatte manch illegalen Kampf als ebenso illegaler Ringarzt begleitet und dabei oft Schlimmeres verhindert. Er war nebenbei Trainer und der fitteste Mensch, den Murat kannte. Das letzte Wort in dieser Sache war noch nicht gesprochen.

Zwei Tage später kam Kenneth mit einem verschlagen dreinblickenden Türken an.

„Murat, Ahmed. Ahmed, Murat. Ahmed kann dir was über Cage-Fights erzählen."

Ahmed entpuppte sich trotz seines finsteren Aussehens als fröhlicher und redseliger Typ, der gutes Geld als Promoter und Organisator von illegalen Brutalstkämpfen verdiente. Er hatte noch kein richtiges Standbein in Deutschland und suchte nach einer win-win-Situation. Jemand anders organisierte den Kram, und er sahnte eine Provision oder sonstige Beteiligung ab.

Das werden wir sehen, dachte Murat, aber er hörte ihm zu und sie einigten sich auf einen Testkampf mit einem seiner besseren Kämpfer, einem Russen.

„Keine Toten."

„Ja ja."

„Murat, bist du wahnsinnig, bist du völlig Panne, ohne mich!", war das erste, was Kenneth herausschrie, als Murat ihm sagte, wer der Kämpfer gegen den Russen sein sollte.

„Ach Kenneth, ich muss wissen, worum es geht, und ich kann das schaffen, aber ich brauche dich am Ring für danach."

Nach einigen Bieren und Überredungstaktiken und Diskussionen und dem Verteilen von Halbwissen im engsten Kreis war das Paket geschnürt. Man fand erstaunlich schnell ein erstaunlich wettbereites Publikum, wie immer in Hamburg rieben sich Halb-, Unter- und große weite reiche Welt die Schultern, als es an einem erst in letzter Minute bekanntgegebenen Club im Bunker am Heiligengeistfeld losgehen sollte. Die Türen waren von Murats Sportkameraden besetzt, Ahmed stellte den kantigen Russen vor und der Umsatz würde knapp sechsstellig werden, eine übersichtliche Summe für Ahmed, aber er sah es als Investition in die Zukunft. Murat selbst trat als sein eigener Promoter auf und würde somit zumindest seine eventuell anfallenden Krankenhauskosten bezahlen können, und wenn die Sache ankam, hätte man ein von selbst laufendes Geschäft in ganz Deutschland.

Entgegen aller Voraussagen gewann Murat den Kampf, aber so knapp, dass er zwischenzeitlich Angst um sein Leben hatte und sich dem Tode näher sah als allem, was noch kommen könnte. Der Russe trachtete ihm nach dem Leben, ob er von Ahmed dazu angestachelt wurde oder generell so disponiert war, kam nie heraus, denn nachdem man ihn bewusstlos wie einen Sack Kartoffeln aus dem Bunker getragen hatte, hörte und sah man nie wieder etwas von ihm. Was Ahmed nicht weiter zu stören schien.

Murat brauchte drei Tage, an denen Kenneth Tag und Nacht an seinem Bett saß, um wieder einen klaren Gedanken zu fassen, aber wie durch ein Wunder war er äußerlich fast unverletzt geblieben, und seine inneren Verletzungen klangen auch folgenlos wieder ab.

„Na Murat, wann ist der nächste Kampf?" Kenneth war gutgelaunt. Er hatte eine gute Gage als Murats Betreuer verhandelt und sich, pragmatisch wie er war, vor dem Kampf auszahlen lassen, zudem wusste er, dass ihn seine fürsorgliche

Behandlung Murat näherbrachte, und er hatte einen Termin für sein letztes Examen erhalten, welches er, um die Spannung hier etwas zu lockern, mit fliegenden Fahnen bestand und auch seine Promotion war gut gelaufen und angenommen und er stand nun in den Startlöchern als frischgebackener Sportarzt – seine Fachrichtung war neben der obligatorischen Orthopädie auch die Innere Medizin, und einen Vorgeschmack seiner Fähigkeiten hatte er Murat soeben gegeben, was dieser ihm mit lebenslanger Freundschaft vergalt.

„Hör mir auf, lebe ich noch? Nie wieder! Warum hast du mich nicht gewarnt?"

Kenneth lachte.

Murat lachte mit. Auch wenn es weh tat.

Und seitdem hielt er sich regelmäßig durch diverse Martial Arts fit, von den eher sanftmütigen chinesischen Formen über hartes Thai- bis hin zu klassischem Boxen. Er war extrem gut in Schuss, stark und vor allem rasend schnell. Aber in den Ring stieg er nie wieder.

Er wusste, dass er privat und Geschäft extrem würde trennen müssen. So eiskalt und grausam er geschäftlich sein konnte, so fürsorglich und fast mild war er gegenüber seiner Familie und seinen Freunden. Aber wehe, es enttäuschte ihn einer.

Dies alles ging ihm blitzschnell durch den Kopf, als er Jennifer "Sag-niemals-Jenny-zu-mir" an einer roten Ampel ansah.

„Darf ich dich noch etwas fragen, auch wenn das", er wischte mit den Händen durch das Auto „damit zu tun hat?"

„Du kannst es gern Vergewaltigung nennen, und ja, das darfst du. Du darfst mich alles fragen."

„Irgendwann bist du ja mal wieder aus dem Haus gegangen – wie hast du dich geschützt?"

„Ich habe einen Waffenschein und das Recht, eine Waffe zu tragen, beantragt und sofort genehmigt bekommen. Obwohl ich das selten ausnutze. Und einen fiesen Selbstverteidigungskurs gemacht, den ich jedes Jahr auffrische. Genau wie meine Schießkünste."

„Wie fies?"

„Es geht, kurz gesagt, darum, den Angreifer nicht nur das eine Mal zu vertreiben, sondern im äußersten Fall dafür zu sorgen, dass er nie wieder jemanden angreift."

„Ihn in den Rollstuhl zu verfrachten, zum Beispiel."

Sie lächelte: „Zum Beispiel…"

Sie fuhren zu ihm und verbrachten das ganze Wochenende zusammen. Er hielt sich streng an die vereinbarten Regeln, und er merkte, dass Liebe mehr war als sexuelle Erfüllung bis zum Äußersten. Sie waren zärtlich zueinander, immer und ausnahmslos über der Gürtellinie, genossen diese Intimität und waren am Ende dieses Wochenendes ein Paar.

Er erzählte ihr von sich und seinen Halb- und Unterweltambitionen; er ließ auch nicht aus, was er genau tat, um seinen offensichtlich aufwändigen Lebensunterhalt zu finanzieren. Er hatte immer geglaubt, dass jemand, der aus gutem Hause kam und in den Slums arbeitete sich idealistisch gegen alle Aktivitäten stellen würde, die genau diese Jugendarbeit unterminierten, aber das war anders. Sie förderte die Anständigen, das ja, aber sie war pragmatisch genug, um zu verstehen, dass dem Mob das Heranzüchten von neuen Talenten wichtig war, und so hatte sie beschlossen, mit den Wölfen zu heulen und das beste aus der Situation zu machen, ohne sich zum einen komplett dem Diktat der Unterwelt zu beugen, aber zum anderen auch weiterhin edel genug zu sein, um diejenigen, die standhaft waren, in ihrer Ehre zu unterstützen. Kurz: Sie ging Kompromisse ein, gab nach, wo es opportun erschien und blieb stur, wo es machbar war. Erstaunlicherweise brachte ihr das den Respekt beider Gruppierungen ein, und wenn sie auch nicht so naiv war, für sich die Kraft beanspruchen zu dürfen, beide Seiten nachhaltig zu ändern oder auch nur einander verstehen zu machen, so weitete sie ihr Arbeitsfeld doch immer weiter aus und galt bald als die inoffizielle Streetworkerin von Steilshoop, andere nannten sie voller Respekt Sheriff, Mutter Teresa oder die

Jungfrau von Steilshoop. Und nachdem sie einmal einen frühreifen Vierzehnjährigen, der das alles noch nicht verinnerlicht hatte, vor versammelter Mannschaft die Stirn geboten hatte und ihn dann mit einem einfachen, aus heiterem Himmel ausgeführten Tritt gegen das Schienbein in den Straßenstaub befördert hatte, ließ man sie vollends in Ruhe. Sie sah wohl das Risiko solchen Tuns: Die Opfer könnten entweder aufgrund des erlittenen Gesichtsverlusts einen lebenslangen Groll auf sie hegen oder aber ihre Fehler einsehen und sich auf ihre Seite stellen. Schlauerweise entschied sich der Frühreife für das Zweite und es entwickelte sich eine lange Freundschaft.

Körperliche Gewalt brauchte sie nie wieder anzuwenden.

Insofern war ihr ohnehin und auch ohne sein Blankziehen klar, auf welcher Seite Murat stand, und wenn er auch äußerlich einen sehr bescheidenen und vernünftigen Eindruck machte, so erkannte sie schnell, dass sein sehr wohl zu erkennender Wohlstand nicht durch einen Teilzeitjob bei einem Schiffsmakler herrührte. Sie wusste auch, dass kriminelle Energie in diesem Metier nicht nur ein austausch- und abstreifbares Attribut war, sondern eine Geisteshaltung. Die Meute merkte, wenn jemand schwach war oder wurde. Die Meute war der Geierschwarm, der unaufhörlich über den Todgeweihten kreiste. Ihr war klar, dass Murat ein Doppelleben führte, dass das Risiko bestand, auf die Dunkle Seite gerissen zu werden. Aber sie hatte die Schnauze voll von Sack und Asche. Sie wollte aus dem Winterschlaf heraus, wieder leben, geborgen sein und, ja, auch das: Spaß haben.

Sie hatte Transparenz gefordert, und sie hatte Transparenz bekommen. Das war ihr wichtiger als ein Mann mit einem Bürojob. Deswegen fragte sie einfach weiter, und er beantwortete alle ihre Fragen, ehrlich und ohne zu zögern. Er wollte, dass sie schnell erkannte, dass er ihr vertraute und das Risiko zu großer Offenheit nicht scheute.

„Wenn schon, wenn schon.“

Wofür er wesentlich länger brauchte, das war, ihr seine Pläne für die Zukunft zu erklären. Zuerst hielt sie ihn für wahnsinnig: Er wollte in jedem, aber auch absolut jedem Honigtopf Hamburgs seine Finger haben. Und das beschränkte sich nicht auf illegale Aktivitäten, ganz im Gegenteil, aus dem Drogenhandel zum Beispiel wollte er schnellstmöglich aussteigen, weil er zu viele Abhängigkeiten bedeutete. Er zielte ab auf Glücksspiel, Tanz-, Sauna- und meinetwegen auch Swinger-Clubs, Shishabars, Dönerbuden, touristische Billigartikel, Antiquitäten- inklusive Altuhren- und Oldtimerhandel, um dann später bei Gaststätten, Restaurants, Kiosken, Reinigungen, Werkstätten und vielem mehr einzusteigen.

Außerdem sprach er von einer „Dienstleistung-Agentur“.

„Da fehlt mir noch der Name, alles von Security über Inkasso bis Konzert- oder Sportveranstaltung, legal und illegal, und das ist alles gut und schön, aber die Krönung sollen die Auftragsarbeiten werden."

„Was für Auftragsarbeiten?"

„Der im Rollstuhl, warst du das oder hast du dafür bezahlt?"

Sie nickte.

„Verstanden."

Als er sie am Sonntagabend nach Hause brachte, trug sie die Garderobe, die sie gemeinsam eingekauft hatten. Sie würde nicht von heute auf morgen vom Mauerblümchen zur Beauty-Queen erwachsen, aber nach drei Monaten war sie eine extrem attraktive Frau geworden und der wildeste ihrer Schüler, der wegen einer gerade abgesessenen Jugendstrafe ihre langsame Metamorphose nur vom Hörensagen kannte, sagte spontan:

„Mensch Frau Lehrer, du bist ja ne richtig heiße Schnitte geworden, ey Mann."

„Halt die Klappe, Digga, die hat jezz'n Typen, mit den leg'n wir uns ma lieber nich an!"

Sie lächelte und machte weiter, Mathe.

Nach sechs harmonischen Monaten redeten sie über Zusammenziehen. Sie wollte aber nicht in ein gemachtes Nest, sondern mit Murat zusammen etwas Neues aufbauen. Jim und

Lisa hatten gehört, dass in der unmittelbaren Nachbarschaft das perfekt passende Objekt leer wurde. Normalerweise gingen solche Sahneschnitten innerhalb der Erben weg, aber Lisa hatte dem Eigentümer mal einen besonderen SL (Pagode) besorgt, und der wollte etwas gaanz Besonderes, das konnte nur sie, und sie hatte es so toll gemacht, und das zahlte sich jetzt aus und so kaufte Murat ein wunderschönes Kaufmannshaus in Harvestehude, gegenüber von Jim und Lisa, das sie komplett, unter Mitnahme und weiser Einbeziehung vieler seiner liebsten Stücke, darunter der Sammlung der Täglichen Perfekten Dinge oder wie das hieß, einrichtete und ihm so das Gefühl gab, zum gemeinsamen Wohlbefinden beizutragen.

14.   Hochzeit

Nach einem weiteren Jahr fiel er vor ihr auf die Knie und präsentierte einen schlichten, aber exquisiten Verlobungsring.

Sie nahm an.

Vor der gediegenen Hochzeitsfeier in Blankenese hatte Murat seinen Freunden aus dem Milieu, viele waren es nicht, die meisten seiner täglichen Kontakte waren Geschäftspartner und gehörten somit zu seinem anderen Leben, eingeschärft, sich bloß zu benehmen – er hatte ihnen zur Sicherheit einen Club auf St. Pauli reserviert, inklusive Mädels und was das Herz sonst noch begehrte, so dass es zu keinen Unregelmäßigkeiten kam, bis auf Kenneth, der Jennifer "Sag-niemals-Jenny-zu-mir"s Schwester, der mit dem Bikini, zu nah kam und diese, frisch geschieden, kurz in Hoffnungsträume versetzte.

Da er mich weder bei den Puffgängern und Jägerbombs-Säufern noch bei den engen Freunden des Hauses einordnen wollte, stand ich vorsichtshalber überhaupt nicht auf der Gästeliste.

Das schien zu gewissen Schwingungen geführt tu haben, denn er lud mich kurz nach seiner Rückkehr von der Hochzeitsreise - „Highway Number One, ganze Westküste runter, Du kennst das wahrscheinlich. Ja? Dachte ich mir." - in das Haerlin im Vier Jahreszeiten ein.

Zwei Sterne.

Nur mich.

„Was' los, Murat? Grundsatzgespräch?“

„Nein, ich wollte nur, dass du nicht denkst, du zählst nicht. Alle haben mich wegen der Hochzeit gefragt, hinterher, so blöd sind die nun auch nicht, wo du denn warst, und ich könne das nicht machen, dich überhaupt nicht einzuladen und so weiter.“

Ich hatte mir deswegen auch schon Gedanken gemacht und die Pole Dancer abgehakt, mich dann allerdings auch gefragt, was a) ich in Murats Freundeskreis zu suchen hätte und b) selbst wenn, was ich denn meiner Frau auf die Frage „Woher kennst Du denn bloß alle diese Leute?“ geantwortet hätte.

Interessant aber war Murats Verhalten. Ich hatte schon vereinzelt gehört, dass es den grünen und den roten Murat gibt. Grob ist der rote der Verbrecher, Dienst. Der grüne ist der Freund, fast privat. Betonung auf „fast“.

Man kann alles tun im Leben, aber nicht diese beiden Zustände verwechseln. Notfalls immer von rot ausgehen.

Der grüne Murat gibt seinen Jungs einen aus und lässt sich wegen seiner Kleidung, seines Autos, seiner Uhr, seiner Vorliebe für Montblanc oder apple-Produkte necken, man kann sich auch über seinen fehlenden linken Ringfinger lustig machen und wird dann von allen Anwesenden in die Rippen geboxt: „Los, frag mal, wo er den verloren hat. Los, mach schon." Und bekommt dann eine jeweils andere Geschichte aufgetischt, die alle im Raum zu lachenden Bündeln reduziert. Der grüne Murat erkundigt sich nach kranken Angehörigen. Hat keine Scheu, Unsicherheiten oder Unwissen zu zeigen. Gibt zu, wenn er etwas nicht weiß. Fragt, wo immer etwas nicht klar ist. Vergisst nie, wer ihm einen Gefallen getan hat. Ist großzügig. Würde für seine Eltern und seine Frau und seine Freunde alles tun. Wirklich alles. Der grüne Murat sitzt inmitten seiner Getreuen und nimmt sich zurück. Kann sich zurücknehmen.

Der rote Murat aber kocht vor Wut, wenn jemand nicht so macht, wie er, Murat, es in genau diesem Moment genau so haben will. Der kann gewalttätig sein, nein: Der ist gewalttätig und wird dabei die Verhältnismäßigkeit garantiert außer acht setzen. Wer den roten Murat enttäuscht, wird das nicht vergessen, aber der rote Murat vergisst erst recht nicht. Und vergibt nicht. Auf einen Blick vom roten Murat hält seine ganze Bande den Mund. Wer seine Frau auch nur schief ansieht und/oder seine sonstige Familie, dem macht er die Hölle heiß, Ausnahme: IS – denn bei der Sache mit seinem Bruder, da war er sich nie sicher…. Des roten Murats Wut ist heiß und kalt zugleich, seine Rage aber niemals *nur* emotional, er weiß immer, was er tut. Dem roten Murat möchte man nicht querkommen, den möchte man nicht zum Feind haben.

Zum Freund aber auch nicht.

Die Linie ist eiskalt, klar und crisp. Murat ist nicht inkonsequent. Man sollte und kann immer wissen, woran man ist. Wenn im Zweifel: Rot.

Ich ging einen Schritt weiter, besprach das sogar, natürlich getarnt, mit meiner psychologisch versierten Frau. Gibt es schizophrene Psychopathen? Wäre Murat unzurechnungsfähig? Oder ist er nur berechnend und unterscheidet krankhaft penibel und bewusst umschaltend chirurgisch präzise zwischen privat und „Geschäft"? Kann man grün und rot derart klar abgrenzen?

Meine Frau meinte ja.

Zurück zur Hochzeit: Kenneths Frau war wegen schwangerschaftsbedingter Umstände zu Hause geblieben, so dass sich die Geschichte mit Jennifer "Sag-niemals-Jenny-zu-mir"s Schwester am Ende tränenreich, aber vernünftig, erledigt hatte, und Hassan hatte eine kurze, aber eindeutige SMS geschickt: „Ich liebe dich; ich liebe euch!"

Jim war Trauzeuge und übergab die Ringe mit derart vor Rührung tränenden Augen, dass Braut und Bräutigam mächtig an sich halten mussten, um den Happy Day nicht zu einer Heulorgie ausarten zu lassen, zum Glück pfiff aber die gewohnt pragmatische Lisa ihren Mann zur Ordnung, der straffte sich, ein Ruck ging durch ihn und die Sache reibungslos über die Bühne. Die Hochzeitsnacht verlief keineswegs anders als all die anderen

Nächte bisher, aber Murat kamen öfter wie Schmetterlinge Gedanken an Kinder in den Kopf gespukt, zumal mehr und mehr ihrer Freunde und Bekannten Familien gründeten. Sie hatten über Adoption gesprochen, aber eine Analyse ihrer eigenen Situation ergab gemischte Ergebnisse: Natürlich sahen sie viele schon im Kindesalter verkrachte Existenzen, denen ein fester Halt in Form eines auch nur halbwegs anständigen Elternhauses vieles erspart hätte; andererseits kannte vor allem Murat viele Sprösslinge aus vernünftigen Familien, die komplett von der Rolle waren und die auch ein noch so tolerantes und liebevolles Familienumfeld nicht retten konnte.

Unentschieden.

Wenn er eines im Zusammenleben mit Jennifer "Sag-niemals-Jenny-zu-mir" gelernt hatte, dann das: Gedanken säen und Geduld haben.

Und dann klingelte es eines Abends an der Tür und dann stand da diese große blonde Frau, stellte sich als diesdas von Morning Tears vor und fragte ohne viel Federlesens, ob er/sie beide bereit wäre/n, die Kinder seines Bruders aufzunehmen, das würde ihr und vor allem den Kindern viel Lauferei und Ärger ersparen.

„Kommen Sie doch bitte herein. Hier lang. - Jennifer? Kommst du mal?“

„Ja?" Sie kam aus ihrem Arbeitszimmer, wo sie gerade mit irgendwelchem Schulkram beschäftigt war. Brille im Haar, an den Händen ein paar rote Kleckse, vom Montblanc-Füller, natürlich, mit dem sie Klassenarbeiten korrigierte.

„Könnten Sie das bitte wiederholen?"

„Ja. Entschuldigen Sie bitte. Ich hatte weder Telefonnummer noch Emailadresse, deswegen bin ich hier so angeschneit."

„Ja ja, das ist ok. Wiederholen Sie doch bitte Ihre Frage."

„Ob Sie die zwei- und dreijährigen Kinder Ihres toten Bruders aufnehmen würden. Sie sind Vollwaisen und stecken immer noch beim IS irgendwo in Syrien. Die haben sonst keinen."

Sie sahen sich an und fingen an, trotz des Ernstes der Lage, breit zu grinsen. In Jennifer "Sag-niemals-Jenny-zu-mir"s Augen, den Augen, die so viel mitgemacht hatten, die so tief und unergründlich waren wie wenig in seiner Welt, breitete sich langsam das Wasser aus. Sie schluckte, er sah sie die ganze Zeit dabei an.

„Ja natürlich. Was müssen wir tun? Aber zuerst: Wie haben Sie uns überhaupt gefunden?"

"Wir wussten, dass Ihr Bruder Deutscher war, aus Hamburg. Wir fanden dann auf die Fußsohlen der Kinder Ihren Namen und Geburtsdatum eintätowiert."

"Was?"

"Ja, sehr ungewöhnlich, aber es hat ja geholfen. So viele Murats, die am 1. Mai geboren wurden, gibt es in Hamburg auch wieder nicht. Und dann: Schlicht und einfach das Einwohnermeldeamt, denn googeln kann man Sie nicht."

Er nickte.

"Und wie geht es nun weiter? Was jetzt?"

"Lassen Sie mich Ihnen beiden ein paar Fragen stellen, dann kann ich meinen Bericht fürs Jugendamt machen. Sie wohnen hier zu zweit, Sie sind verheiratet, haben Sie Kinder?"

"Ja, ja, nein."

"Was sind Sie von Beruf?"

"Kaufmann. Ich arbeite bei einem Schiffsmakler."

"Schiffsmakler." Die Morning-Tears-Frau legte den Kopf leicht in den Nacken und ließ ihn so kreisen, dass diese Bewegung das Zimmer, die Etage, das Haus, den Garten, Hamburg und die ganze Welt einschloss.

Murat verstand sie sofort. "Ja, aber das hier...", er zeigte auf Jennifer "Sag-niemals-Jenny-zu-mir", "...meine Frau hat geerbt."

"Und was machen Sie?"

"Lehrerin."

"Okay, ich mache es simpel: Sie sind, neben Ihren Eltern, der einzig lebende Verwandte Ihres Bruders in Deutschland. Oder gibt's da noch jemanden?"

„Ich habe noch eine Schwester, aber die lebt in der Schweiz, hat auch die Staatsbürgerschaft."

„Dann geht das nicht und Sie sind der einzige, der als Vormund infrage kommt. Ihr Bruder hat kein Testament oder anderweitig irgendwas verfügt, seine Frau hatte sich mit ihrer Familie entzweit und hat auch sonst niemanden, oder wissen Sie mehr?"

"Nein." Beide schüttelten den Kopf.

"Und Ihre Eltern?"

"Die waren natürlich schockiert, als sie Hassans Verwicklungen mit dem IS mitbekamen, aber das kam ja nicht völlig überraschend. Sie haben ihn nicht verbannt oder so, er ist ja damals einfach gegangen. Auch um sie zu schützen, denke ich. Außerdem war und ist bei uns niemand sonst militanter Moslem."

"Aber Sie haben immer Kontakt gehalten?"

"Auf menschlicher Ebene, ja. Er war mein Bruder. Aber er war auch völlig verrückt und gefährlich. Daher kam das…", er schluckte, „für uns alle nicht überraschend. Hat er denn die

Kinder gut behandelt? Wie sind Sie denn überhaupt auf sie gestoßen?"

"Ihr Bruder und Ihre Schwägerin waren nach allem, was man so hört, sehr gute und liebevolle Eltern. Die Kinder machen, den Umständen entsprechend, keinen verwahrlosten Eindruck. Unsere Organisation kümmert sich hauptsächlich um Kinder von Eltern, die im Gefängnis sind. Ein Kollege von mir war vor Ort, hörte von dem Fall und hat sich an mich erinnert. Wir haben dann vom deutschen Konsulat Pässe bekommen und die Kinder ausgeflogen."
Murat und Jennifer "Sag-niemals-Jenny-zu-mir" hingen an ihren Lippen. Ihr Mund stand offen und sie erwischte sich in letzter Sekunde, bevor sich ein Speichelfaden bilden konnte. Sie gab sich einen Ruck, ganz vorsichtig, aus Angst, etwas kaputt zu schlagen, und fragte leise:

"Wo sind die beiden jetzt?"

"In Berlin, sie werden gerade untersucht und alles."

Murat wieder: "Und wie geht es nun weiter?"

"Ich habe keinen Zweifel, dass Sie gute Eltern sein werden, aber die wirklichen Untersuchungen stellt das Jugendamt an. Ich kenne mich da nicht so super aus, aber ich denke mal, dass sich das in zwei Tagen erledigt hat – Sie sind verwandt, Sie können ein Zuhause bieten, zumindest vorerst, und die beiden sind aus der Unsicherheit raus. Wie es danach weiter geht, das zeigt sich. - Nochmals: Sie wollen die Kinder aufnehmen, das habe ich richtig verstanden, oder?"

Wie aus einem Mund: "Ja, natürlich. Sofort!"

Jennifer "Sag-niemals-Jenny-zu-mir": "Oh, entschuldigen Sie bitte, dürfen wir Ihnen etwas anbieten? Wasser, Kaffee?"

"Nein danke, lassen Sie mich mal wieder los, ich bereite alles vor und so weiter. Geben Sie mir doch bitte eine Telefonnummer und Email-Adresse, dass erleichtert alles."

Die nette große, blonde Frau bekam die Festnetznummer und eine gemeinsame Mail-Adresse, über die ansonsten nur unverfängliches Zeug lief.

Und dann war sie auch schon wieder weg.

Und Jennifer "Sag-niemals-Jenny-zu-mir" und Murat waren Eltern.

Sie guckten sich ungläubig an und fielen sich weinend in die Arme. Jetzt erst entlud sich seine Trauer, und Rotz und Wasser heulend rief er seine Eltern an, und die kamen und alle waren sich ohne viele Worte einig, dass man etwas gutzumachen habe, und das wolle man tun.

Und Murat konnte nun auch der christlichen Geschichte von der unbefleckten Empfängnis etwas abgewinnen, aber das sagte er Jennifer "Sag-niemals-Jenny-zu-mir" lieber nicht.

Am Tag drauf kamen zwei Menschen vom Jugendamt und stellten ein paar tiefergehende, aber ansonsten völlig unverfängliche Fragen. Man riet ihnen, zunächst eine Vormundschaft zu beantragen und eine Adoption für später in Betracht zu ziehen, wenn überhaupt.

"Wenn die Kinder erst mal bei Ihnen sind, kann grundsätzlich nichts mehr passieren, nicht mal, wenn Sie goldene Löffel klauen. Eine Adoption wäre zur Zeit nur extrem aufwändig, und da Sie ohnehin die Vormundschaft haben und die auch von keiner Seite angefochten werden wird, denke ich mal, dass Sie jetzt zu IKEA oder sonst wohin sollten, und dann können Sie die Kinder morgen abholen."

"Morgen?"

"Ja, es muss schnell gehen. Sie machen keinen traumatisierten Eindruck, aber je länger sie in dieser unpersönlichen Auffangstation sind, desto schlimmer. Gesundheitlich sind sie komplett ok. Kennen Sie die Kinder?"

"Nur von Fotos."

"Neuere?"

Murat und Jennifer "Sag-niemals-Jenny-zu-mir" schüttelten die Köpfe.

"Na, dann gucken Sie doch mal hier."

Und aus dem iPhone der Jugendamtsfrau blickten ihnen zwei niedliche Kinder in arabischer Kleidung entgegen. Im Hintergrund oranger Feuerschein vor einem pechschwarzen Himmel.

15.   Zwillingsfrau

Ihr ging es gut. Fünfundzwanzig Jahre war sie nun mit Kai verheiratet, gestern war der große Tag. Sie wollten keine opulente Party, würden stattdessen später im Jahr mit den Kindern gemeinsam irgendwohin fahren. Die Wahl des Urlaubsortes würde basisdemokratisch entschieden. Das war Kais Idee gewesen. "Lass die Kinder alles entscheiden", hatte er vorgeschlagen, "dann kann hinterher keiner meckern."

Fünfundzwanzig Jahre.

Sie kannten sich siebenundzwanzig Jahre; sie hatten vorher beide ihre Erfahrungen gemacht und waren damals sofort bereit für etwas Neues. Das war auch der Grund, warum relativ schnell nach der Hochzeit schon Kinder kamen. Drei hatten sie – altersmäßig eng beieinander, keines glich dem anderen, aber sie liebten alle gleich und auch wenn es oft laut wurde, immer laut gewesen war, so war sie doch froh, dass sie seit so langer Zeit eine zufriedene Frau war.

Zufrieden.

Glück war ein großes Wort, ja, sie war auch mal glücklich gewesen, aber ohne den Finger genau auf die Wunde legen zu können, war sie sich doch sicher, dass ihr Grundzustand der einer großen, tiefen Zufriedenheit war. Und das lag eher an ihr selbst als an ihrem Umfeld.

Sie hatte nie bereut, Kai geheiratet zu haben. Sie hatte einen intelligenten, immer noch halbwegs vorzeigbaren Mann, der es weiterhin fertigbrachte, sie regelmäßig zum Lachen zu bringen, der ihr aufmerksam Hausarbeit abnahm, sie überraschte und mit dem man stundenlang reden oder schweigen konnte, je nachdem. Sie einigten sich immer über die wichtigen, und unwichtigen, Dinge, er ließ sie ihren zahlreichen Interessen nachgehen und zeigte durch durchdachte Kommentare, dass er an ihrem Leben teilnahm, auch wenn er nicht immer dabei war.

Er war Wirtschaftsprüfer in einem Konzern, ein Rädchen im Getriebe, aber das hatte ihm immer gereicht.

Nie hatten sie sich große Sorgen machen müssen - sie waren nicht reich, aber große Entbehrungen hatte es auch nie gegeben, sie konnte sich alles leisten, was sie haben wollten, hatten tolle Reisen gemacht und die Wohnung, in die sie nach dem Abflug der Kinder gezogen waren, war bezahlt.

Sie stand auf, ging in die Küche und machte sich einen Kaffee. Auf dem Esstisch lag noch das Etui mit den extravaganten Ohrringen, die er ihr zum Hochzeitstag geschenkt hatte. Regelmäßig bekam sie "eine Schweinerei aus Gold", er kaufte das immer selbst, fragte nie um Rat und lag fast immer genau richtig. Die zwei-drei Male, wo ihr die Geschenke nicht ganz so gefallen hatten, hatte sie es sich nicht anmerken lassen, um ihm nicht weh zu tun. Sie wusste, dass er ihr eine ehrliche Antwort nicht übelnehmen würde, sie wusste aber auch, dass er ein kleines bisschen verletzt wäre, und das wollte sie nicht. Sie trug die Stücke einfach seltener und hoffte, dass es ihm nicht weiter auffallen würde.

Womit sie allerdings falsch lag.

Beide hatten Familie und die Balance aus Nähe und Distanz perfektioniert. Beide Väter waren tot, die Mütter in den Achtzigern, seine war dement, ihre auch nicht komplett auf dem Damm, beide hatten aber keine solche emotionale Nähe, dass es das eigene Wohlbefinden aus dem Tritt bringen könnte. Ihre zwei Geschwister wohnten in Hamburg und man sah sich nicht oft, aber regelmäßig.

Er hatte einen Zwillingsbruder, und das war ihr von Anfang an merkwürdig vorgekommen. "Das", nicht "der".

Kais Bruder Jan war ihm derart aus dem Gesicht geschnitten, dass sie die beiden selbst nach 27 Jahren Zusammensein meist nur an der Kleidung auseinanderhalten konnte. Hinzu kamen eine identische Stimme, ein absolut gleicher Habitus und viele Verhaltensweisen, die eine klare Eindeutigkeit unmöglich machten. Sie hatten zudem denselben Geschmack, so dass sie beide die gleiche Frisur und ähnliche Kleidung trugen. Typische Zwillingsgeschichten aus der Kindheit und Jugend wurden unter großem Gelächter immer wieder gern erzählt, und auch wenn Kai Behauptungen, den jeweiligen Freundinnen des

anderen etwas vorgegaukelt zu haben, lautstark und bestimmt
Einhalt gebot – sie konnte es sich durchaus vorstellen.

Selbst ihre Mutter konnte sie nicht immer
auseinanderhalten und so wurde die Frage "wer von Euch beiden
ist denn der ältere?" stets mit einem Schulterzucken quittiert, und
nachdem sich auf der Geburtsstation niemand festlegen wollte,
musste das Standesamt die Frage beantworten: Entweder losen
oder doch auf einen festlegen. Da kannte der Amtsschimmel aber
den Vater der beiden schlecht – einen ambitionierten
Verwaltungsjuristen, zwar noch am Anfang seiner Karriere, aber
dennoch extrem penibel. Nach dem Wälzen vieler Bücher einigte
man sich auf einen Kompromiss: Bei beiden schrieb man die
gleiche Geburtsminute in die Geburtsurkunde, und somit war es
erledigt: Beide waren absolut gleichwertig, keiner hatte das Recht
des Älteren.

Jan hatte ein Jurastudium abgeschlossen, dem Vater
folgend. Dieser hatte das allerdings nicht mehr erlebt: Als die
Zwillinge fünf Jahre alt waren, war er mit einem Studienkollegen
im Harz wandern gewesen, eine Tradition aus Studententagen,
die jährlich anstand. Es war feucht, und als man einem Harzer
Waldarbeiter ausweichen wollte, rutschte der Vater aus und glitt
einige Meter auf dem Hosenboden einen recht steilen Abhang
herunter. Der Freund war aber beruhigt, denn nach einigen Meter
versperrte eine abgeholzte Kiefer den Weg und würde die
Rutschfahrt des Freundes bremsen. Das tat sie auch, aber anders

als gedacht: Ein einsamer Astrest stak aus dem Baum hervor. Exakt diese Spitze bohrte sich in das Auge des Vaters, schob sich in die Augenhöhle und grub sich unrettbar in sein Gehirn. Er war auf der Stelle tot.

Viele Erzählungen bezeugten, dass dieser tragische Tod die kleine Familie nicht auseinanderriss oder ins Elend stürzte. Die Mutter der beiden war durch eine Lebensversicherung und Unterstützung der beiden Großeltern zumindest finanziell versorgt. Und so merkwürdig es klingen mag: Durch Zufall traf sie einen alten Klassenkameraden wieder, der sich schon in Schulzeiten um sie bemüht hatte. Der begann, sanft, zart und vor allem sehr vorsichtig um sie zu werben, schmeichelte sich bei den Zwillingen ein und bat nach einer respektvollen Frist um ihre Hand. Sie nahm an. Die Fangemeinde allerdings teilte sich dann doch: Alte Freunde des Verstorbenen und natürlich seine Familie nahmen ihr dies extrem übel und beendeten den Kontakt, klammerten sich aber an die Zwillinge und deren Mutter brachte das außergewöhnliche Kunststück zustande, der Familie ihres verstorbenen Mannes den Kontakt zu den Zwillingen zu ermöglichen, ohne sich selbst verrenken zu müssen und ohne jemals selbst wieder ein Wort mit der Sippschaft reden zu müssen. Kai zuckte bei Verwunderungen darüber immer die Schultern und sprach von der hohen Kunst der Diplomatie, während sein Bruder Paragraphen und Gesetze zitierte. Es kam aber beides auf dasselbe hinaus: Es funktionierte.

Auch sonst hatte die Familiensaga ein happy end: Der Ersatzvater hatte nur einen Wunsch: Selbst auch ein Kind zu zeugen. Das klappte nach vier Jahren auch, so dass sich zu den Zwillingen ein kleines Mädchen gesellte, welches von beiden bis zum heutigen Tage niemals ernst genommen wurde. Der Stiefvater blieb ein absolut korrekter Gentleman – wenn auch das kleine Mädchen wesentlich niedlicher als die heranwachsenden Zwillinge war, so war er doch stets gerecht und war den Jungen ein guter Vater und blieb es bis zu seinem Tode, der ihn im Alter von achtzig Jahren im Schlaf ereilte.

Warum aber war ihr Jan immer etwas unheimlich geblieben?

Sie konnte nicht den Finger drauflegen.

Er war immer ausgesucht höflich zu ihr, hatte in siebenundzwanzig Jahren nicht ein böses Wort gebraucht, hetzte seinen Bruder nicht gegen sie auf und war den Kindern ein guter Onkel.

Er hatte selbst eine nette, wenn auch meist etwas ausgekühlte Frau, keine Kinder und wenn man auch nie zusammen im Urlaub war, so sah man sich doch regelmäßig und Kai und Jan trafen sich jeden Monat ein bis zwei Mal, um an der Elbe oder Alster spazieren zu gehen und den Abend bei einigen Bieren ausklingen zu lassen. In der Öffentlichkeit wirkten die beiden nicht übermäßig eng, sie waren auf den wenigen gemeinsamen Partys fast immer an entgegengesetzten Ecken des Raumes zu finden, und da ihre Mutter den Geistesblitz hatte, die beiden Jungs auf unterschiedliche Gymnasien zu schicken, um den Lehrern die offensichtlichen Peinlichkeiten zu ersparen, hatten beide völlig unterschiedliche Freundeskreise ausgebildet, die sich kaum deckten.

Und doch: Wenn beide zusammensaßen, gab es eine Aura, die kein Außenstehender durchbrechen konnte. Sie lachten und machten Witze, aber es war eindeutig, dass beide in diesem Moment in einer eigenen Blase lebten – dies war auch ihnen klar und so bemühten sie sich, diese Momente in Gesellschaft nicht aufkommen zu lassen. Vielleicht war es auch gerade das, was ihr auffiel und was ihr unbehaglich war. Da Kai aber von ihrer Befindlichkeit wusste und Verständnis dafür hatte, kam das Gefühl des Unwohlseins selten auf.

Was Jan beruflich machte war ihr nicht genau klar, und da er Anwalt war, ging sie davon aus, dass es gewisse Verschwiegenheitspflichten gab und so erzählte er nur selten von seinem beruflichen Leben. Kai hatte mal erwähnt, dass Jan sich darauf spezialisiert hatte, aussagewillige Clan- und Gangmitglieder zu unterstützen, die ihre jeweiligen Gruppierungen verlassen wollten und vor, während und nach den Kronzeugen-Verhandlungen oder wie das hieß mit der Polizei oder auf wen auch immer man sich dann einzulassen hatte, für sie da zu sein. Finanziell schien sich das zu lohnen, und da Jan immer auch Strafverteidiger gewesen war, kannte er sich in den jeweiligen Kreisen aus oder wusste doch zumindest, auf wen er sich einließ und wie mit solchen Gestalten umzugehen war.

Ihre Schwägerin war Psychologin und hatte, was das Dasein als Partnerin eines Zwillings anging, eine etwas lockerere Herangehensweise: Ihr fiel die Enge der Brüder wohl auch auf, sie sah jedoch keine Merkwürdigkeiten darin und hatte während einer Feier, nach dem Genuss mehrerer Aperol Spritz, mit leicht schriller Stimme gesagt: "Ich weiß nicht, ob sie uns auch mal miteinander betrogen haben, aufgefallen ist mir aber nie etwas!". Da war was dran, und so ging das Leben seinen Gang, ohne dass jemals etwas Handfestes das Licht des Tages erblickte.

Der Hochzeitstag war ruhig und schön und entspannt gewesen. Da es sich um einen Mittwoch gehandelt hatte, war keines der Kinder abkömmlich. Sie gingen zu zweit abends in das beste Restaurant der Stadt, drei Sterne, und ließen sich das sündhaft teure Menü mit Weinbegleitung und einem Glas Champagner vorweg und einem Digestif danach schmecken und genossen dann einen beschwingten Gang durch den Hafen und dann eine Taxifahrt nach Hause.

Sie ließ es heute etwas ruhiger angehen. Sie tat zunächst einmal nichts. Sie war Alkohol nie gewohnt gewesen, und hatte auch am Abend vorher nicht viel getrunken, aber anders als Kai, der beim ersten leisen Weckerton aus dem Bett sprang wie von der Tarantel gestochen, brauchte sie doch etwas Zeit, um den vorherigen Abend, einen sehr schönen Abend, zu verarbeiten.

Bis zehn Uhr abends aber hatte sie alles erledigt, die Wohnung war organisiert, sie saß auf dem Sofa und las in einem ihrer hunderten von Sachbüchern, als es an der Tür klingelte. Da hatte Kai wohl seinen Schlüssel vergessen. Er war an diesem Abend auf Wunsch seines Bruders Gast bei dessen wöchentlichem "Geheimbundtreffen", so nannte er das immer. Er sollte nach einer Stunde dazu kommen und über seine Arbeit berichten. Und da Kai nicht nur gut erzählen konnte, sondern in einer interessanten Branche arbeitete und einiges von der Welt gesehen hatte, würde das bestimmt kurzweilig werden.

Sie drückte den Summer, ohne die Gegensprechanlage zu nutzen. Wozu auch.

16.   Zwillingspech

Als nächstes erhielt ich den Auftrag, einen in Hamburg halbwegs bekannten Strafverteidiger umzubringen. Wie immer erfuhr ich den Grund nicht, ich wollte ihn auch nicht wissen, denn wer immer auf Murats Zielscheibe auftauchte, hatte es auf die eine oder andere Art verdient.

Dieser Mann nun vertrat durch Bandenkriminalität berüchtigte Schwer- und Gewaltverbrecher, Mörder, Totschläger, Dealer, Mitglieder mafiös organisierter Verbrecherbanden und Schutzgeldeintreiber. Erpresser, Vergewaltiger, Räuber, schwer tätowierte Türsteher aus allen Hierarchien einschlägiger Rockerbanden und mehrfach vorbestrafte Zuhälter, die auch vor Gewalt vor Frauen nicht zurückschreckten.

Natürlich hat jeder Angeklagte das Recht auf einen fairen Prozess und anwaltlichen Beistand, zudem war ich durchaus der Meinung, dass auch Personen aus diesen Kreisen davor geschützt werden sollten, vorverurteilt zu werden, aber es fiel mir äußerst schwer, zu glauben, dass derartige Anwälte völlig frei von auch nur dem geringsten Krümel von Schuld waren und so hatte ich keinerlei Gewissenbisse. Zumal, man darf es nicht vergessen, immer viel Geld für diese Mandate gezahlt wurde. Sehr viel...

Das Foto zeigte einen absolut unauffälligen Mann, sein Wohnort ließ sich leicht ausspionieren, er war ein Mensch der

Gewohnheit und trotz seines Umgangs mit schweren Jungs und sogar Mädels, nicht auf Schutz oder Bewachung angewiesen.

Ich ging nach Erhalt dieses Auftrags wie immer vor: Wo wohnte das Opfer und wie waren die Gewohnheiten, mehr brauchte ich nicht. Ich spähte den Anwalt aus und stellte fest, dass er einmal die Woche zu einem abendlichen Treffen an der Alster ging und sich dabei eine gute Gelegenheit ergeben würde, ihn zu erwischen.

Der Tag der Wahrheit war gekommen. Ich saß auf einer Parkbank und sah den Mann kommen. Das würde jetzt dauern – ich ging kurz in die Stadt zurück und kaufte mir eine Currywurst.

Ich war rechtzeitig zurück an der Alster. Weil mit Spaziergängern zu rechnen war, trug ich zwei Outfits übereinander, das machte mich zum einen merklich dicker, zum anderen konnte ich mein Arbeitsmittel besser verstecken. Ich würde nicht mit einer halbautomatischen Pistole arbeiten, sondern mit einem Revolver, der keine Pistolenhülsen durch die Gegend schleuderte, leider aber etwas schwerer zu handhaben war. Sei's drum.

Der Anwalt kam aus dem Gebäude, komisch, früher als erwartet, und trug er einen anderen Mantel als beim Hineingehen? Aber ich hatte keine Zeit, mir darüber groß Gedanken zu machen. Ich folgte ihm auf dem Alsterspazierweg, der um diese Zeit recht leer war. Als ich neben ihm ging, hielt ich

die Waffe in Richtung seiner Rippen und schoss. Einmal, dann
hielt ich sie höher und schoss sofort zweimal kurz hintereinander.
Er fiel zu Boden. Als er seitwärts lag, hielt ich den Revolver an
sein Ohr und schoss erneut. Zweimal. Dann ging ich schnell
weiter und streifte mir im Gehen die schwarze Jacke ab, darunter
trug ich einen hellbeigen Pullover, Kontrast verwirrt die
Menschen. Schnell an die nächste Parkbank. Die dunkelrote Hose
hatte ich vorher präpariert – hinten an beiden Beinen und am
Gesäß aufgeschnitten und rudimentär wieder zusammengenäht.
Man konnte sie sich mit einem kräftigen Ruck komplett vom
Leibe reißen, darunter war eine hellblaue. Alles in eine
vorbereitete Plastiktüte, dann die Überschuhe aus, dann die
Handschuhe. Revolver war schon drin. Tüte in eine andere Tüte.
Schnell über das Alstervorland zum Harvestehuder Weg, durch
Pöseldorf hindurch zum Mittelweg. Steter fester Schritt, bloß nicht
laufen. Das war mein fünfter Auftrag, langsam gewann ich
Routine. Mein erster in Hamburg. Kein Mensch käme darauf, eine
Serie zu vermuten, das gab es wirklich nur in billigen Filmen.
Mein Auto stand in Rotherbaum. Hintere Tür auf, Tüte unter den
Fahrersitz schieben, einsteigen, losfahren. Auf der Fahrt spontan
überlegen, wo man das Zeug entsorgt. Vergraben war das
einfachste, verbrennen das sicherste, einfach irgendwo unten in
eine Mülltonne stecken das schnellste. Ich fand einen Weg. Für
den Revolver dachte ich mir wieder kreativ etwas aus – er landete
in hohem Bogen im Segeberger See.

All die Mühen waren bisher von Erfolg gekrönt: Ich war weiterhin ein weißes Blatt, unbeschrieben und jungfräulich. Ob das Verwischen meiner Spuren für immer und alle Zeiten erfolgreich bleiben würde, wusste ich nicht. Murat war aber professionell genug, um zu wissen, dass man es nicht übertreiben durfte. Die Zerfaserung meiner Auftragsorte war perfekt organisiert, ich kam mir vor wie ein Vollstrecker und war perverserweise sogar ein wenig stolz auf meine Präzision vor, während und nach der Ausführung.

Beim Blick ins Hamburger Abendblatt am nächsten Morgen aber stellte sich heraus: Mit dem Anwalt war etwas schiefgegangen – ich hatte seinen total harmlosen Zwillingsbruder erwischt.

Das war nicht gut. Zum einen hatte ich einen bereits bezahlten Auftrag versaut, zum anderen wäre es jetzt fast unmöglich, kurzfristig an das richtige Opfer heranzukommen.

Murat war sauer. Er sah die gleiche Problematik wie ich – die völlige Bedeutungslosigkeit des Bruders sowie die Tatsache des Zwillingsdaseins überhaupt legte die Verwechslung so nah, dass schon das Abendblatt diesen Umstand in seiner ersten Berichterstattung hervorhob. BILD folgte. Mopo auch.

Kurz ein Wort zur Kommunikation mit Murat: Wir redeten so gut wie nie über meine Aufträge. Ich erhielt besagtes Foto mit Adresse und, wenn nötig, einigen weiteren Details auf der Rückseite, dazu jeweils eine saubere Pistole. Immer alles schön altmodisch. Keine SMS, Mails oder Telefonate, kaum Gespräche in öffentlichen Räumen. Jetzt aber hatte er Redebedarf. Er steckte mir einen Zettel mit Einzelheiten für ein Treffen zu.

Er wartete schon.

"Alter Mann, was hast du gemacht, was ist passiert?"

"Zwillinge, Murat. Eineiig. Und das erste Mal, seit ich den beobachtet habe, und du weißt, wie lange ich die Leute beobachte, dass der Zwilling am selben Platz auftauchte."

"Wusstest du, dass der einen identischen Bruder hat?"

"Nein. Woher?"

"Weiß ich doch nicht, Mann. Sowas weiß man doch."

Es hatte keinen Sinn, zu diskutieren. Ich hatte Mist gemacht. Es ging um Schadensbegrenzung.

"Ich bringe das in Ordnung, Murat."

Er guckte mich zweifelnd an.

"Ich weiß, Murat. Leicht wird das nicht, zumal man die Verbindung dann sofort sehen würde. Ich muss nur eines wissen: Wie wichtig ist das jetzt, ist der Mann gefährlich für dich? Oder sonst wen? Die Auftraggeber?"

Murat sah mich an und zuckte mit den Schultern. Wir hatten aus beiderseitigem Schutz nie über derartige Details gesprochen, weil sie uns angreifbar machten. Ich wollte es auch jetzt nicht, aber schließlich ging ich ins Risiko, und da wollte ich es so sicher machen, wie es ging.

"Alter Mann, du warst vor der Deadline, hast noch etwas Luft. Vielleicht ist der Typ aufgrund des Todes seines Bruders etwas außer der Spur, aber die Räder der Justiz drehen sich deswegen nicht langsamer. Eine Woche, zehn Tage."

Das war's.

Ich wurde nervös. Wie sollte ich das machen?

Der Mann würde garantiert von der Polizei bewacht werden, und was wusste denn ich, wer noch hinter dem her war? Ich hatte meine Aufträge bisher spurenlos erledigt, und ich war nicht blöd, aber jetzt musste ich kreativ sein. Von technisch aufwändigen Dingen wie Gift, Sprengstoff, Erpressung oder Entführungen hatte ich keine Ahnung und/oder sie waren zu langwierig zu beschaffen beziehungsweise in der Kürze der Zeit nicht zu lernen. Irgendwann würde sich der Mann auch wieder ohne Schutz bewegen, aber ich wusste nicht, wann das wäre, garantiert erst nach Ablauf meiner Frist.

Ich entschloss mich zu brachialer Gewalt. Murat hatte ich so verstanden, dass nichts auf ihn zurückführen würde – wie bei jeder Auftragssache. Von wem auch immer. Der ursprüngliche

Auftraggeber hatte keine Ahnung, wer ich war. Noch. Ich nehme an, dass er auch nicht wusste, dass es Murat gab. Nochmals noch. Er hatte aber viel Geld bezahlt, und es gab hier nur ein mögliches Ende, und das hatte ich versaut.

Ich müsste die Brechstange herausholen.

Mein Plan war so bescheuert, dass er schon wieder gut war. Er konnte nur perfekt klappen oder komplett in die Hose gehen, und dann wäre ich tot. Dazwischen gab es nichts.

Ich hatte in der Zwischenzeit alles abgeklärt. Wann die Beerdigung war, und wo. Wer kommen würde. Wo man hinterher zusammensitzen würde.

Es würde gehen, ich würde meinen Auftrag ausführen, ich hätte eine Hundert-Prozent-Quote.

Sollte es nicht funktionieren, dann würde ich sterben. So oder so.

Zwei Nächte lag ich wach und brütete über einer perfekten Lösung. Ich dachte, wie immer, nicht über einzelne Details nach, sondern über ein alle zufriedenstellendes Gesamtergebnis. So langsam bildete sich ein Gesamtkonstrukt heraus. Ja, so könnte es klappen. Es wäre schnell, effektiv, wirksam, und meine Chance, zu überleben, läge bei knapp der Hälfte. Immerhin.

17.   Glück

Ich ging zu Murat, um ihm eine Einkaufsliste zu übergeben. Er aber winkte ab:

"Keine Sorge, Alter Mann, hier. Geh 'n Kaffee trinken, oder was Stärkeres."

Er grinste und steckte mir einen seiner berühmten Zettel zu. Dann entließ er mich mit einem Winken seiner sorgsam manikürten rechten Hand, wie man einen lästigen Diener wegschickt. Das würde ich ihm auch nochmal sagen, wie mich das störte!

Nach unseren ersten Treffen, nach den ersten Aufträgen, die mir meist durch Murats Helfer mündlich erteilt wurden "Hier, bring das da hin.", "Gib das da ab!", "Steht alles auf Umschlag, yalla.", änderte Murat sein Kommunikationssystem mit mir: Alles lief über Zettel, wie früher in der sechsten Klasse. Er schrieb alles auf Zettel, wobei mich hier zwei Dinge wunderten, auf eines sprach ich ihn an:

"Murat, schreibst du das immer?"

"Ja, klar, Alter Mann, wer sonst?"

"Naja, es ist eine sehr besondere Schrift."

"Wieso, kannst du das nicht lesen?"

"Doch, ganz im Gegenteil, das sieht super aus. Wobei es mir scheint, als ob das unterschiedliche Schriften, oder Techniken oder beides sind. Das eine ist fast wie Architektennormschrift, das kenne ich von meiner Tochter, aber die anderen? Gibt's da einen bestimmten Grund?"

"Volkshochschule, Alter Mann."

"Wie?"

"Noch nie von Volkshochschule gehört?"

"Doch, schon, aber was hat das damit zu tun?"

"Freund von mir ist Architekt, der schreibt auch so, wie du es von deiner Tochter kennst. Ich fragte mich, warum die das alle plötzlich so können, denn ich dachte immer, die Schrift hätte man quasi genetisch mitbekommen. Er meint, ja schon, aber man würde sich daran gewöhnen. Ob ich Interesse hätte, er könne mir ein paar Übungen zeigen. Ich mache ein paar Schreibversuche, nennt mich mein Kumpel ein Naturgenie und sagt, ich sollte das vertiefen. Wie frage ich? Kalligraphie. Schon mal davon gehört, Alter Mann?"

"Klar weiß ich, was Kalligraphie ist."

"Ok, ich suche Lehrer, ist aber schwierig, weil die meistens so ostasiatisch angehaucht sind, das ist ganzheitlich, geht super tief, ich wollte aber einfach nur schön schreiben. Frage ich so rum, sagt einer Volkshochschule. Ich checke das online, alles klar, macht eine Frau, ich rufe die an, sage ich buche dich nur für mich, sagt sie nein, macht sie nicht. Sage ich, ich zahle ganzen Kurs, legt sie auf. Rufe ich wieder an, frage was sie will: Kommen Sie in meinen Kurs wie alle anderen."

"Und? Hast du ihr Haus in Schutt und Asche legen lassen?"

Er grinst.

„Ich gehe in ihren Kurs, drücke mit verwöhnten Mittelstandsmuttis und gelangweilten Alstertanten die Schulbank und schwinge Kalligraphiepinsel, dicke Fettstifte und ganz fette eddings."

„Gingen da noch andere Männer hin?"

„Sehr witzig, so zwei Tucken noch, die waren aber ein Paar, keine Konkurrenz."

„Und? Geht ihr hinterher immer noch einen Aperol schlürfen? Oder einen Holunderspritz?"

„Willst du was über meine Schönschrift wissen, oder mir Affären andichten? Nix da, die Lehrerin, so 'ne verschrumpelte Alte, sieht, dass ich wirklich interessiert bin und gewährt mir Privatunterricht, aber nur, solange ich auch in ihre wirklichen Kurse gehe. 'Der Volkshochschule ist es egal, wer sie bezahlt, sie hat es verdient, dass auch die Neureichen kommen und helfen, den Betrieb aufrecht zu erhalten', das hat sie echt gesagt. Nein,

Alter Mann, ich habe sie dafür nicht bestraft. Sie ist die einzige, die mich kritisieren darf, denn sie bringt mich weiter."

„Aha. Wenn ich dich weiterbrächte, dann dürfte ich dich auch kritisieren."

„So, Schluss jetzt, mach erst. Mal weiter."

Die andere Sache: Murat schrieb seine schönen Botschaften, wenn sie nicht auf den Rückseiten von Fotos waren, auf die unterschiedlichsten Zettel. Meistens auf Bierwerbungs-Kneipen-Blocks, aber jetzt, nachdem ich schweißgebadet die Zwillingssache geradebiegen wollte, gab er mir grinsend einen Zettel der Hamburg-Lotto mit dem schreienden Slogan: „Pushen Sie Ihr Glück!"

„Nomen es omen, Alter Mann – bis bald."

Ich las den Zettel, und mir rutschte das Herz in die Hose:

„Sache abgeblasen, alle sind happy mit dem Zwilling, Botschaft angekommen. Entspann Dich."

Das erinnerte mich an eine Sache aus meinem Berufsleben: Durch ein Versehen meinerseits hatte ich zwei Besuche für einen Tag geplant. Die beiden hatte nichts miteinander zu tun, ich konnte da nichts kombinieren, einer sollte um neun kommen, der andere um zehn. Nachdem alle meine Bemühungen, den einen oder anderen auf andere Kollegen zu verteilen, nichts fruchteten, ergab ich mich meinem Schicksal und wartete einfach ab. Und als ich um neun den einen Besucher am Flughafen abholte, sagte der andere seinen Besuch wegen Krankheit ab.

Und seit diesem Tag tauchen derartige Phänomene in meinem Leben auf. Mal waren es plötzliche Geldzahlungen, die einen lang gehegten Wunsch möglich machten; mal war es ein verspätetes Flugzeug, welches mir meinen Zeitplan rettete.

Und nun eben ein abgesagtes Attentat.

In Schönschrift.

18.   Flucht

Der überlebende Zwilling aber, der Anwalt, wurde anfangs seines Lebens nicht mehr froh. Da er nichts von seinem Glück des abgesagten Folgeattentats wusste, hatte er keine ruhige Minute mehr. Jeder Schritt, jedes irritierende Geräusch, jedes plötzliche Telefonklingeln, jeder noch so harmlos aussehende Fremde trieben ihn in den Wahnsinn. Da half auch der offensichtliche Personenschutz nicht. Es war so schlimm, dass er kaum dazu kam, den Verlust des Bruders, der immer ein Teil seiner selbst gewesen war, auch nur ansatzweise zu realisieren. Geschweige denn zu verarbeiten.

Er fasste einen radikalen Plan.

Schon zwei Tage nach dem "Vorfall" legte er alle Mandate nieder, alle. Angesichts des tragischen Verwechslungs-/Todesfalles in der Familie schlug ihm zunächst höchste Sympathie entgegen. Jeder verstand und fragte dezent nach einem Ersatzanwalt. Selbst seine härtesten Fälle hielten sich mit Druck zurück, denn einen Anwalt umzubringen, auch wenn es dann seinen harmlosen Bruder traf, hatte auch in diesen Kreisen eine gewisse Qualität. Das waren keine Amateure. Zudem begann er, sämtliche seiner Projekte zu Bargeld zu machen. Er plünderte nebensächliche Giro- und Sparkonten, machte sein Aktienpaket flüssig, ließ sich seine Lebensversicherung auszahlen, verkaufte

Sammlerstücke wie Armbanduhren, Erbschmuck und Erstausgaben diverser amerikanischer Autoren des 20. Jahrhunderts. Alles in allem kam eine gute halbe Million zusammen. Die verteilte er dann mühselig auf diverse bereits vorhandene oder neu angelegte PayPal- und Kreditkartenkonten und überwies gesetzeskonforme Beträge an neueröffnete Strohkonten bei Western Union. Wer jahrelang Geldwäscher vertrat, der wusste, wie das lief. Da er in der Lage war, aus Ablenkung hochkonzentriert zu arbeiten, waren diese Summen Bargelds nach guten zwei Wochen verschwunden und schlummerten gewaschen in der großen Cloud.

Andere Transaktionen hätten jeden normalen Bürger in die Verzweiflung getrieben, aber als Anwalt mit Zugriff auf ein gutgeöltes Netzwerk von Notaren, Einwohnermeldeamtbeamten und ungestörtem Zugang zur Justiz hatte er alle anderen Aufgaben erledigt. Dabei half ihm seine Erfahrung mit ausstiegswilligen schweren Jungs und dem Umgang mit Zeugenschutzprogrammen. Er musste jetzt nur noch einen schweren Gang gehen: Seine Frau.

Über die Silberhochzeit war man hinaus, das Zusammenleben mit seiner Frau war harmonisch, aber ohne viel Zärtlichkeit oder gar über die Schienen der Gewohnheit hinausgehende Emotionen, und so hatte er keine große Angst vor dem, was nun kommen musste:

Er wählte einen neutralen Rahmen und bat sie in das hanseatischste aller Hamburger Restaurants ein: Das Fischereihafenrestaurant. Abends war dort immer viel Trubel, die Sicht war gut, das Essen auch, man kam gut hin und gut wieder weg, diese Lokalität war für seine Zwecke wie geschaffen. Er käme direkt aus dem Büro, sie von einer Freundin im Norden der Stadt.

"Liebling", er war, wie immer, eine Viertelstunde zu früh und bereits beim zweiten Aperitif angelangt und begrüßte seine leicht verspätete Frau mit einem flüchtigen Wangenkuss. Den vorwurfsvollen Blick auf seine Armbanduhr verkniff er sich. Sie gab sich keine Mühe, zu verbergen, dass sie den leichten Martinigeruch bemerkt hatte, erwähnte das aber nicht weiter. Er hatte einen der beliebten Fensterplätze ergattert, das Fischereihafenrestaurant gab ungern Zweiertische für die Fensterfront weg, aber er hatte Mittel und Wege, und sich auf den seiner Meinung nach schlechteren, oder besser: weniger guten, Platz gesetzt. Aus unerfindlichen Gründen schien seine Frau es aber auf genau diesen Platz abgesehen zu haben und sie machte auch wenig Protest, als er anbot, den anderen Platz, mit Panoramablick auf den Hafen zu nehmen. Er nahm sein Glas, sein Besteck, seine Serviette, seine gut gefüllte Aktentasche, der noch eine größere Rolle an diesem Abend zukommen sollte, und zog um. Einer der beflissenen Kellner wollte helfen, wurde

verscheucht, insistierte, man kam sich ins Gehege, am Ende ging
es dann doch, all das regungslos beobachtet von seiner Frau.

"Haben wir's?", dies mit hochgezogenen Augenbrauen.

"Jaja."

Zum herumlungernden Kellner: "Zwei Glas Veuve
Clicquot bitte."

Die Augenbrauen gingen wieder hoch: "Oh, wie schön.
Was ist denn der Anlass?"

"Kommen wir gleich zu. Wie war dein Tag, Liebling"?"

Und so zog sich der Smalltalk seine Bahn, es gab
Champagner, noch ein Glas, man suchte aus, Vorspeise
Hauptgang, es gab einen schicken Weißen, und nach dem Ende
des Hauptganges fragte sie:

"So, nun aber: Was gibt's?"

Vor Gericht und im Umgang mit Kollegen und im
Freundes- und Verwandtenkreis galt er als jemand, der schnell
zum Punkt kam, so auch jetzt:

"Die Sache mit meinem Bruder hat mich aus der Bahn
geworfen. Komplett. Ich bin nicht mehr ich selbst. Natürlich
können wir einen netten Abend verbringen wie jetzt, nicht einmal,
oder nur kurz, das Thema ansprechen, aber das Schwert schwebt
über mir. Ich kann das nicht mehr. Ich will das nicht mehr."

Sie ergriff seine Hand.

"Ich weiß, aber was willst du tun? Machst du dir auch weiterhin Sorgen um uns? Um dich?"

Er hatte den angebotenen Polizeischutz nach einer Woche abziehen lassen, da er davon ausging, dass ihm keiner auflauern würde, solange er beschützt wurde, aber das könne die Polizei sich nicht ewig leisten, und wenn sie ihn kriegen wollte, dann würde der Jemand das schaffen. Das war realistisch, aber dann doch wieder nicht, ich war ihm näher, als er dachte...

"Ja, und das werde ich ändern. Ich werde Deutschland verlassen."

"Du? Nicht wir?"

"Ich."

Jetzt kam es darauf an. Würde sie so reagieren, wie er es sich vorher ausgemalt hatte?

Sie tat es: "Ok, du hast deine Meinung anscheinend gefasst. Ohne mich. Das lässt ja tief blicken, ist aber andererseits auch nicht sehr verwunderlich..."

Nun begannen sich ihre Augen doch mit Tränen zu füllen, die sie aber gleich wieder abwischte. Das war auch ein Zeichen für irgendwas, aber er war sich in diesem Moment nicht ganz sicher, was.

"Wo willst du hin?"

Zu sagen "Das sage ich dir nicht" hätte er albern gefunden. Er sagte gar nichts und baute auf ihren gesunden Menschenverstand. Zu Recht, sie nickte nur mehrfach vor sich hin.

"Wie lange?"

"Für immer. Glaube ich. Mich wollte einer umbringen. Entweder versucht er's nochmal, oder meine normale Klientel rückt mir nach ein paar Anstandsmonaten auf den Pelz. Für die steht zu viel auf dem Spiel, die wollen nicht alles wieder aufrollen, das kostet die Jahre. Die wollen weitermachen. Darum muss ich weg. Geht nicht anders."

"Wow. Du hast ja richtig nachgedacht. Ist der Rest des Planes da drin?" Sie zeigte auf die Aktentasche.

Er nickte. In der dicken Mappe befanden sich alle vorbereiteten Umschreibungspläne für das Haus, die Ferienwohnung auf Sylt, diverse Wertanlagen-Immobilen, die beiden täglich gefahrenen Autos plus den Oldtimer, eine nicht mehr benötigte Ausführung des gemeinsamen Testaments und komplett ausgefüllte Scheidungspapiere. Außerdem die Abtretungsvollmacht für das gemeinsame Konto.

"Du hast all das und auf dem Konto liegt eine gute Million. Das plus dein Erbe lässt dich für den Rest Deines Lebens extrem komfortabel leben. Das alles muss nur noch von dir unterschrieben und dem Notar übergeben werden, das eilt aber nicht, ich habe alles abgezeichnet, Werner" – sein Notar und bester Freund seit Unizeiten – "hat alles kontrolliert. Du willst Dir sicherlich eine zweite Meinung einholen, das ist völlig ok, darf aber nicht länger als vier Tage dauern, dann bin ich weg."

Sie sah ihn aus ihren immer noch jungen Augen an. Klassische hanseatische Schönheit, blond, blaue Augen, groß, schlank, hoch diszipliniert, zwar durchaus zur Leidenschaft neigend, aber tief im Innern kühl und vor allem schlau. Ihm, der selbst nicht blöd war, haushoch überlegen.

"Wir sind seit über zwanzig Jahren zusammen, du hast mich noch nie betrogen, jedenfalls habe ich es nie gemerkt. So wird es auch dieses Mal sein: Wo soll ich überall unterschreiben?" Damit hatte er dann doch nicht gerechnet, aber sie verriet sich dann doch. Ihre Hand zitterte leicht und um ihren Mund wehte ein leiser verbitterter, aber endgültiger Zug, als sie die Dokumente an den vorbereiteten Markierungen öffnete und unterschrieb. Natürlich überflog sie sie, aber er hatte sie nirgends übervorteilt. Das wollte er nicht. Ihr blieb unvorstellbar viel mehr als ihm, das wusste sie, und sie wusste, dass er es wusste. Er hatte sie nie um Unterstützung aus dem komfortablen Erbe ihrer Eltern gebeten, und das Einzige, was sie daraus abzapfte, waren Geschenke für ihn.

"Sind wir jetzt geschieden?"

"Rechtlich noch nicht, aber im wahren Sinne des Wortes, ja. Wir sind geschieden."

Sie nickte und grinste ihn an: "Dann lass uns doch mal an die Bestände dieses hervorragenden Restaurants gehen." Sie nickte dem Kellner zu: "Eine Flasche Dom Perignon, bitte."

Der Abend ging sehr harmonisch und sogar feuchtfröhlich über die Bühne. Sie wusste, dass ihre Ehe auch ohne die tragischen Umstände des Bruders ihres Mannes zwar noch gehalten hätte, vielleicht sogar bis zum Tod, aber das Feuer war schon lange erloschen. Auch sah sie den bitteren, ja verzweifelten Zug um seine Mundwinkel. Er wirkte seit dem Tod seines Bruders wie ein waidwundes Tier – gab sich zwar immer Mühe, das zu verbergen, aber was auch immer in ihm gebrannt hatte, war weg.

Als Psychologin wusste sie, dass es im Großen und Ganzen drei Möglichkeiten gab, das hier Vorgefallende zu analysieren:

Erstens: Die so engen Zwillinge waren in Wirklichkeit zwei egoistische Widerlinge, die einander hassten und der ganzen Welt ihre Vertrautheit nur vorgespielt hatten – wenig wahrscheinlich.

Zweitens: Er machte auf sachlichen Manager, in seinem Innern aber brodelte es und der Zusammenbruch würde kommen, und er würde schrecklich sein – sie hoffte es nicht.

Drittens: Er hatte, wie es seine Art war, das Geschehene sehr rational und schnell verarbeitet. Er war mit seinem Bruder entweder bereits im Reinen oder würde es schnell sein; was passiert war, war sehr tragisch und furchtbar, ließ sich aber nicht ändern und man solle sich mehr über die gemeinsam erlebte Zeit freuen als das abrupte Ende betrauern. Das klang plausibel.

Dieser Abend sollte ihr letzter gemeinsamer sein – sie gingen sich zuhause zwar nicht aus dem Weg, aber beide schienen der Meinung zu sein, dass alles gesagt war. Sie waren sich beide einig, dass er ihr irgendwie mitteilen würde, wie es ihm ergangen war. Wenn nicht sofort, dann doch später. Irgendwie.

Als es soweit war, nahm er sein Handgepäck und verließ das Haus. Sie verabschiedete sich an der Tür, und als er fast schon am Gartentor war, kam ihr ein letzter Gedanke:

„Jan?"

Er drehte sich um.

„Habt ihr uns denn nun mal betrogen, so als Zwillinge?"

Er sah sie einen Moment regungslos an und ging.

Hätte sie ihm ins Gesicht blicken können, hätte sie sein Grinsen gesehen.

Mit der S-Bahn zum Flughafen, durch die Sicherheitskontrolle. Bevor er zum Abflug ging, drehte er sich ein letztes Mal um. Er sah nichts, was ihn beunruhigte.

Von Hamburg flog er nach Frankfurt, von Frankfurt mit Garuda, der indonesischen Staatslinie nach Jakarta, von Jakarta fuhr er per Bus durch ganz Java und setzte dann per Fähre nach Bali über.

Bali – er war schon einmal da gewesen und mochte es. Es war nicht mehr die romantische oder hippyeske Destination von früher, aber für ihn war es perfekt: Es war chaotisch genug für seine Zwecke, nämlich abzutauchen, und hatte doch eine sehr gute Infrastruktur und bot zumindest für den Anfang alle Annehmlichkeiten für den Start in ein neues Leben.

Er mietete sich in Sanur für eine Woche in einem Luxushotel ein Zimmer mit Blick und tat zwei Dinge: Er fuhr seine Systeme herunter, und er arbeitete jetzt erst den Tod seines Bruders auf. Das war auf der Fahrt durch Java nicht möglich gewesen, weil ständig irgendwelche Kleinigkeiten seine Gedankenfluss störten. Dies tat er nun, endlich, indem er stundenlang aufs Meer guckte, sich Fotos ansah und an der Bar immer einen Drink für seinen Bruder mittrank. Seine Frau hatte richtig gelegen – es gab keine Untiefen in seiner Seele, er schloss mit seinem alten Leben ab.

Als die Woche um war, begann er den touristischen Teil. Für zehn Tage machte er einen Treck durch den Urwald und an die einsamen, wilden Strände der Insel mit. Dann reichte es aber auch. Er war nie ein Naturbursche gewesen, er liebte das pulsierende Leben der Städte. Oder zumindest größerer Orte. Auf nach Kuta, wo sein neues Leben so richtig beginnen sollte.

Er fügte sich in das Straßenbild dieser Club-, Trinker- und allgemeiner Feiermetropole nahezu perfekt ein: Er war braungebrannt, ein kerniger Bart umrahmte sein Gesicht und seine Beine und Arme waren zerkratzt von den Dornen des Urwalds. Er suchte sich ein billiges, aber sauberes Zimmer und tummelte sich am Strand und den Kneipenstraßen des Ortes, auf der Suche nach einem Job. Tellerwäscher wäre ok. Wie sollte man sonst Millionär werden?

Nachdem er drei Tage lang kilometerweit am Strand auf und ab gelaufen war, hatte er sein Ziel gefunden. Die Horizon-Bar bot tagsüber das typische Strand-Bohei mit bunten Drinks aus unzerbrechlichen Gläsern, aber es sah alles weniger tacky aus als bei der Konkurrenz links und rechts. Abends wurde der Laden edel – es gab klassische Standard-Cocktails und gutaussehende Eigenkreationen, gepflegtes Personal und sympathisch aussehende Gäste. Das Publikum war gemischt. Der Ober-Guru war ein großgewachsener, eleganter Indonesier der stets angeregt mit den Gästen sprach, immer nach dem Rechten sah und den Laden allgemein im Griff zu haben schien. Das war's: Der Anwalt rasierte sich, zog sich seine einzige einigermaßen gepflegte lange Hose an, ein weißes Hemd und begab sich als Gast an die Bar. Was er sah gefiel ihm, das Etablissement lief und ein kurzes Gespräch mit dem jungen schwedischen Barkeeper verriet ihm, was er wissen wollte – man war Arbeitssuchenden gegenüber durchaus aufgeschlossen. Das fiel auch dadurch auf, dass einige Gäste das Lokal wieder verließen, weil sich keiner um sie kümmern konnte. Es war einfach zu viel los.

Am nächsten Morgen stand er kurz vor Öffnung der Bar an der Tür. Der Inhaber erkannte ihn sofort: "Haben Sie etwas vergessen?" Fließendes Englisch mit australischem Akzent.

"Nein – ich habe eine etwas ungewöhnliche Bitte."

Hochgezogene Augenbrauen.

"Ich würde gern für Sie arbeiten. Ich habe gestern erfahren, dass Sie erfahrene Barkeeper gebrauchen können."

"Sind Sie professioneller Barkeeper?"

"Nein, aber ich habe ein internationales Zertifikat! Das sagt, dass ich sogar einen eigenen Drink kreiert habe."

"Okay – drei Fragen: Was ist Ihr wirklicher Beruf, warum üben Sie ihn nicht aus, und wenn Sie das beides zufriedenstellend beantworten: Würden Sie mir diesen Drink jetzt sofort mixen?"

"Anwalt; ich wollte raus aus dem Trott; natürlich, der wirft Sie aber um Stunden zurück!"

"Na gut, hinter die Bar, das wollen wir doch mal sehen!"

Hinter der makellos gereinigten, blitzblanken Bar brauchte er nicht lange zu suchen: Alles, was er brauchte, lag griffbereit. Er nahm zwei Cocktailgläser, füllte sie mit Eis, nahm ein Mixglas, füllte es ebenfalls mit Eis, goss eine großzügige Menge Gin hinein, drehte dem amüsiert zuschauenden Inhaber den Rücken zu und packte so einige heimliche Zutaten in den Gin, rührte zweinundsiebzigmal um, leerte das Eis aus den Gläsern, siebte das Getränk in die Gläser und stellte dem Mann eines hin.

"Keine Deko?"

"Keine Deko – cheers!" Er hob ein Glas.

"Cheers!"

Er trank und grinste.

"Nicht schlecht, wie heißt dieser Zaubertrank denn?"

"Der einzig wahre richtige Martini. Ingredienzen geheim."

"Ok, super, mir kommt es weniger auf die Inhalte an, als auf die Frage, ob ich davon mehr verkaufe als von anderen Drinks. Ich bin Kaufmann, Verkäufer, kein Gastronom. Handoko."

Er streckte seine Hand aus.

"Okay, Handoko, habe ich den Test bestanden?"

"Fast, darf ich mal kurz in Ihren Pass sehen?"

Er zog ihn aus der Tasche. Handoko blickte kurz hinein, blätterte ihn durch und gab ihn zurück.

"Du weißt, dass wir hier nicht viel Wert auf Arbeitsgenehmigungen und so weiter legen, die Polizei auch nicht wirklich. Eine Lebensstellung kann ich dir nicht geben, aber meine Erfahrung sagt, dass einige Menschen kommen und gehen, andere bleiben. Du wirst wieder gehen, aber bis dahin lass es uns miteinander versuchen. Wann willst du anfangen? Hier, guck dir das mal durch, das ist eine Bedienungsanleitung für unsere Standarddrinks auf der Karte, in allem anderen bist du frei. Für die Preise von Sonderdrinks fragst du den Chef-Keeper, du bekommst aber schnell ein Gefühl dafür."

Abends ging er kurz vor Schichtbeginn um sechs hin, ließ sich eine Arbeitsuniform verpassen, schwarze Hose, violettes Hemd, "Wird täglich gereinigt!", und stellte sich den Kollegen vor. Der Laden begann sich zu füllen, die letzten der Strandgäste gingen, es kamen die Vor-dem-Abendessen Leute, kurz danach schon die ersten Nach-dem-Abendessen Leute. Es war eine angenehme Atmosphäre, es fehlten die ganz jungen Club-Geher, das Beuteschema des Horizon bewegte sich eher zu den etwas gesetzteren Jahrgängen ab Mitte dreißig, wobei es durchaus den einen oder anderen Ausreißer gab.

Er hatte keine Probleme, sich dem Rhythmus des Barlebens anzupassen, am ersten Abend kam Handoko kurz zu ihm: "Wir haben gar nicht über dein Gehalt gesprochen."

"Was schlägst du vor."

"Zehn Prozent von Deinem Umsatz plus deinen Anteil an den Tipps. Cash."

"Hm."

"Wir machen es erstmal so, und wenn es nicht passt, dann reden wir nochmal."

Er nickte.

Nach kurzem Überschlagen wäre sein Verdienst weniger als der Mindestlohn in Deutschland, aber die Miete für sein kleines Zimmer war ein Witz, essen tagsüber so billig wie nirgends auf der Welt, er bekam in der Bar abends ein kleines Menü aus dem Restaurant um die Ecke und er konnte sich nach seiner Schicht mit einem Drink seiner Wahl, aber bitte ohne Champagner oder Jahrgangssprituosen, an den Strand setzen.

Alles in allem machte er ein paar hundert Euro Gewinn pro Monat, und er war den ganzen Tag an der frischen Luft. Frisch nicht ganz, aber er liebte das feuchte tropische Klima und merkte, wie er langsam wieder Mensch wurde. Es kamen sogar wieder Nächte, in denen er durchschlief und an andere Dinge denken konnte. Seiner Frau hatte er per Mail über eine Internet-Café-Email-Adresse mitgeteilt, dass er wohlauf war.

Er machte sich in der Bar einen Namen, nicht nur bei Gästen, sondern auch bei seinen Kollegen. Er war stets freundlich, bereit zu helfen oder eine Extra-Schicht zu fahren. Er war schnell, konstant und fiel nie aus der Rolle. Betrunkene wies er freundlich, aber bestimmt in ihre Schranken, und wenn das Publikum auch hauptsächlich aus Touristen bestand, die nach zwei Wochen auf Nimmerwiedersehen aus seinem Gesichtsfeld verschwanden, so bemerkte er doch einen stetig wachsenden Anteil an Stammgästen. Einheimische wie Expats, die in den umliegenden Hotels oder in anderen Industrien arbeiteten, begannen, sich regelmäßig auf einen Feierabenddrink im Horizon zu treffen und es weiter zu empfehlen. Nach wenigen Monaten war er eine Institution, wurde gegrüßt, um Rat gefragt, eingeladen. Handoko war happy.

"Du machst einen guten Job."

"Danke."

"Bist du noch zufrieden mit Deinem Gehalt?"

"Ja."

"Wirklich?"

"Ja. Du brauchst keine Angst zu haben, dass ich abhaue, um woanders mehr zu verdienen. Wenn du mir mehr geben möchtest, dann tu das, aber ich würde mich deswegen nicht mehr und nicht weniger verpflichtet fühlen. Wenn alles harmonisch läuft und ich Spaß habe ist mir das eine Menge wert."

Handoko schüttelte den Kopf. Er hatte sich angewöhnt, in seinen Pausen und auch vor und nach der Schicht länger mit ihm zu sprechen und es hatte sich zwischen den Männern ein angenehmes Klima entwickelt. Handoko war zwar immer noch nicht klar, warum er auf Bali gelandet war, aber das tat ihrem guten Verhältnis keinen Abbruch, und er wusste genau, wie sehr er von dem neuen Wind in seinem auch früher schon sehr lukrativen Laden profitierte.

"Hör zu, ich weiß, dass das nicht alles für dich ist. Du bist ein guter Mann, du verdienst viel mehr als diesen kargen Lohn."

"Wenn du das meinst, dann erhöhe den 'kargen Lohn'."

"Ich habe eine andere Idee, die saust etwas in meinem Kopf herum, möchtest du nicht irgendwie bei mir einsteigen? Langfristig?"

"Handoko, man soll nie nie sagen, aber im Moment bin ich happy. Und wenn ich es nicht mehr bin, sage ich dir so rechtzeitig Bescheid, dass du es ändern kannst, bevor ich gehe. Aber ich glaube nicht, dass das so schnell passieren wird. Und wenn es dich beruhigt, dann pack auf mein Gehalt etwas drauf, fünfzig Prozent wären schon ok."

"Zwanzig."

"Vierzig."

"Fünfundzwanzig."

"Siebenunddreißig."

"Dreißig."

"Vierzig."

Er musste lachen.

"Ok, du bekommst ab sofort ein Drittel mehr, cash, und hast zwei Cocktails deiner Wahl am Abend frei."

"Auch mit Champagner?" Jahrgangsspirituosen würde Handoko nie freigeben, das wusste er.

"Einen davon mit Champagner, ok."

Und so verdiente er noch mehr und konnte von dem Bisschen sogar noch mehr zurücklegen. Das war anders, als er es sich vorgestellt hatte. Besser.

Gedanken um alles das, was er in Hamburg zurückgelassen hatte, machte er sich immer weniger. An manchen

Abenden musste er die Tür, durch die er gegangen war, mit etwas mehr Kraft zuhalten, an anderen mit weniger, aber öffnen musste er sie nie.

Ein Jahr ging ins Land. Er kam jeden Abend in die Bar, wenn Not am Mann war auch schon nachmittags, er justierte alles so, wie er es für sich wollte. Jeder in dem Laden wusste, dass er der heimliche Chef des Betriebes war, ohne dass aber auch nur einer an Handokos Autorität zweifelte. Er übernahm die Personalplanung, das Layout der Bar, den täglichen Betrieb und bestimmte, wer einzustellen war und für welchen Posten. Er hielt sich nur aus zwei Dingen heraus: Dem Einkauf und allem Finanziellen. Das hatte den Vorteil, dass Handoko sich mit korrupten Spirituosenverkäufern und geldgierigen Angestellten herumschlagen musste. Das konnte Handoko aber auch besser, denn als Indonesier aus besseren Kreisen dachte der autoritär in oben-gegen-unten-Kategorien, während er sich auch zu einem Schwätzchen zu den Menschen am unteren Ende der Foodchain stellte, zu den Abwäschern und Müllsammlern. Kurz: Es lief.

"Na, was darf's denn heute sein?"

Sie war gestern schon dort gewesen. Ende dreißig, groß, blond, mit den breiten Schultern einer no-nonsense-Sportlerin. Sehr attraktiv.

"Was empfiehlst du mir denn?"

Australien oder Neuseeland. Oder irgendein Ost-Londoner Akzent, er kriegte das öfter durcheinander, aber er tippte Australien.

Er mochte diese Frage nicht, konnte aber an der Antwort den Typ herauslesen: Wenn er etwas empfahl, die Person aber lieber etwas anderes nahm, dann war in dreiviertel aller Fälle kein weiteres Gespräch möglich. Ausnahme: Die Person sagte, warum sie der Empfehlung nicht folgte. Andererseits wusste er: Wenn er eine Gegenfrage stellte, waren die Chancen exakt gleich, so dass wenn er fragte, "Was mögen Sie denn so?" ein gewisser Keeper-Kunde-Kontakt zerstört werden konnte.

Fazit: Man konnte nicht verlieren, wenn man empfahl, was man selbst am liebsten trank. Dazu noch eine Alternative, und keiner verlor sein Gesicht, was manchen Asiaten öfter passierte, die aus Höflichkeit der Empfehlung folgten, obwohl sie gegen die Grundzutat hochallergisch waren. Wobei einem bei guten Köchen alles schmeckt, das war bei Barkeepern dasselbe: Plötzlich mochte ein Rumhasser Daiquiris…

"Nimm als Einstimmung einen trockenen Martini. Richtig trocken."

Alternativ hätte er ihr einen Limoncello-Martini angeboten, auf Wodkabasis. Aber nein: "Das wäre auch meine Wahl gewesen. Leg los, bar keep."

Sie hatte einen Komplizen gewonnen, er eine Freundin.

Und er legte los. Sie beobachtete ihn über den Tresen hinweg, stand sogar einmal von ihrem Barhocker auf, um zu sehen, was genau er für einen Wermut aus dem Kühlschrank holte.

"Lillet?"

"Yup."

"Kein Noilly Prat?"

"Nope."

"Kein Wort zuviel, was?"

Sie grinste.

Er grinste zurück.

Er stellte ihr einen perfekten Martini hin – beschlagenes Glas, die Olive oliv und oval, der Drink eiskalt, klar und crisp.

Sie setzte an. Er beobachtete.

Ihre Lippen waren perfekt geschwungen, bis auf eine kaum sichtbare Narbe, die auf eine gelungene Gaumenspaltenoperation hinwies. Die machte sie aber noch attraktiver, eine kleine Blessur, eine kaum wahrnehmbare Störung des Gesamtbildes.

Sie nippte. Schloss die Augen.

"Die Mutter aller Martinis. Ah. Was bist du denn für ein Gott? Nur eine Frage aus Interesse: Wenn ich noch einen wollte, wäre der exakt genauso?"

"Was für eine Frage."

"Mann, das hat Art, du bittest mich nicht einmal, es selbst herauszufinden. Nicht schlecht."

Sie neckten sich ein wenig weiter, dann musste er sich um andere Gäste kümmern, er blieb aber für jede Präparation in ihrer Nähe. Es kam dann auch:

"Das will ich jetzt wissen."

Er nickte und machte sich ans Werk.

Genauso perfekt, exakt die gleiche Menge, sie setzte an:

"Exakt gleich. Kann man dich mieten?"

Er ignorierte das, und wenig später bat sie um die Rechnung. Er brachte die Mappe mit dem Bon, sie legte ihre Kreditkarte hinein, er reichte es direkt weiter an die Kassiererin. Die Mappe kam zurück, sie zeichnete ab, schraubte sich vom Barhocker, hauchte ein "bye" in seine Richtung und ging. Er hatte es sich zum Ziel gemacht, niemals vor den Gästen zu schauen, was genau sie zurückließen. Als sie aus seinen Augen war, schaute er nach. Sie hatte den Betrag glatt verdoppelt. Und sie hieß Lynn.

Am nächsten Abend dasselbe Spiel. Sie kam wieder allein, sah noch umwerfender aus als am Abend vorher. Weißes ärmelloses Kleid auf sonnengebräunter Haut.

Wieder die Bitte nach Empfehlung. Er überlegte.

"Soll ich gleich loslegen?"

Wieder ein Martini, aber diesmal mit Sake.

Das gleiche Spiel. Sie nahm zwei Drinks, zahlte, ging.

Am nächsten Abend hielt er schon unruhig Ausschau. Er sah sie die Promenade entlang gehen, flitzte zurück an seinen Posten, da kam sie auch schon.

Sie grinste ihn spöttisch an.

"Na, ungeduldig?"

"Ein bisschen aufgeregt, das ist alles."

"Oh, meinetwegen?"

"Ja."

"Darf ich eingebildet sein?"

"Ach so, nein, ich fragte mich nur, was du trinken möchtest, und ich habe mir die Antwort zurechtgelegt."

"Und?"

"Heute sagst du, was du möchtest."

Einen Champagner-Cocktail, aber sehr trocken mit Gin, immerhin.

Es war noch ruhig, es gab die Gelegenheit, etwas miteinander zu plaudern. Es ging sehr schnell ins Eingemachte, er fragte, ob sie allein in Kuta sei, oder ob ihr Partner/Partnerin woanders sei, und sie erzählte, dass sie mit einer Freundin unterwegs sei, die aber gleich am ersten Abend jemanden kennengelernt hatte und Lynn insofern nach dem Abendessen immer gern etwas für sich hatte, denn:

"Nichts ist so anstrengend, wie seiner besten Freundin beim Flirten zuzugucken."

"Oh ja."

Er erfuhr, dass sie noch zehn Tage bleiben wollten. Ursprünglich war der Plan, in den wilderen Nordteil zu fahren, aber die Liebelei der Freundin war dazwischengekommen und Lynn hatte sich in ihrem Luxushotel gut eingerichtet, machte Tagestouren und genoss abends das täglich wechselnde Themenessen im Hotel und davor ihren Drink im Horizon. Und zum Glück hatten sie sich für getrennte Zimmer ausgesprochen, so dass die Freundin mit ihrem Lover ungestört war. Und Lynn auch.

Nach drei weiteren Tagen fragte Lynn, ob er mit Gästen trinken dürfe.

"Natürlich nicht, aber wenn du noch etwas wartest, ich kann heute früher Feierabend machen."

"Wie lange?"

Er lachte: "Zwei Minuten."

Er rührte sich seine zwei Freidrinks an und ging mit ihr nach draußen.

An diesem Abend kamen sie sich noch nicht richtig näher, aber am Abend drauf hatten beide australischen Ladies ihren Lover.

Fünf Tage blieben ihnen.

"Was machst du eigentlich hier?", fragte sie ihn eines Abends, oder war es schon früher Morgen?

"Jetzt?"

"Du weißt, was ich meine."

Er fing an zu reden. Erzählte, dass er sich als skrupelloser Verteidiger einen Namen gemacht hatte. Er wusste, dass seine Mandanten generell nicht unschuldig waren, aber er wollte nie wissen, ob sie auch wirklich die Sache, derentwegen sie angeklagt waren, verbrochen hatten. Grauzone, das gab er zu. Sprach von seinem Bruder, der von all dem nichts wusste. Der immer ein guter Mensch war. Der auf ihn stolz war, obwohl er natürlich von seinen Ausflügen ins organisierte Verbrechen wusste, aber er war

Realist und der Meinung, dass auch die schlimmsten Verbrecher ein faires Verfahren verdient hatten, er hatte somit die Entschuldigung aller Strafverteidiger verinnerlicht. Und geriet durch eine dumme Verwechslung, eine Verwechslung, die sie, den beiden Brüdern, früher viel Spaß und das eine oder andere Schäferstündchen extra gebracht hatte, unter die Räder. Wurde vernichtet. Ausradiert.

Er erzählte, wie diese Sache sein Leben auf den Kopf gestellt hatte, wie er eine harmonische, aber lieblose Ehe beendet hatte und seitdem ein simples aber erfülltes Leben auf Bali führte.

Als er aufhörte, drehte er sich zu ihr um. Sie hatte die Augen voller Tränen.

"Was?"

"Ich glaube, ich habe mich total in dich verliebt."

Er war sprachlos. Sie nahmen sich in den Arm und schliefen erschöpft ein.

Abends kam sie, als wäre nichts gewesen. Vier Tage noch. Sie nickte ihm zu, er machte ihr einen Vesper und stellte das Glas, die James-Bond-Erkennungsmelodie summend, vor sie hin. Sie plauderten wie Barkeeper und Gast.

Als sie ging, bat sie ihn, noch in ihr Hotel zu kommen. Auf ihr Zimmer. Sie ließ ihm einen Schlüssel da.

Es war Zeit für ihre Story: Sie war früher Mitglied der australischen Rudernationalmannschaft gewesen und hatte an mehreren Olympischen Spielen teilgenommen. Dann Heirat, keine Kinder, Scheidung. Als Top-Sportlerin kam sie schon früh in ein Regierungsprogramm für Staatsbedienstete, und sie wurde so etwas wie Expertin für die australische Verwaltung Einwanderer und Flüchtlinge betreffend und aufgrund ihrer familienmäßig unabhängigen Situation war sie Einwohnermeldeamt- und Immigrationsspezialistin in Darwin, einem anscheinend furchtbaren Ort im tropischen Teil Australiens. Da hatte sie fünf Jahre als stellvertretende Bürgermeisterin auszuhalten, bevor sie wieder in ihre Heimat Queensland zurückkehren konnte, um dort weiter Karriere zu machen.

Beiden erging es gleich – sie hatten sich unheilbar ineinander verliebt und sahen der Trennung in vier Tagen mit Grauen entgegen. Mit Angst.

"Hey, ich bin eine Urlaubsbekanntschaft für dich. Ich lebe hier und könnte mich jede Woche verlieben."

"Das tust du aber nicht."

"Nein."

"Ich weiß, es ist Blödsinn, aber auch wieder nicht: Mit uns kann es was werden."

"Ja, ich weiß."

…

"Und nun?"

Sie verbrachten die letzten drei Tage nicht wie Frischverliebte, sondern wie Hoffnungslose mit einem Plan. Sie redeten. Sie erzählten sich weitere Details ihrer Lebensgeschichten. Ließen nichts aus. Waren ehrlich wie noch nie in ihrem Leben.

Der letzte Abend, sie hatten die Gestaltung des Abends offengelassen. Da er Handoko noch nie um einen freien Tag gebeten hatte, tat er es auch jetzt nicht. Zum Glück war es einer der lebhafteren Schichten, irgendeine Veranstaltung war zuende oder fing bald an, jeder wollte die Empfehlung, einige wollten sie dann doch nicht, der übliche Wahnsinn. Weil die Aufräumer nicht schnell genug waren, sammelte er selbst leere Gläser ein, wusch sie ab und füllte sie neu. Er war froh um die Ablenkung. Nach dem hochkonzentrierten Fertigen von zehn exakt gleichen Martinis blickte er hoch.

"Ich bin Sheila."

Er grinste.

"Gibt es bei euch wirklich welche, die so heißen?"

"Nur die eine – mich."

Sie war Lynns Freundin, ihr Lover war abgereist. Das schien sie aber gut zu verkraften, sie war attraktiv wie Lynn, sportlich, mit Lachfalten um die Augen.

"Sollst du mich abchecken?"

"Ach, zu spät. Lynn hat sich entschieden. Wir müssen nur verhindern, dass sie eine Dummheit macht und alles hinter sich lässt und als Putzfrau hier anfängt und ihr beide dann bis an euer Lebensende glücklich in der Armut von Bali lebt."

"Oha. Martini?"

"Ja bitte, den berühmten, mit Sake."

Kurze Zeit später kam Lynn an die Bar und die beiden genossen es, ihn zu beobachten und zu ärgern.

Nach seiner Schicht mixte er drei Champagner-Cocktails, wovon er zwei bezahlte, und sie setzten sich in den Sand und schnatterten belangloses Zeug, wie um Dämonen zu vertreiben

Die letzte Nacht. Sie lagen in ihrem Hotelbett und schwiegen, erschöpft.

"Ok, ich fliege morgen zurück, aber ich werde dich nicht einfach zurücklassen. Du bist kein Urlaubsflirt. Ich komme wieder und hole dich ab. Du siehst es doch genauso. Und wenn es schief geht, dann kannst du immer noch wieder hierher zurück."

Er wusste, es war verrückt. Vor einem guten Jahr war er noch ein Zwilling mit einem komfortablen, wenn auch, wie sich dann herausstellte, gefährlichen Leben in Hamburg. Nun war er ein gefeierter Gastronom, und eine scharfe Australierin kämpfte um ihn wie eine Löwin.

"Ok. Sobald du mich abholst, wenn Du es dann noch willst, komme ich mit. Außer ich habe dann eine andere, vielleicht eine aus Sydney? Soll ja cooler sein als Darwin."

Sie boxte ihn in die Seite.

Dann kam der zweite Teil, der ultimative Vertrauensbeweis. Sie hatte es angedeutet, war sich aber bisher wohl selbst nicht ganz sicher. Er hatte in ihren vagen Unterhaltungen das Problem der Arbeitserlaubnis, Visabestimmungen und so weiter angesprochen. Auf Bali war das anders: Er bekam alle sechs Wochen einen Visaverlängerungsstempel in seinen Pass. Anfangs musste er zur Immigration am Flughafen, seit einem halben Jahr aber kam der Leiter der Immigration, ein "Freund" Handokos, in die Bar und brachte den Stempel mit. Merkwürdigerweise ließ er sich auch nur jeweils zu einem einzigen Drink einladen, alles andere bezahlte er selbst. Auch als er einmal mit seiner ganzen Familie kam, zahlte er strikt selbst, freute sich aber unbändig, als der berühmte deutsche Barkeeper an ihren Tisch kam, um sich für den

Besuch zu bedanken und für die Damen einen Likör und für die Kinder fancy Drinks mit Schirmen ausgab.

Sie hatte ihm angeboten, seinen Pass mitzunehmen und die Sache "zu regeln". Dafür brauchte sie aber den originalen Pass. Er vertraute ihr. Er wusste nicht, welchen Weg sie gehen musste, aber wie auch immer: Dieser Weg würde ihm die Visaprobleme abnehmen.

Weil er sich früher bei jeder Mandantschaft ein genaues Bild der Umstände seiner Klienten machen wollte, war er auch in einzelnen Fällen in deren Heimatländer gereist, und da es sich hierbei teils um sensible Gegenden handelte, war er immer auf einen Zweitpass angewiesen gewesen. Er würde nicht ganz auf dem Trockenen sitzen, musste aber seinen benutzten Pass Lynn geben.

Trotzdem.

Scheiß drauf: "Hier, mein Pass. Überleg dir alles gründlich. Lass uns nicht schreiben und telefonieren. Ok?"

Sie nickte.

„Wenn der Pass ohne Stempel zurückkommt, dann lassen wir es. Wenn mit, dann komme ich."

Sie begann zu weinen.

Kurz darauf ging er.

Am nächsten Abend, und die Abende drauf hatte er ein Loch im Bauch. Es fehlte etwas, und es tat weh.

Eine Woche verging, zwei, drei. Sie hielten sich beide an die Abmachung – kein Lebenszeichen. Er wusste nichts von ihren Umständen, ging aber davon aus, dass Sheila sich melden würde, wenn Lynn etwas passiert sein sollte. Nach vier Wochen lag ein Umschlag auf der Arbeitsfläche seiner Bar. Darin sein Pass und ein zweiseitiger Brief.

Zuerst blätterte er den Pass durch. Ziemlich weit hinten ein unscheinbarer Stempel. Australische Arbeits- und Aufenthaltsgenehmigung, unbegrenzt.

Dann der Brief.

Sie wollte ihn. Sie liebte ihn. Es mochte ungewöhnlich sein, aber es war nicht unmöglich. Sie war zu erwachsen, um sich auf eine Schwärmerei einzulassen. Es war echt. Sie wollte, dass er sprang.

Und er sprang.

Sofort.

Flog nach Australien, zog zu ihr.

Und es klappte.

Sie beendete ihren Aufenthalt in Darwin und wurde somit das einzige Risiko los, das es noch gegeben hatte: Die nicht ganz legale Erteilung eines Visums für einen obskuren deutschen Barkeeper. Sie wurde Bürgermeisterin von Cairns, einem Touristenort hoch oben in Queensland, am Barrier Reef. Er machte dort eine Bar auf und nannte sie "Die Blaue Libelle", nach einem bekannten Insider-Hotspot in Hong Kong. Sie wurde schnell zur Institution. Niemand fragte ihn jemals, wie er an seine Aufenthaltsgenehmigung gekommen war. Keiner fragte ihn, über die übliche Neugier hinaus, nach seiner Vergangenheit.

Seiner Frau hatte er auf verschlungenen Wegen mitgeteilt, dass er sein Ziel erreicht habe. Danach hatte er sich nie wieder bei ihr gemeldet.

Aber eine Sache knabberte doch noch an ihm…

Knabberte stärker.

Biss.

Riss Stücke aus ihm.

19.   Motive

Meine Standards hatten sich verschoben. Während ich mich zwar auch nicht über mich selbst gewundert hatte, als ich die ersten Male mit einer für mich ungeahnten Gewaltbereitschaft zu Werke ging, so wurde ich über die Wochen und Monate komplett skrupellos. Sobald es ein Auftrag war, war es für mich gleichbedeutend mit Gewalt, Schmerz, Folter, Mord. Mein innerer Warnzeiger stand immer auf „der wird es verdient haben". Bedauerliche Missverständnisse wie die Zwillingsaffäre wurden als solche abgetan und als Kollateralschaden verbucht. Ich war im Auftragsmodus, ich hatte kampfhundartig einen Job zu erledigen, komme was da wolle.

Heimtückisch? Natürlich, denn ich mordete von hinten, ohne Warnung, ohne meinem Opfer die Möglichkeit zu geben, sich zu wehren.

Vorsätzlich? Ja doch, denn meine Taten waren akribisch vorbereitet.

Aus niederen Beweggründen? Natürlich, nur für Geld. Aus Gier. Gab es einen Beweggrund, der noch niederer war?

Fühlte ich etwas bei diesen Aktionen? Außer meinem eigenen Herzklopfen, welches allerdings durch die Angst hervorgebracht wurde, nicht rechtzeitig fliehen zu können. Nicht wirklich. Ich sah Aufgaben, die es zu lösen galt.

Ich hatte diese Gedanken bei vollem Bewusstsein, aber ich hinterfragte sie nie. Zumal ich mich in meinem sonstigen Leben unverändert benahm. Nie wurde ich gefragt: „Ist was? Du bist so komisch." Nie. Ich war wie immer. Hatte Familie, Freunde, Bekannte. Und plötzlich viel Geld und mehr Leute auf dem Gewissen, als die meisten Schwerverbrecher.

Meine spät aufblühende Brutalität wollte sich auch auf andere Lebensbereiche ausdehnen. Ich hatte schon immer mich störende Dinge direkt bei den Verursachern eben jener Störungen angesprochen, dabei aber natürlich immer den Weg des Wortes gewählt. Zwar wäre ich gern manches Mal gern physisch aktiv geworden, das ließ ich aber, natürlich auch mangels nötiger Kräfte, schön bleiben.

Eines Tages fuhr ich mit Murat zu einer unserer "Besprechungen". Er hatte mir einen Auftragszettel zugesteckt und bot mir an, mich zu einem seiner Treffen mit dem Management mitzunehmen. Diese Gelegenheiten nahm ich immer gern wahr, denn ich hoffte, etwas über weiteren Aktivitäten zu erfahren und glaubte allgemein, dadurch Pluspunkte und somit Kredit für die Zukunft aufzubauen.

Wir fuhren in seinem Mittelklassewagen, "Niemals mehr als E-Klasse oder 5er, Alter Mann, vor allem nicht als Türke.", an der Elbe entlang, als uns plötzlich mit Affenzahn ein kreischend gelber Lamborghini überholte, schnitt und dann vor uns eine

Vollbremsung machte, weil ein Kind mit einem Fahrrad die Straße überquerte - an einem Zebrastreifen. Aus dem Fahrerfenster des Lambos erschien in Richtung des Kindes eine Faust mit ausgestrecktem Mittelfinger – dann gab der Fahrer feuerspuckend und mit dem Gebrüll eines startenden Düsenjägers Gas.

"Weißt du, Murat, manchmal würde ich mir wünschen, dass so einer mal mein Opfer wird. Das würde ich sogar ohne Auftrag machen."

Was dann geschah, ließ mich erst das ganze Ausmaß seiner Fähigkeiten spüren: In einer einzigen keine Sekunde dauernden Bewegung blinkte er, fuhr rechts heran, dreht sich zu mir um und steckte mir ein langes dünnes Messer einen Zentimeter in mein linkes Nasenloch. Ich spürte den kalten Stahl, aber blieb, vorerst, unverletzt.

"Wenn du auch nur noch einmal daran denkst, jemandem ein Haar zu krümmen, ohne den Auftrag dafür zu haben, dann bringe ich erst deine Familie um, und dann dich, und zwar ganz langsam. Ich stecke dir genau dieses Messer durch die Nase soweit ins Gehirn, bis der erste kleine Schmerz kommt, dann kommt eines ins Ohr, eines in deinen Arsch – soll ich weiterreden? Niemals wirst du den Idioten, der dir die Vorfahrt nimmt, oder den Poser, der laut Auto fährt, oder den Jugo, der vor Deiner Kneipe auch nur die Stimme erhebt, niemals wirst du einen von denen auch nur schief angucken, hast du mich verstanden?"

Kein kumpeliges, joviales "Alter Mann" in dieser Rede.

"Allein für diese Idee sollte ich dich foltern, du Arschloch, hast du so was schon mal gemacht?"

"Murat, nein, ich..."

"LÜG MICH NICHT AN!"

"Nein."

"LÜG MICH NICHT AN!"

"Nein!"

Ebenso schnell wie es aufgetaucht war, war das Messer verschwunden, wir fuhren wieder, alles vorschriftsmäßig durch Setzen des Blinkers angezeigt, als ob nichts gewesen wäre.

Der Traum, die Schreihälse zu Silvester oder die jugendlichen Raser mit dem gezielten Schuss aus einem Präzisionsgewehr aus der Bahn zu werfen oder den U-Bahn-Pöbler mit einem gewaltigen DumDum-Geschoss aus der Magnum zur Ruhe zu bringen, blieb. Getan habe ich natürlich nie etwas Derartiges. Murat sprach die Sache nie wieder an, und er benahm sich so, als ob sie nie passiert wäre. Was es irgendwie noch schlimmer machte.

20.   Horst

Ich wusste lange nicht, dass er mit Vornamen Stephan hieß – jeder nannte ihn immer nur Horst.

Wir waren damals vier Jungs in einer Clique, wenn man so weit gehen wollte. Es war eher ein loser Zusammenschluss. Wir waren zwölf Jahre alt und trugen goldbraun-glänzende Cordsamthosen mit Schlag. Wir feierten auch wochentags Partys, da diese sowieso um acht zuende waren und somit nicht aufs Wochenende beschränkt. Zu diesen Partys kamen wir mit einer kleinen flachen Papptüte, in der sich eine Single als Geschenk befand – es gab dann Cola und Kuchen und ab halb sechs wurde zu den einschlägigen Hits getanzt. Erst peppiger, dann kamen Engtänze. Die Mädchen kannten zu jedem Lied den Text. Manchmal gab es auch Flaschendrehen.

Es war immer lustig, wir waren alle mehr oder minder immer in dieselben Mädchen verliebt, und wenn wir nicht auf Partys waren, dann fuhren wir mit den Fahrrädern umher oder drückten uns im Einkaufszentrum herum.

Silvester kauften wir uns von unserem vorgeschossenen Januar-Taschengeld oder von dem, was von Weihnachten noch übrig war, kleine Packungen Böller und knallten herum. Bis Horst plötzlich mit einem Schinken kam, einem Riesenpaket Böller, die er dann freigebig verteilte.

"Mensch, Horst, wo hast Du den denn her?"

"Habich meiner Alten 'n Fuffi geklaut! Komm hier, nehm noch ein'! Ach Quatsch, nehm 'n ganzen Packen! Los!"

Horst hatte, wie mein Vater gesagt hätte, eine Fresse zum Reinschlagen, war aber ein gutmütiger Junge. Er hatte etwas aufgeworfene Lippen, irre Augen, sah aber sonst gut aus und hatte bei den Mädchen mäßigen Erfolg.

Ich fragte Albrecht, der auch in unserer Clique war: "Merkt seine Mutter das denn nicht?"

"Doch, aber sie traut sich nicht, seinem Alten was zu sagen, weil der dann erst Horst halbtot schlägt und dann seine Mutter, weil die so doof war, sich fünfzig Eier klauen zu lassen."

Nun war es nicht so, dass Horsts Vater ungebildet oder ein Schläger war – er war ein leitender Angestellter und fuhr BMW.

Wir verballerten den Schinken, trafen uns wie immer auf Partys und im Sommer des folgenden Jahres ging Horst auf die Realschule ab und wir sahen uns nur noch sehr sporadisch.

Ein Jahr später traf ich ihn wieder, inklusive seiner Eltern. Wir wollten ins Sommercamp des Hamburger Sportbundes nach Puan Klent auf Sylt fahren, und bei einem Treffen vorab mit allen Teilnehmern waren er und seine Eltern auch. Ich suchte ihn und seine Mutter nach Spuren von Missbrauch ab, aber da war nichts.

Auch sah sein Vater nicht wie ein brutaler Schläger aus, sondern wie ein seriöser Hamburger Kaufmann eben so aussah. Horst selbst freute sich, mich zu sehen, und als mein Vater später fragte, "wer war das denn, der war ja nett, und seine Eltern auch", ohne die Visage zum Reinschlagen zu erwähnen, antwortete ich nur "das war Horst, ein Freund", und die Sache war erledigt.

Am Tag der Abreise trafen wir uns auf dem Hauptbahnhof, ich würde die dreistündige Zugfahrt nach Sylt zusammen mit Horst in einem Abteil sitzen. Seine mausige Mutter verabschiedete ihn liebevoll auf dem Bahnsteig und steckte ihm noch eine Tüte Haribo und einen Schein zu. Horst war großzügig - er verteilte die Haribos und sollte sich auch in den nächsten drei Wochen nicht lumpen lassen. Im Abteil plärrte von Anfang bis Ende Horsts batteriebetriebener Kassettenrecorder und spuckte die neuesten Hits aus. Die Mädchen sangen mit.

Der Aufenthalt auf Sylt war erwartungsgemäß toll, wir trieben viel Sport, machten Blödsinn und tauschten auf oder nach den abendlichen Strandpartys mehr oder minder heiße Küsse mit den Mädchen der anderen Sportvereine aus.

Horst bekam als einziger *jeden Tag* von seiner Mutter ein Päckchen - gefüllt mit den obligatorischen Haribos, Schokolade und den für uns damals sehr teuren Batterien für seinen Kassettenrecorder. Wir verspotteten ihn aber nicht als verwöhntes Muttersöhnchen, denn er gab immer gern ab, wir hatten alle was davon, dass die Musik nie ausging und, schließlich: Er war einfach keines!

Trotzdem sahen wir uns nach diesen Ferien kaum noch – damals bedeuteten getrennte Schulen gleichzeitig getrennte Leben. Bis auf Kindergartenfreundschaften oder enge nachbarschaftliche Verhältnisse überdauerte keine Beziehung eine solche Trennung. Folgerichtig hörte ich nur noch sporadisch von Horst, etwa wenn ein Freund etwas zu berichten hatte. Wir sahen uns nur noch sehr sehr selten, und wenn, dann musste ein knappes "Hallo" genügen.

Jahre später, ich stand kurz vor dem Abitur, sah ich ihn plötzlich rauchend auf dem Balkon über einem Supermarkt an meinem Schulweg stehen.

"Horst!"

"Olaf!"

Er grinste mich durch eine deutlich sichtbare Zahnlücke an. Wir hoben beide unsere Hand, und das war's.

Da fiel es mir wieder ein: Sein Vater hatte ihn mit sechzehn aus dem Haus geworfen.

Kurze Zeit später, wir hatten die Schule hinter uns, kam unter uns Freunden das Gespräch auf ihn:

„Hast Du das von Horst gehört?"

„Nein, was?"

Er hatte mit Wolfgang Spieß, einem anderen Schulkameraden, einen Supermarkt „überfallen". Mit einer Gaspistole.

Den Supermarkt unter seiner Wohnung.

Die Kassiererin sagte noch „Horst, lass den Scheiß", aber er zog das Ding durch.

Keine zwei Stunden später hatte die Polizei ihn erwischt. Wolfgang Spieß kam auch nicht viel weiter.

Wir schüttelten die Köpfe und lachten.

Was dann weiter mit Horst geschah, wussten wir auch nicht.

Es scheint aber nicht ohne gewesen zu sein, denn der Mann auf dem neuesten Polaroid, das war er. Da stand auch: Stephan Horst. Nicht schön gealtert, aber trotzdem, kein Zweifel. Die frechen Lippen kannte ich. Alles andere war etwas in Mitleidenschaft gezogen – die Augen auf Halbmast, war das unter dem linken eine Knastträne? Natürlich hing ein Anhänger an einem Ohrläppchen, und ich war sicher, dass sich mindestens eine Zahnlücke auftun würde, wenn sich der Mund zu einem müden Lächeln öffnen würde. Wenn überhaupt. Die Haare fingen etwas später an als früher und strähnten vor sich hin. Kein attraktiver alter Mann, aber sicherlich zäh und fies.

Ich ging durch das Regularium meiner Routine: Auf zur
Adresse, allerdings große Vorsicht beim Kontrollieren der
Klingelschilder. Ich wusste nicht, ob er mich erkennen würde,
aber tief drinnen glaubte ich es schon. Das hier war etwas anderes.
Ich hätte Murat sagen können, dass ich Horst kannte, er hätte
entweder gesagt:

"Egal," oder aber eine andere Lösung gefunden.

Ich ging alles durch: War Horst mir wichtig – nein.

Hatte ich ihm gegenüber irgendeine Verpflichtung,
moralisch oder sonstwie – nein.

Würde mich die Vergangenheit an der Erledigung meines
Jobs hindern – nein.

Würde ich wissen wollen, wie es ihm ergangen war und
warum er auf die Todesliste kam – allerding, aber:

Könnte ich auf die Beantwortung dieser Fragen verzichten
– ja.

Ich fuhr an die Elbe, setzte mich bei einem Bier an der
Strandperle in den Sand und dachte nach. Das war natürlich
Quatsch: Zum Nachdenken musste ich nirgends hinfahren, und
ich kam schon Sekunden nach dem Schock des Wiedererkennens
zu einem Ergebnis, aber das änderte sich. Und änderte sich
nochmal. Und nochmal.

Ich verschob die endgültige Lösung auf später, notierte mir aber im Geiste die Fragen:

Wie sollte ich das jetzt anstellen?

Etwas Sentimentalität einstreuen? Ihn merken lassen, was und wer ihn erwischte?

Ich fuhr da erstmal hin. Er wohnte immer noch in Norderstedt. Da das ganze Kaff ein Ghetto war, konnte man nicht von guter oder schlechter Gegend sprechen, es war ok. Mietshaus mit gepflegtem Vordergarten, es lagen keine alten Fahrräder herum. Mittelklassen vor der Tür, aber wo standen die nicht? Einige Balkons mit Blumen – ein gutes Zeichen. Ich hatte noch nicht herausgefunden, wo er wohnte, da sah ich ihn: Ein Balkon ohne Blumen. Er wohnte entweder allein oder aber mit jemandem zusammen, die oder der keinen Wert auf zumindest den kleinsten Teil von Schönheit legte. Was machte er? Nichts. Er öffnete die Balkontür, ging hinaus, guckte in die Luft und wieder zurück. Er war garantiert Raucher, und da er nicht draußen rauchte, war das ein weiteres Zeichen für solitäres Wohnen, wo alter Rauch keinen störte. Ich traute mich nicht, aufs Klingelschild zu gucken, war aber sicher, dass nur sein Name dort stehen würde.

Ich wartete.

Nach einer Stunde kam er aus der Tür und ging die Straße entlang. Gebeugt, vor der Zeit gealtert, aber auf den ersten Blick kein Wrack, keine Vogelscheuche. Halbwegs vernünftige

Klamotten, eine unversehrte Jeans, Sneakers und ein sandfarbener Trenchcoat.

Wie war die Situation: Ein langgestrecktes Mehrfamilienhaus mit drei Eingängen, mit jeweils sechs Wohnungen. Er wohnte im mittleren Eingang. Davor ein Spielplatz, dahinter ein kleines Wäldchen. Irgendwann würde er wiederkommen. Meine Neugier war groß, aber stundenlanges Befragen eines Delinquenten gab es nur im Film – meine Entscheidung war getroffen.

Ich fuhr über drei Nebenstraßen an die Rückseite des kleinen Wäldchens, schaute mir die Sache an und stellte mein Auto, mit einem neuen Satz der Volkan-Nummernschilder, dann weitere hundert Meter entfernt ab. Zog mir einen dunklen Overall an und spielte die ganze sonstige Prozedur durch. Es wäre ein Risiko, in diesem Wald zu warten; was, wenn mich jemand entdeckte? Andererseits konnte ich mich gut verstecken und wäre in fünf Sekunden an der Haustür. Ich ging das Risiko ein und ließ es drauf ankommen.

Ich lehnte mich gegen einen Baum und hoffte inständig, dass kein Hund an mir schnüffeln wollte. Um das zu verhindern hatte ich ein harmloses Geräuschgerät bei mir, das half, aber leider nicht immer.

Entweder gab es hier keine Hunde, oder sie waren nicht neugierig – ich hatte meine Ruhe. Ich behielt Horsts Wohnung im

Auge - nichts. Dann Schritte. Ich hörte das leise Scheppern, als jemand seinen Schlüssel aus der Tasche zog. Immer ein paar Meter vor der Haustür, das machte ich auch immer so. Sei vorbereitet, verliere keine Zeit.

Es war Horst.

Mein alter Kumpel Stephan Horst, den ich seit über vierzig Jahren nicht mehr gesehen hatte.

Egal.

Ich ging gebückt auf den Hauseingang zu, zog meine Pistole, erreichte ihn, er sah auf, konnte mich unter Baseball-Kappe und Sturmhaube nicht erkennen. Sah er die Pistole?

Ich weiß es nicht.

Ich hielt ihm das Ding aus zwei Metern Entfernung in Richtung Gesicht und drückte sechsmal ab, hielt ein wenig tiefer und schoss viermal. Das sollte reichen. Ich drehte in der gleichen Bewegung rechts ab und ging zurück. Auf dem Weg zog ich eine große Tüte aus meiner Overalltasche und begann meinen mittlerweile perfektionierten Tanz nach dem Akt: Pistole rein, Plastiktüten mit Hülsen rein, Kappe vom Kopf, Füßlinge, aus dem Overall, das dauerte mit Stehenbleiben und Abstützen zehn Sekunden, Sturmhaube rein, Brille rein, zum Auto, einsteigen, los.

Als Abwurfstelle hatte ich mir wieder die Ostsee ausgesucht – das gab mir eine Stunde, um herunterzukommen.

Obwohl: Eine Stunde zum Pulsberuhigen brauchte ich gar nicht. An die Ostsee fuhr ich eben einfach gern.

21. Falsch

Auf der anderen Seite des Gesetzes, nennen wir es so, gibt es weder Ehre noch Verständnis füreinander. Respekt? Den forderte zwar jeder ein, aber es gab ihn auch nicht. Man war aus, dem anderen zu schaden, ihn zu quälen und zu zerstören. Unbeteiligte schonte man nicht aus Gnade oder Mitleid, sondern weil sie ein unnötiges Risiko darstellen könnten. Deshalb war ich auch verwundert, als ich schon zum zweiten Mal eine auf den ersten Blick unverdächtige Person als Auftrag erhielt.

Ein alter Mann, der in einer ruhigen Wohngegend Hannovers lebte, in einer Etagenwohnung. Das allein war zwar kein Zeichen für Harmlosigkeit oder dafür, dass er einen schnellen und unnatürlichen Tod nicht verdient haben könnte, aber meine standardmäßige einwöchige Beobachtung brachte nichts zutage. Ich hatte noch nie einen Auftrag hinterfragt, aber dieses Mal hätte ich es gemacht, wenn mir nicht der Lapsus mit dem Anwalt passiert wäre, und ich wollte nicht den Eindruck vermitteln, meinen Arbeiten nicht mehr gewachsen zu sein. Ich merkte schnell, wo ich ansetzen musste: Der Mann führte ein extrem regelmäßiges Leben. Nach den einzelnen Tagespunkten konnte man die Uhr stellen. Fünfmal morgens um acht direkter Gang zum Bäcker, zweimal erst unendlich langsames Joggen,

dann Gang zum Bäcker. Nachmittags ging er spazieren und/oder
Besorgungen erledigen. Oder ins Kino – immer allein. Abends traf
er sich, hier eine kleine Unregelmäßigkeit, mal um sieben, mal um
acht, mal in einer Wohnung, *nie* in seiner, mal in einem Lokal,
aber auch nicht jeden Abend, mit einer Frau, die einige Jahre
jünger war, aber an deren Blüte der Zahn der Zeit auch schon
genagt hatte. Das Verhältnis zu dieser Frau konnte ich in der
Kürze der Zeit nicht herausfinden, Begrüßung oder
Verabschiedung ließen den Grad der Zuneigung nicht erkennen.

Mein Ansatzpunkt war die abendliche Rückkehr von
seinem Schäferstündchen oder was immer das war: Sein
Wohnhaus war durch einen großen Rhododendron von der Straße
getrennt, dort würde ich ihn erwischen. Und so kam es auch:
Schwerst verunstaltet durch Overall, dicke Brille, Vollbart und
Perücke kauerte ich hinter seinem Haus. Als ich ihn kommen sah,
lief ich im Halbmond durch das Gebüsch, so dass ich hinter ihm
stand, als er, knapp zehn Meter von seiner Haustür entfernt, nach
seinen Schlüsseln suchte. Ich setzte ihm den Revolver an den Hals
und drückte dreimal schnell hintereinander ab, während des
Abdrückens schon zurückspringend und blitzartig das Weite
suchend. Aus den Augenwinkeln sah ich, wie er zusammensackte
und eine dicke Blutfontäne aus seinem Hals schoss. Bingo.

Wie immer forstete ich am nächsten Morgen die lokalen
Zeitungen online durch. Anfangs hatte ich dazu in Handy-
Reparaturshops Tabletts bar gekauft und dann nach einmaligem

Gebrauch vernichtet. Wenn ich aber die Beweiskette durchspielte, ergab das keine Sicherheit, weil die IP-Adresse zwar nicht direkt auf mich führte, aber mein jeweiliger Standort mit meinem Bewegungsprofil über die Wohnung, das Auto oder sonstwie ohnehin zu rekonstruieren wäre. Als halbwegs sicher ließ ich mich auf öffentliche Terminals ein, die verlangten aber Kreditkartenzahlung oder filmten mich eventuell ab. Zu guter Letzt ließ ich alles beim Alten: Ich las einfach extrem viele lokale Käseblätter, und wenn man mich anhand dieses Profils erwischen würde, dann würde ich es auch nicht ändern können. Dann wäre eh alles zu spät. Da stand etwas von einem heimtückischen Mord, bla-de-bla, an einem von seiner Frau getrennt lebenden Rentner, einem früheren kaufmännischen Angestellten, zurückgezogen lebend, keine Kinder, die Nachbarn mochten ihn, bla-de-bla, kein Hinweis auf frühere Kontroversen, Verdachtsfälle, auch die Polizei tappte völlig im Dunkeln, zumal es sich um eine offensichtliche "Hinrichtung" handelte - was ja auch stimmte.

Mir war etwas nicht klar, und als ich meinen nächsten ähnlich gelagerten Auftrag erhielt, ging ich zu Murat:

"Murat, was ist das?"

"Hm?"

"Können wir reden, irgendwo?"

"Ok, Alter Mann." Manchmal konnte ich nicht anders und rollte mit den Augen.

"Murat, neulich eine ältere Dame, die dann in letzter Minute abgeblasen wurde, und jetzt dieser alte Mann, was tun wir hier? Machen wir etwas falsch?"

Bei Murat war es so: Wenn *wir* etwas gut machten, war *er* es, wenn etwas bei *ihm* schieflief, waren es *wir*. Was er meinte: "Kann es sein, dass *du* da irgendeinen Scheiß machst?"

"Was? Was redest du? Ich weiß nicht, was du meinst."

Aber er wirkte nicht überzeugend.

"Murat, ich bin nicht Robin Hood, mich interessieren diese Leute nicht, irgendwas werden sie schon verbrochen haben, aber harmlose Rentner? Dafür ist das Risiko echt zu hoch."

Murat wäre nicht Murat, wenn er sofort zugegeben hätte, dass tatsächlich etwas faul war, und so dauerte es einige Espresso an der Alster und endlose Allgemeinplätze und fiese weil richtige Bemerkungen über den verwechselten Zwilling, aber dann gab er es zu: Nach und nach waren ihm die Opfer immer distanzierter geworden und seine Kontaktleute hatten angefangen, ihm schnöde Killerjobs unterzujubeln. Über den Buschfunk hatte sich irgendwie herumgesprochen, dass Murat stadt-, region-, landes- und sogar kontinenteübergreifend Probleme verschwinden lassen konnte, und zwar so, dass die Botschaft ankam. Er nahm einfach jeden Auftrag an, solange bestimmte Kriterien erfüllt waren, im Ausland Unterstützung bei der Infrastruktur inklusive Beschaffung der Tatwaffe(n), anonyme Übergabe derselben et cetera. Außerdem bestand er auf kompletter Vorauszahlung. Und ja ja, für den Zwilling musste er alles wieder zurückzahlen. Ich auch. Obwohl das Ziel dann auf Umwegen doch erreicht worden war.

"Das Geld ist einfach zu gut, und du nimmst es doch gern, gib's zu."

"Ja, aber doch nur unter der Maßgabe, was Gutes oder zumindest was Richtiges zu tun, so bescheuert das auch klingt. Ich kann doch nicht für Lieschen Müller ihren untreuen Rentnergeliebten oder für eine undankbare Brut ihre Oma für sie erledigen."

"Warum nicht?"

Aber er wusste, dass auf lange Sicht meine Bereitschaft und Zustimmung wichtiger waren, als ein paar schnelle Euros zu verdienen, auch wenn es sehr viele Euros waren. So nahmen wir von den Tötungen im Zivilbereich wieder Abstand und konzentrierten uns auf unser Kerngeschäft. Da wir hier aber Clusterbildung vermeiden mussten, gleichartige Fälle in regionaler Übereinstimmung zu erhöhten, weil konzertierten Polizeiaktionen führten, gingen wir lieber geografisch in die Breite.

Es war aber keineswegs Ehrgefühl, was Murat und damit auch mich zurück zu den jeweiligen Erledigungen brachte, sondern einfache Risikoabwägung. Wobei ich die Grenze gezogen hätte: Skrupellose Killer wie die Irren in den Kreisen der mexikanischen Drogenkartelle, die auch Kinder töteten, um an die Lords zu kommen, waren wir nicht. Zumindest ich nicht – bei Murat war ich mir nicht so sicher.

Und auch wenn er es nie zugegeben hätte: Murat überließ das sicherlich lukrative, aber auch sehr riskante niedere Auftragsgeschäft wieder den Freibeutern und Seeräubern und griff nur auf mich zurück, sobald es edlere Fälle im In- und Ausland zu verrichten gab. Was mich aber letztendlich überzeugte: Es gab auch keinen anderen in seiner Organisation, an den er diese Sachen abgab. Punktsieg für mich...

Und so ging es weiter. Ich hatte Murat einen Expertisekatalog aufgegeben, der meinen Aktivitätsraum beschrieb: Deutschland, Westeuropa inkl. Italien, obwohl, sollte man denken, die durch den Mob natürlich wenig Bedarf an auswärtigen Profis hatten, aber man wunderte sich, die Vereinigten Arabischen Emirate, Fern- und Südostasien außer China und Indien, Australien, die USA und Kanada. Alles Länder, in denen ich schon einmal war und wo ich mich ohne fremde Hilfe zurechtfinden würde. China kannte ich zwar sehr gut und in Indien war ich auch schon gewesen, aber es war mir dort zu unübersichtlich und die Gefahr, es dort mit unzuverlässigen "Partnern" zu tun zu haben, war mir zu groß. Für alles andere war ich offen, wobei mir natürlich ein Auftrag in Kalifornien oder

Hong Kong besser gefiel als einer im Mittleren Westen der USA oder Jakarta.

Die mit Murat abgesprochene Strategie, das Ziel aller Ziele, war, die Jobs auf keinen Fall miteinander verbinden zu können. Daher auch die extrem große geografische und möglichst auch zeitliche Streuung. Ich hatte mich auf einen Auftrag pro Vierteljahr eingerichtet - das gab mir mehr Geld, als ich ausgeben konnte, zumal ja die Honorare immer in bar übergeben wurden, in Fünfzig- oder Hundert-Euro-Scheinen. Ein Witzbold hatte Murat in Zehn-Euro-Scheinen bezahlt, der es dann nach Gewicht aufteilte, weil er keine Lust hatte, fünftausend Geldscheine abzuzählen. Natürlich hatte er für andere Geschäfte eine Geldzählmaschine, aber er hielt unseren Deal hardwaremäßig von seinem sonstigen Geschäft getrennt. Mein Bestand an Bargeld hatte eine absurde Form angenommen, denn ich konnte diese Beträge größtenteils nur im Alltag verwenden. Murat arbeitete an einer Lösung dieses für seine Organisation extrem ärgerlichen Problems und ich hoffte, davon eines Tages auch profitieren zu können.

22.   Schweiz

Nach meinen erfolgreichen Absch(l)üssen in Deutschland erhielt ich meinen ersten internationalen Auftrag – ein Mann aus Schindellegi, hoch über dem Zürichsee gelegen und Sitz einiger hochrangiger Briefkastenfirmen und Firmen, die dort einen Briefkasten hatten. Dort wohnte jemand, der einem anderen ein derartiger Dorn im Auge war, dass er beiseite geschafft gehörte. Exitus. Keine Gefangenen, keine Verletzten, wie immer war eine Hundertprozentlösung gefordert.

Ich war… nicht nervös, eher aufgeregt. Wie vor meiner ersten Geschäftsreise, nach Portugal, mit vierundzwanzig.

Murat sah es pragmatisch:

"Was' los, Alter Mann. Doppelte Kohle, du kannst in Zürich im Baur au Lac absteigen und fürstlich speisen und bist hinterher immer noch um einen Mercedes reicher als vorher."

Murat dachte wie ein schwäbischer Kleinunternehmer.

Aber er hatte recht: Das Risiko war dasselbe wie in Deutschland und das Geld das doppelte.

Ich fuhr in aller Ruhe mit einem illegalen Auto, die Papiere waren aber perfekt, Richtung Süden über Österreich und Südtirol in die Schweiz und mietete mich in Zürich für eine Woche im Baur au Lac ein. Ruhiges Zimmer mit Blick auf den See.

Es soll wohl noch bessere Hotels geben, aber ich brauchte die Anonymität des Großen, und die hatte das Baur. Mit Murat hatte ich mich geeinigt, dass bei Auslandsaufträgen die Waffen von den Auftraggebern bereitgestellt werden müssten, daher kam zusammen mit dem Polaroid ein Foto des Waffenverstecks. Auf der Rückseite stand die ungefähre Adresse, herrjeh, ein Wäldchen am anderen Ende des Zürichsees, zudem eine grob gezeichnete Schatzkarte wie aus einem Piratenbilderbuch. Ich sah nach, vorsichtig, mit Maske und mich nach versteckten Kameras umblickend: Wie bei einer Schnitzeljagd fand ich das Versteck tatsächlich schnell in einer abgeschlossenen Kiste für Streugut, der Schlüssel klebte hinten unter dem Deckelvorsprung. Darin eine Holzkiste mit einer in einen öligen Lappen eingeschlagenen alten Schweizer Armeepistole. Sieben Patronen, so etwas hatte ich noch nie gesehen. Probeschießen konnte ich nicht. Ich machte ein paar Trockenübungen. Das Ding war leichtgängig, die Patronen sahen neu aus und das Klicken und präzise Handling der Knarre überzeugten mich. Ich packte sie wieder ein und machte mich an meine Beobachtungen. Und vermerkte mental, dass Murat bitte zukünftig auf die Wahl der Waffe Einfluss nehmen müsste. Obwohl... - man würde sehen.

Die meisten Menschen gehen, ohne es selbst zu merken, einem sehr geregelten Gang nach. Alles ist standardisiert. So auch mein Schweizer Kunde. Schnell hatte ich herausgefunden, wo er wann war und wie ich ihn am besten erwischte. Jeder Mensch ist zu irgendeinem Zeitpunkt allein und somit ungeschützt. Aufträge vor Zeugen waren unbedingt zu vermeiden, es sei denn, der Attentäter wäre lebensmüde oder möchte ein politisches Zeichen setzen – das war ich beides nicht. Der beste Schutz, den es gibt, ist zwar eine Menschenmenge, aber ich zog die absolute Einsamkeit vor. Perfekt sind Parkhäuser, schon weil sie eine derartig furchtbare Akustik aufweisen, dass sich kaum einer an einem lauten Knall stört. In der Schweiz nicht anders: Ich hatte gegoogelt, dass der Mann als Anwalt, schon wieder, in der Zürcher Innenstadt arbeitete. Da ich auf eine Verfolgung verzichten wollte, passte ich ihn morgens an seiner Wohnung ab, sah, welches Auto er fuhr, und glich das mit den Autos in den Parkgaragen nahe seines Büros ab.

Bingo.

Große Parkgarage nahe der Kronenhalle, einem altmodischen Restaurant mit einer ebenso altmodischen Bar.

Mein Schweizer kam immer recht regelmäßig nach Hause, das hatte ich schon festgestellt, ich rechnete großzügig die Fahrtzeit nach Schindellegi und legte mich nach drei Tagen Vorbereitung rechtzeitig auf die Lauer. Er kam nicht.

Um Mitternacht gab ich auf, zog mich im Parkhaus um, verstaute mein Zeug in einem bereits vorher ausgekundschafteten Winkel, ging in die Kronenhalle und bestellte ein Schnitzel und einen Weißwein von der „richtigen" Seeseite, der sogenannten

Gold Coast. Zu lange durfte ich wegen des Wiedererkennungswertes nicht bleiben.

Am nächsten Abend hatte ich Glück: Der Advokat arbeite lange und kam erst gegen zehn Uhr abends in die Tiefgarage. Ein rechter Spießer, dunkelbrauner Anzug und abgewetzte Ledertasche, wahrscheinlich ein Geschenk seines Vaters zu seinem Staatsexamen. Ich war sicher, dass er eine sündhaft teure massiv goldene Armbanduhr trug. Nützte aber nichts – bloß nie etwas mitnehmen, dass auch nur im Entferntesten mit einem Verbrechen in Zusammenhang gebracht werden kann. Außerdem wurde ich so gut bezahlt, dass ich mir jede erdenkliche Kostbarkeit selbst kaufen konnte.

Sein Siebzigerjahre-Jaguar, wunderschön in klassischem British Racing Green mit sandfarbenen Ledersitzen, stand in der Sektion für Dauermieter. Der konnte nichts dafür, was immer es auch war, dessentwegen ich töten musste. Ich kauerte direkt daneben, die alte Armeeknarre fertig zum Schuss. Nichts los um diese Uhrzeit. Ich hörte Schritte näherkommen, genau in meine Richtung, ein Schlüsselbund klingelte, damals gab es noch keine Fernbedienung, die Schritte kamen näher. Ihr Klackern wurde bestimmt durch maßgefertigte Pferdelederschuhe verursacht. Ein Traum.

Der Jaguar war mit der Schnauze an die Garagenwand geparkt. Ich kauerte an der rechten vorderen Seite des wunderschönen Wagens und hielt an mich, um nicht über die glänzende Motorhaube zu streicheln und so eventuell Spuren zu hinterlassen. Jemand stand an der Fahrertür, schloss auf, griff zur Entriegelung der linken hinteren Tür, Zentralverriegelung gab es auch noch nicht, öffnete sie, legte seine abgewetzte Aktenmappe, das Geschenk des Vaters, auf den Rücksitz, zog sein Jackett aus, und in dem Moment, in dem er die Arme nach hinten bog, um aus den Ärmeln zu schlüpfen, schoss ich ihm in die Brust. Die uralte Pistole machte einen erstaunlichen Lärm, verfehlte aber ihre Wirkung nicht. Mangels Training und Kalibrierung kannte ich die Präzision des Schießgeräts nicht, war aber angenehm überrascht: Mein Schuss traf direkt in die linke Brustseite, aus zwei Meter Entfernung allerdings keine besondere Leistung, ich feuerte ein weiteres Mal in seine Brust und zweimal in seinen Kopf. Dann erst sackte er in sich zusammen. Er war tot. Ich zog meine Hand aus der Tüte, die die Patronenhülsen aufgefangen hatte und schälte mich im Gehen aus meinem Schutzanzug. Dieser war eine perfekte Weiterentwicklung, er war dunkelblau und bedeckte zudem den ganzen Körper inklusive Kopf und Gesicht – großzügige Atemlöcher waren hinten und die Augen durch Gaze bedeckt, so dass man zwar durchschauen konnte, aber nichts beschlug. Mittlerweile brauchte ich nur wenige Sekunden, um aus diesem Aufzug auszusteigen – hier galt es genau, die Balance zwischen Entfernung zum Tatort und dem Risiko, bei ebendiesem Umziehen beobachtet zu werden, einzuhalten. Natürlich gab es Videokameras, aber deren genaue Lage hatte ich vorab geklärt und konnte einer durchgängigen Aufzeichnung entgehen. Die Sequenzen würden nicht in einer Sekunde einen dunklen Riesen zeigen und in der nächsten einen älteren Herrn in Jeans und Bootsschuhen. Nein – die Videos zeigten einen dunklen Riesen, der verschwand. In genau den Bereich, wo es keine Kameras mehr gab.

Ich holte meine Jacke aus dem Versteck, und knüllte beim Weggehen den Einmalanzug auf sein Minimalmaß zusammen. Ich dachte daran, wie mühsam es war, diese Dinger in angemessener Menge und ohne jegliche Rückverfolgbarkeit zu bekommen. Vollkommen war es mir wahrscheinlich nicht gelungen, aber durch mehrere Postnach- und -umsendeaufträge war ich nicht zu fassen, da als Letzter in der Reihe eine anonyme Packstation auftauchte, auf falschen Namen gemietet, aber die Benachrichtigungen dieser Box landeten schließlich irgendwann bei mir, wobei ich mir nicht sicher war, ob es besser wäre, für jede Transaktion eine neue Mailadresse zu nutzen oder eine zu behalten und zu hoffen, dass es gut ging. Ich wählte die zweite Option, denn die Chancen, mich zu fassen waren praktisch gleich null. Es wäre aber möglich, mir diese Transaktionen zu beweisen, wenn man mich erst einmal gefasst *hatte*, aber das waren Sorgen, die ich mir später immer noch machen könnte.

Zurück nach Zürich: Das Todes-Parkhaus, so sollte es später in den Nachrichten stehen, hieß passenderweise Bellevue. Ich war mittlerweile komplett in meiner angestammten Kleidung, der Schutzanzug auf das Maß eines Tennisballs zusammengeknüllt. Das Material war eine Art dünner Krepp und brennbar und ohnehin nicht mein größtes Problem: Das war die Pistole. Sie hing in ihre Einzelteile zerlegt in meinen Jackentaschen, und auch wenn sie dank zweier Chirurgenhandschuhe frei von Fingerabdrücken war und die vorherige passive Übergabe im Wald absolut sichergestellt hatte, dass sie nie auf mich zurückzuführen war, es sei denn, ich war dabei aus großer Entfernung gefilmt worden, so gab es doch zwei gefährliche Momente: Den Weg zur Tat und den Weg von dort weg. Trotzdem sah ich davon ab, das Ding auf schnellstem Wege im See loszuwerden. Ich lief das nördliche Ufer entlang in den Park auf der gegenüberliegenden Seite, ließ im Abstand von ungefähr zweihundert Metern demontierte Einzelteile der Pistole in den See fallen und kam nach etwa zehn Minuten, etwas weiter südlich an einen kleinen Parkplatz, der sehr einsam war, spätabends um bald halb elf. Ich ging ans Ufer, sah mich um und warf den Korpus der Pistole in hohem Bogen ins Wasser. Danach ging ich in die Crow-Bar in der Altstadt, wo es der Legende nach eintausendsechshundert verschiedene Spirituosen gab. Keiner der Barkeeper kannte alle, aber es waren immer genügend Kenner im Dienst, um sicherzustellen, dass alle Anwesenden zusammen alle Flaschen kannten beziehungsweise, was ja viel wichtiger war, wussten, wo sie sich jeweils befanden.

Ich bestellte mir einen extra trockenen Martini, den Gradmesser, meinen Bar-Index: Wenn der ohne viele Fragen und kristallklar serviert wurde, dann war die Bar gut. Oder wenn der Mann am Tresen fragte, wie ich ihn denn gern hätte. Wenn er ihn ohne nachzufragen falsch zusammenmixte, dann war ich böse. Das passierte aber selten.

Der Martini war okay, aber er war keine Wucht, allerdings: Eiskalt, klar und crisp.

Ich ließ die vergangenen Monate Revue passieren. Vor gar nicht allzu langer Zeit war ich noch ein unbescholtener, kurz vor der Rente stehender Herr gewesen, der sich überlegte, wie er sein Altersgeld aufbessern und ein weniger aufregendes Leben aufpeppen könne. Jetzt war ich ein fitter Mittsechziger, der seine zweite Berufung erfahren hat und der Dank extrem unlauterer Mittel bald über eine halbe Million in bar verfügen sollte.

Und wie ging es mir dabei?

Erstaunlich gut.

Angst oder extremes Mitleid hatte ich ja früher auch nicht gehabt, und wenn man mich erwischen würde, dann wäre es eben so, aber ich ging jeden Extraweg, um das zu vermeiden, und ich war darin, bei aller Bescheidenheit, richtig gut geworden.

Meine einzige Angst im Leben war ja immer die vor ekelhaften Dingen gewesen – andererseits konnte ich immer Blut sehen, auch bei den eigenen Kindern, die ich dann verarztet oder ruhig in die Notaufnahme gefahren habe. Auch war ich auf Partys in Jugendzeiten immer der, der das Erbrochene anderer Zecher im Ausguss verrühren musste – aber alles andere? Schleim, Hundehaare, Speichel, die Vorstellung, dass jemand mit fettigen Fingern mein Kopfkissen anfasst? Mir unter normalen Umständen hochgradig ekelhaft, und doch mordete ich wie ein Berserker. War es der sterile Anzug, der mich, auch vor mir selbst, schützte? Mir Distanz zu meinem Tun verschaffte? Die Anonymität der Opfer, denn schließlich hatte ich außer Horst keinen je wirklich zu Gesicht bekommen, und Horst war mir nie wirklich nah gewesen.

Ich bestellte noch einen Negroni de Luxe, alle Ingredienzen vom Feinsten. Barrel Aged, tausend Botanicals, uralte Eichenfässer, die dreimal um den Äquator gesegelt sind. Ich genoss, zahlte und trottete in mein Hotel zurück, wo ich an der Bar noch einen Absacker-Manhattan trank. Was für ein Leben.

23.   St. Pauli

Auf St. Pauli gibt es die Reeperbahn, und die gilt als sündigste Meile der Welt. Aus einem ehemaligen Hafenviertel, in dem sich die Matrosen während ihrer Schiffsliegezeit amüsierten, ist eine Gemengelage aus Sozialromantik, Geschäftssinn, Kultur, und Geldmaschine geworden. Der lokalen Biermarke verpasste man als Logo einen wie tätowiert aussehenden Anker, schon war sie hip. Die Kneipen zierte Holz- oder unverputzte Pflastersteinoptik – schon waren sie rustikal. In den guten alten Zeiten kannte jeder Hamburger die Luden beim Namen, Schöner Michael, Wiener-Peter oder Chinesen-Kalle waren Kult, Mucki Pinzner eine Legende. Ein Killer, den man kannte! Das nahm ab, als die GmbH und nach ihr die Nutella-Bande kam. Mit Übernahme der Albaner war die Romantik komplett weg und die Brutalität wurde anonym und, ja: So richtig brutal. Derbe brutal. Anders als in den guten alten Zeiten oder in romantisch verklärten Szenekrimis oder -theaterstücken gab es auch keinen im tiefsten Herzen gutmütigen Paten oder König von St. Pauli. Nein – es war eine harte Welt da draußen, und es wurde nicht besser, als das kommerzielle St. Pauli entkriminalisiert wurde, denn nun gab es nichts mehr außer Zahlen. Keinen interessierte, ob diese oder jene Bar oder Kneipe oder Tanzkaschemme für ein bunteres Flair sorgte – wenn keiner kam, dann gab es keinen Profit, und wenn es keinen Profit gab, dann musste da etwas anderes hin. Das klang alles hart und gemein, aber irgendwann merkten alle, dass es auch früher hart zuging, nur dass die fiesen Typen manchmal menschliche Züge zeigten, indem sie sich gegenseitig schädigten hin bis zum Mord. Das war vorbei, die emotionale Gewalt entlud sich nun in Junggesell(inn)enabschieden oder wenn der notorisch am Rande der sportlichen Existenz krebsende FC St. Pauli wieder einmal alle Punkte dem halt ein bisschen weniger schwachen Gegner überlassen hatten. Überhaupt - dieser Fußballklub war die Keimzelle des Underdog-Marketings, eine Werbebude mit angeschlossener Lizenzspielerabteilung, und dem Controlling standen immer dann die Haare zu Berge, wenn sich der Club mal nicht im soliden Mittelfeld der zweiten Liga befand, sondern ab- oder – noch schlimmer – gar aufzusteigen drohte. Das kam zur Verwunderung aller doch dann und wann vor, und die naiven Fans waren trunken vor Freude und schimpften auf die reichen Clubs aus den oberen Gefilden der Tabelle und liefen mit rotgeweinten Tränen über den Kiez, wenn der Abstieg mal wieder besiegelt war, zur Freude der Brauereien, denn ihnen gehörten natürlich die Kneipen, in denen der Bierhahn für Stunden nie geschlossen wurde. Kommerz eben. Keine Romantik.

Nach außen galt St. Pauli immer als kriminelle Keimzelle meiner Heimatstadt, das machte diesen Stadtteil auch wieder interessant für Touristen aller Art. Man sah sie sehr oft mit alarmierten Gesichtern und ihre billigen Handtaschen fest an sich klammernd über die Reeperbahn, die übrigens Sperrgebiet für Prostituierte ist, ziehen, links und rechts in die Seitenstraßen lugend. Dorthin, wo sich schon immer das wahre Leben abspielte. Ja, es gab sie noch, die Möchtegern-Luden in ihren obszön absurden Autos, aber sie unterscheiden sich kaum noch von normalen Halbkriminellen, die allen ihren vermeintlichen Reichtum in die Leasingraten ihrer Boliden und die online-Boutiquen steckten, wo sie sich dann identische Seiden-T-Shirts und zu große Baseball-Kappen zulegten, unter denen sie immer wie zu langsam wachsende Kindergartenkids aussahen. Ihr Slang aber gefiel mir, besonders der der Mädchen. Sie pressten ihr Deutsch atemlos und hochtönig durch aufgespritzte Lippen und bemühten sich, den harten Konsonanten mit einem extra Druckstoß durch ebendiese Lippen weiteren Ausdruck zu verleihen. Auch beendeten sie gern jeden Satz mit einem Fragezeichen.

Etwa so: „Alt-herr Mannn?"

Ich fand das zwar nicht unbedingt sexy, sah aber doch den Punkt, den sie machen wollten. Eine eigene Sprache haben, wie ihre Brüder im Geiste, die Gangster-Rapper. Aber fast nie konnte ich erkennen, ob diese Mädels nun zur Uni gingen oder auf den Strich.

24. Billstraße

Ganz anders die Billstraße. Eine andere Welt. Etwas zu weit südlich von meiner früheren Arbeitsstätte, um da regelmäßig mittags spazieren zu gehen. Kurz davor Kleingärten und Motorboote auf der Bille. Kurz dahinter Chemie und Speditionen. Dazwischen ein Kilometer erst afrikanischer, dann orientalischer Bazar. Los ging's im Osten mit Bergen von Rasenmähern, Kühlschränken, Rollatoren. Dann kamen irgendwann moderne Basare, wie ich sie aus Dubai kannte: Sie hießen Muhammad, Ahmed oder Hamdan, waren indisch, pakistanisch, syrisch, mitunter stand ein nagelneuer Riesentruck mit iranischen Nummernschildern davor. Während es in Asien die shop-houses gibt, in denen die gesamte Front offen blieb und abends mit einem Rolltor oder –gitter verschlossen wurde, gab es hier riesige Hallen, die aber auf dieselbe Art versperrt wurden. Davor saßen dunkeläugige Männer und tranken Tee. Fast nur Männer. Die wenigen Frauen trugen Kopftuch und zeigten außerhalb von Gesicht und Händen keinen Quadratzentimeter nackter Haut. Ich mochte das alles sofort, wenn ich auch nichts kaufen wollte. Ich kannte das aus Asien, da war viel Schrott dabei, und was sollte ich mit einer gebrauchten verdreckten Mikrowelle? Trotzdem…

Als Murat mich dann irgendwann bat, in der Billstraße etwas zu erledigen, da wunderte ich mich, nicht früher darauf gekommen zu sein. Das war sein Metier, hier war Kapital, hier waren mindestens fünfundsiebzig Prozent der erzielten Umsätze illegal. Mindestens.

Egal.

Bei Hussein Bechtir Spielzeug und Halal Lebensmittel sollte ich etwas abholen.

"Hussein weiß Bescheid, Alter Mann."

"Na denn. Woran erkenne ich ihn denn?"

Alle lachten.

"Du erkennst ihn schon."

Ich fuhr los, erst Richtung Bergedorf. Dann am Tierheim ab, noch etwas Richtung Elbe, Bille oder welchen Namen auch immer dieses kleine Gewässer haben mochte und plötzlich stand ich an der Kreuzung. Billstraße. Viele Lieferwagen, viele Schwarze, viel Weiße Ware. Ich schlich mit offenem Mund an dem Riesengewimmel vorbei. Mal wurde es etwas leerer, dann wieder voller, bis ich vor einer Hofeinfahrt stand, über der in einem Riesenbogen ein verspieltes, buntes völlig überladenes Schild angebracht war: "Hussein Bechtir Spielwaren Toys oriental foods and Halal Lebensmittel indian food syrian food iranian Food", versehen mit diversen Bildern und sechs Handynummern. Alle deutsche Vorwahl.

Ich stellte mein Auto ein paar Meter weiter ab und wanderte zurück. Ich war weit und breit der einzige Europäer, der Mittlere Osten war unter sich.

Nachdem ich mich auf dem Hof etwas umgesehen hatte, betrat ich das Geschäft durch den über die ganze Breite gehenden Eingang. Von der Decke hingen billige Werbelaufschriftdisplays, die das auf dem Torschild gepriesene wiederholten, zusätzlich wurden folgende Informationen weitergegeben:

"Open."

"Copyshop!"

"internet terminal"

"Muslim food."

"No credit."

Ich ging weiter in den Dschungel aus buntem Plastik, Reissäcken und billigem Aluminiumhaushaltszeug hinein und wusste, was die Kollegen meinten:

Buchstäblich auf einem Thron saß ein unglaublich arrogant dreinblickender Pakistani oder islamischer Inder, seine Haare waren hennagefärbt, er trug mehrere Ringe auf seinen Spinnenfingern, eine orange getönte Brille und blickte herablassend auf das bunte Treiben unter ihm herab. Er war mir auf den ersten Blick zuwider.

Egal – Pflicht war Pflicht: "Hussein? Von Murat, ich soll was abholen."

Er ignorierte mich fast und nickte dann herablässig: "Warte."

Nichts. Ich gucke regelmäßig auf meine Uhr, und nach fünf Minuten sprach ich mit lauter Stimme zu niemandem im Besonderen:

"Ich soll hier was abholen."

Es gibt ein orientalisches Zeichen, welches um Geduld bittet: Man legt seine Fingerspitzen zusammen und hält sie nach oben. Das macht man, wenn man im Straßenverkehr vorgelassen werden möchte. Das macht man, wenn man telefoniert und sich seinem Gast nicht mit der gebotenen Sorgfalt widmen kann. Es ist ein Zeichen des Respekts, der niedrigsten Form von Höflichkeit und des Vermeidens des Nichtstuns. Hussein gab mir dieses Zeichen nicht. Er blickte kurz zu mir, nickte und machte weiter in seinem Tun.

Ich ging.

Murat war nicht weiter bedrückt. Das kam vor. Allerdings selten bei mir, ich hatte meiner Kundschaft ziemlich früh freundlich und nett erklärt, dass ich es hasste, mehrfach für einen Zweck Zeit und Energie zu verschwenden, zum offensichtlichen Vergnügen der Hünen, die mich auf meinen ersten Gängen noch begleitet hatten. Sie wurden jedoch leiser, als fast jeder meiner Kunden schon bei meiner Ankunft das Gewünschte parat hatte und wir in weniger als einer Minute wieder weg waren.

"Hussein Bechtir", summte Murat vor sich hin, "der alte Schlawiner."

"Wie du meinst – ich finde, er ist ein arroganter Arsch."

"Ok, Alter Mann, wenn du meinst. Geh doch morgen nochmal hin, ja?"

Am nächsten Mittag stand ich wieder unter dem imposanten Schild. Ich war gespannt, wie ich heute behandelt werden würde, zumal ich nicht verstand, wie diese Organisationen aufgebaut waren, zahlten sie nur oder erledigten sie Aufgaben? Man wurde langsam irre oder zumindest paranoid. Wenn es nach Murat und Konsorten ging, dann war halb Hamburg kriminell, was ich nicht ganz glauben konnte. Wie dem auch sei, die Billstraße war ganz sicher nicht koscher, es gab hier einfach zu viel Schrott und zu viele verschlagen dreinblickende Gestalten auf einem Haufen. Menschen, die wegblickten, wenn man sie ansah. Ich hatte keine Ahnung, *wie* genau Murat hier abschöpfte, aber *dass* es hier etwas zu holen gab, lag auf der Hand.

Ich war gespannt, wie man mich dieses Mal abfertigen würde.

Der Name Sharbat Gula sagt kaum jemandem etwas. Und doch hat fast jeder Mensch sie schon einmal gesehen, sie ist, wie immer man das zählen mag, der meistangesehene Mensch außerhalb von Würden- und Amtsträgern und Prominenten. Man könnte sagen, der bestbekannte Mensch, von dem man den Namen nicht weiß. Hier ist die Auflösung: Im Jahre 1985 erschien im National Geographic Magazin auf dem Titelblatt das Bild eines jungen Mädchens. Sie war Afghanin und zu der Zeit, als der amerikanische Fotograf Steve McCurry die Aufnahme im Jahre 1984 machte, 12 Jahre alt und nicht verschleiert. Ihr Blick ist mesmerisierend, und es gibt viele Theorien darüber, warum das so sein mag. Hat sie noch nie einen Fotoapparat gesehen? Einen Europäer? Hat ihr Bruder ihr den Schleier Bruchteile von Sekunden vor der Betätigung des Auslösers weggerissen?

Man wird es vielleicht nie erfahren.

Was aber am meisten beeindruckt, ist die Farbe ihrer Augen. Sie sind von einem derart klaren Blau? Grün? Grünblau? Blaugrün?, dass man den Blick nicht von ihnen lassen kann. Und wenn man auch im Geiste alle östlich von Wien als braunäugig abgespeichert hat, so gibt es doch gerade im Mittleren Osten viele blau- oder grünäugige Menschen.

Einer von ihnen war Hussein Bechtir. Kaum hatte ich seinen Laden betreten, humpelte mir eine Gestalt wie aus dem Comicbuch entgegen: Dieses Mal ohne getönte Brille, ein grünes?

blaues? Auge von einem Pflaster verdeckt, verkrustetes Blut im Mundwinkel, eine Hand fast vollständig verbunden, es fehlte nur ein altmodischer Krückstock, denn er wirkte nicht gut zu Fuß. Trotzdem: Er wedelte mit einem fetten Umschlag, den er mir mit Ausdrücken des Bedauerns in beide Hände drückte. Ich hörte Murmeleien wie "Missverständnis." und "Übertriebene Strafe", bedankte mich für den Umschlag und zog grinsend ab. Es gab einen Gott. Und auch wenn ich lieber mit eigenen Mitteln zum Erfolg kam, so wusste ich doch, dass Hussein Bechtir ein harter Hund war, und mir war klar, dass irgendjemand, natürlich jemand schwächeres, für seine Erniedrigung würde bezahlen müssen. Mich würde er in Zukunft zwar hassen, aber wenigstens respektieren, und das reichte mir.

Ich traf Murat in einem Restaurant am Steindamm. Das Management war da sowie einige von der Hierarchieebene darunter. Als ich Murats Finanzchef den Umschlag übergeben wollte, nahm ihn einer seiner Adjutanten an sich und zählte mit halbgeöffnetem Mund und murmelnd nach.

"Tausend Eier zu viel."

"Die sind für den alten Mann, gib sie ihm."

"Hier, haste Dir verdient."

Als ich Murat abends zu einem Meeting fuhr – die Anglisierung geschäftlicher Ausdrücke machte auch vor der Halb-

und Unterwelt nicht halt – fragte ich ihn, wo und warum er in der Billstraße seine Finger im Spiel hatte.

"Überall. Geerbt. Als es damals um die Umverteilung ging, da blieben Hehlerei, Mittelost und Märkte übrig. Hehlerei und Mittelost gehören zusammen, und von Märkten hatte ich keine Ahnung."

"Was für Märkte?"

"Alle. Jahrmärkte. Flohmärkte. Wochenmärkte. Früher gab es auch noch die Automärkte, erinnerst du die?"

Na klar, einen gab es auf der Trabrennbahn in Farmsen, einen irgendwo auf dem Gelände des Autokinos in Billbrook. Tausende von Autos und Ersatzteilen wechselten die Besitzer, den Ostblock gab es als offiziellen Markt noch nicht, es wimmelte von Studenten und den Eltern von Studenten, aber auch vereinzelten Profis, die ein Schnäppchen machen wollten. Es war der Markt für die, denen einen Anzeige im Hamburger Abendblatt nicht lohnenswert erschien, Angebot und Nachfrage regelten sich selbst. Mit der Ostöffnung und dem Internet wandelte sich das Geschäft, Automärkte verschwanden.

"Und? Märkte sind nichts? Was ist denn daran so besonders?"

"Ach, hör auf, mieses Geschäft. Sind über die ganze Stadt verstreut, man muss sich viel merken, viel mit den lokalen

Arschlöchern zusammenarbeiten, ständig kommen neue Aufsteller, und was meinst du, was allein auf dem Fischmarkt für Scheißtypen rumstehen? Wochenmärkte in allen Stadtteilen, Flohmärkte mit Profis und den harmlosen Eppendorfer Hausfrauen, die ihre Wintergarderobe verscheuern. Plus Dom dreimal im Jahr."

Der Hamburger Dom war unser regelmäßig stattfindendes Volksfest, auf dem Heiligengeistfeld, früher Sitz des Doms, daher...

"Wie dem auch sei: Die Märkte sollte mein Bruder kriegen, aber das wurde dann ja nichts..."

Ich konnte es nicht fassen. Ich glaubte, meinen Augen nicht zu trauen. Jedes Klischee des Erstaunens ist untertrieben: Als nächstes bekam ich ein Polaroid mit einem blonden Mittvierziger vor einer Kulisse, die mir bekannt vorkam. Ich drehte das Bild um.

Murat beobachtete mich wie ein Luchs.

"Was ist?"

Er zuckte die Schultern. "Nichts."

Auf der Rückseite stand eine Adresse in Hong Kong mit dem Zusatz "working address". Sonst nichts. Ich musste grinsen.

"Dachte ich mir, Alter Mann. Das gefällt dir."

"Aber klar. Wie komme ich zu der Ehre?"

"Netzwerk, Alter Mann. Ich bin Teil eines großen Netzwerks. Habe mal irgendwo fallen lassen, was wir alles können und dass wir international, nein, interkontinental agieren können, und da kam das als Testanfrage, denke ich mal. Es ist aber schwieriger als sonst. Ein paar Sachen sind anders."

Das hatte ich mir gedacht. Die Adresse kannte ich, Wyndham Street, am Rande von Central. Den Mann zu finden und identifizieren wäre erst der erste Schritt.

"Pass auf: Du düst so schnell wie möglich nach Hong Kong, Business Class, offener Rückflug, checkst im Mandarin Hotel ein, sagt dir das was? Gut? Ist alles bezahlt. Frag nicht. Man kommt dort auf dich mit weiteren Details zu. Wenn nötig."

Ich wusste es zwar besser, fragte aber trotzdem: "Warum ich? Warum wir?"

Murat zuckte die Achseln.

"Ich denke mal, dass sie ihren eigenen Leuten nicht trauen oder aber alle ein bombensicheres Alibi brauchen. Oder beides. Egal – das Ding ist seriös und komplett sauber. Zwar offiziell kein Zeitdruck, aber du kennst meine Devise: Rein in die Kartoffeln, raus aus den Kartoffeln. Beides schnell. Finde aber besser vorher heraus, ob es einen Zwilling gibt."

Ich stöhnte.

Murat lachte.

"Was heißt kein Zeitdruck?"

"Zwei Wochen, was weiß ich. Wie lange du auch sonst immer brauchst. Du kennst Hong Kong besser als ich, und ich weiß nicht, wie die sich das vorstellen. Mit Knarre dahin fliegen geht ja nicht. Und ob man den einfach so von einem Wolkenkratzer schubsen kann? Egal, nun zisch ab und regel das. Wann kannst du los?"

“Übermorgen.”

“Übermorgen - ok!”

Und es waren tatsächlich einige Dinge anders. Das gefiel mir anfangs nicht, ließ sich aber logischerweise nicht ändern, und solange ich keine goldenen Löffel klaute, war ich ein normaler Tourist: Ich war ziemlich gläsern, und ich musste meinen richtigen Namen angeben, und wer das zusammenbrachte, der hatte auch meine Handynummer und Email-Adresse. Erstmals in meiner Zusammenarbeit mit Murat verließ ich die Netzlosigkeit.

Murat hatte schnell gearbeitet – keine drei Stunden später hatte ich das Ticket und die Hotelbestätigung – auf einem Zettel mit den Login-Details eines international tätigen Firmen-Reisebüros. Ich erlegte mir auf, darüber nicht nachzudenken – die Reise bestand aus drei Teilen: Vergnügen, Arbeit und Flucht.

Ankunft Freitag um halb fünf Uhr nachmittags, der Rest des Abends ist schon komplett durchgetaktet. Vom Moment der Landung an würden die einzelnen Stunden wie ein Puzzle zusammenfallen.

Zuerst aber ist Memory Lane angesagt.

Mir ist die Stadt vertraut wie sonst nur Hamburg. Schon der lange Anflug auf den vor der Stadt liegenden Flughafen, auf einer Ecke der Insel Lantau, ist nach Hause kommen. Man sieht Inseln und vor allem die schon halb im Zwielicht, auf spiegelndem Wasser liegende Menge von Booten. Alle möglichen Arten – von Riesen-Containerschiffen über Tanker, Frachter aller Größen, Fähren und Hunderte von großen und kleinen Fischerbooten, Sampans, Dschunken, Yachten, Motor- und sogar Ruderbooten. Alle schwimmen emsig irgendwohin. Oder kommen irgendwoher.

Landung, und schon rollen wir schnell zu unserer Parkposition. In Hong Kong geht alles schnell, und alles ist eng. Und damit es in der Enge schneller geht, herrscht mehr Druck als anderswo.

Zack, Aussteigen. Zack, Passkontrolle, das Gepäck dreht sich schon träge auf den schweren Gummibändern.

Geldautomat – ich hole Hong Kong-Dollars. Mitten in der Ankunftshalle der Schalter der MTR. Man kauft eine aufgeladene Chipkarte, die für den Airport Express in die Stadt gilt und für fast alle anderen Verkehrsmittel Bahn, Bus, Minibus, Star Ferry, Island Ferries, Tram – man kann sogar im 7-11 Minisupermarkt damit einkaufen; nur nicht für Taxis. Die müssen bar bezahlt werden, man gibt kein Trinkgeld.

Ich stehe mit meinem zerbeulten Rimowa-Koffer und meinem zuverlässigen Leinen-Lederrucksack in der Ankunftshalle von Chek Lap Kok, habe ein aufgeladenes MTR-Ticket und genügend cash in der Tasche. Ich atme tief durch.

Kann losgehen.

Im Airport Express setze ich mich auf einen Gangplatz an der Tür: Da die meiste Zeit der halbstündigen Fahrt in Tunneln stattfindet, muss man nicht am Fenster sitzen. Ich sitze, die Türen schließen sich, meine Augen auch, und im Nu bin ich an der Endstation, Central auf Hong Kong Island.

Es ist die Vorfreude auf meine Lieblingsstadt, die mein Herz wummern lässt, nicht die Aufgabe. Die wird sich schon erledigen lassen, aber die Freude, zum hundertsten Mal in eine Stadt zurück zu kommen, in der man sich wohl fühlt, in der man weiß, was man machen soll, in der sich zwar vieles ändert, vieles aber eben auch nicht.

Der Airport Express fährt in Central ein – raus aus dem Zug, schnell ins Hotel.

Mein Plan steht fest, jeder einzelne meiner Schritte seit der Landung ist geplant, und das wird bis zum Schlafen gehen so bleiben, dieser Abend wird eine Abfolge festgesetzter Events - Essen, Trinken, spazieren gehen, mit offenen Augen um sich blicken.

Zehn Minuten später bin ich in der Lobby des Mandarin. Viel Marmor, viele Kronleuchter, in der Ecke der Eingang zur Captain's Bar, wo noch der Duft von Zigarren und Leder hinzukommt.

Später.

Das Einchecken dauert keine fünf Minuten, ich werde für mindestens eine Woche das Zimmer 818 im achten Stock mit Blick auf den Hafen und Tsim Sha Tsui auf der Kowloon-Seite mein Zuhause nennen. Ich plane vorsichtig, am Sonntag drauf wieder abzureisen.

Ich lasse meinen Koffer auf das Bett fallen und lasse meine verschwitzen Sachen an. Ich werde nirgendwo hingehen, wo ich präsentabel aussehen muss.

Telefon, Brieftasche und Schlüsselkarte – mehr brauche ich nicht.

Ich trete aus dem Hintereingang des Mandarin - jetzt erst bin ich wirklich in Hong Kong, jetzt atme ich diesen typischen Geruch aus Abgasen, Feuchtigkeit und Fernost ein. Manche sagen, das sei der destillierte Geruch von Geld.

Ich gehe durch vertrautes Terrain, dann bin ich am Ziel: Da oben, da leuchtete es, man sieht es pulsieren, das ist Lan Kwai Fong, ein Block von Kneipen, Restaurants und Imbissen. Hier ist es immer laut, erst kommen die Leute aus den Büros, viele Europäer, hier Gweilos genannt: Fremde bzw. Weiße Teufel. Das mischt sich dann später mit anderen Vergnügungssüchtigen. Ich strebe meinem Lieblingsladen zu – Al's Diner. Hier komme ich seit Anfang der Neunziger immer hin. Immer. Und bestelle immer dasselbe: Eiersalatsandwich mit einem Bier – daraus werden dann wegen der Happy Hour zwei. Vorweg Nachos.

Der Laden ist ein richtiger Diner: Rote Plastiksitze, Wurlitzer-Jukebox, Popmusik. Die Gäste sind fast ausschließlich männlich. Die gesamte Vorderfront ist geöffnet, so dass ich von meinem erhöhten kleinen runden Tisch das Treiben auf der Straße beobachten kann. Autoverkehr ist, bis auf Taxis, ab achtzehn Uhr verboten. Es ist zwanzig vor sieben, die Meute strömt heran. Sie sind alle da: Rotgesichtige, schwitzende Europäer, Amis, Aussies, mit aufgekrempelten Ärmeln; korrekt gekleidete Hong Kong-Chinesen, die mit aufgesetztem amerikanischen Akzent mithalten wollen, und alle trinken Bier und rauchen und lauschen dem einen, der immer der Anführer ist und der allen erklärt, wo es langgeht.

Der Eiersalat steckt zweifingerdick zwischen zwei riesige Toastscheiben, dazu gibt es goldene Pommes Frites und ein großes Bier. Und das zweite kostenlos.

Ein Mädchen steht auch oft dabei. Egal, wie sie aussieht, ob chinesisch oder europäisch, die Stimmen werden lauter, das Lachen hysterischer, und man sieht sofort, welcher Typ sie ist: Die Geschmeichelte, oder die peinlich Berührte.

Natürlich nimmt man auch seine Geschäftsbesucher mit, zwischen Büro und Abendessen. Hong Kong schläft nicht. Zeit, um sich nach dem Büro umzuziehen gibt es nicht. Braucht man nicht. Wozu auch?

Die Geschäftsbesucher stehen herum und lauschen den Interna der jungen Menschen und zeigen diese Mischung aus Neid und Abscheu.

Ich verstehe das, Hong Kong ist eng und laut und kann einem auf die Nerven gehen. Trotzdem…

Nachtisch: Etwas oberhalb von Lai Kwai Fong ist Soho, dort das Peak Café, welches früher tatsächlich auf dem Peak, dem fünfhundert Meter hohem Gipfel von Hong Kong Island lag. Hier gibt es die größten Nachtische der Gegend. Ich bestelle einen Apple Crumble mit Custard und einen Espresso.

Das Menschengewirr hält mich auch hier von der Konzentration auf meinen Auftrag ab. Büromenschen hetzen nach Hause. Alte chinesische Maids in ihrer klassischen Arbeitskluft – schwarze Hose, geblümte Bluse, Haare wie Putzwolle und ein Jadearmreif, *immer* ein Jadearmreif, *jedes* Dienst"mädchen" trägt einen Jadearmreif – schleppen sich mit ihren Einkäufen für das Abendessen ab.

Hundertmal habe ich schon hier gesessen, ich kann mich nie sattsehen.

Ich gehe wieder herunter nach Central, vorbei an den größten Banken, in die Pacific Place Mall. Die Geschäfte sind zu, aber es herrscht trotzdem noch reges Leben, da viele Passanten die Mall als Durchgangsmöglichkeit nutzen. Wie überhaupt viele

Gebäude in Hong Kong bei den rechten Ortskenntnissen als Regenschutz oder Abkürzung benutzt werden können.

Als ich wieder freien Himmel über mir habe, habe ich bald Wan Chai erreicht, das älteste Ausgehviertel Hong Kongs. Na ja. Bekannt geworden durch den Roman Suzie Wong ist Wan Chai eher ein geläutertes St. Pauli, es gibt hier Unmengen von Geschäften, alle Autohändler haben hier ihre Showrooms, fast wie in Borgfelde, und es gibt unzählige Garküchen, Restaurants, Imbisse, Edelrestaurants, Bars, Tätowierstudios, chinesische Apotheken, Diskotheken und was noch alles.

Zudem ist ganz Wan Chai ein riesiger Baumarkt, alle Parkett-, Fliesen-, Fenster-, Sanitär-, Dach-, Elektro- und Küchenanbieter haben hier ihre Ausstellungs- und Verkaufsräume. Daneben gibt es aber auch fensterbreite Läden, in denen der Eigentümer mit freiem Oberkörper herumturnt und jede erdenkliche Sonderschraube oder Handsäge binnen Minuten beschaffen kann.

Tagsüber brüllen sich Lieferwagenfahrer und vollkommen durchgeschwitzte Träger an, von denen einer mit drei 20-Liter-Flaschen Wasser bepackt wippenden Schritts seine Auslieferungen macht. Eine links im Arm, eine rechts und eine mit einem einfachen Gurt auf den Rücken geschnallt.

Nach Einbruch der Dunkelheit, ganzjährig ab achtzehn Uhr, übernimmt eine Meute aus Tunichtguten, Prostituierten,

Arbeitern und feierwütigen verwöhnten Kids jeglicher Couleur das Kommando. Die Bedienungen haben einen harten Zug um den Mund und die europäischen Trinker haben ihre besten Zeiten hinter sich. Dennoch, tief drinnen ist es eine sichere Gegend, solange man sich nicht mit den falschen Leuten anlegt, die einen wollen Spaß, die anderen ihr Geld verdienen, und wenn diese Balance nicht gestört wird, kann man hier viel erleben.

Hier ist sie, die Blaue Libelle, seit vielen Jahren meine, ja was? Globale Lieblingskneipe stimmt nicht, Stammlokal auch nicht, aber es ist doch ein Anker in dieser Gegend, zuverlässig gut besucht, aber nie so voll, dass man keine Luft bekommt, man kann aus vielen Biersorten auswählen und, natürlich, die Front ist immer offen und eine Reihe Barhocker so platziert, dass man einen ungestörten Blick auf die Straße hat, durch ein ausgeklügeltes Markisensystem selbst bei stärkstem Regen. Die Bedienungen sind zwei Striche netter als im übrigen Wan Chai. Sie stellen einem das Bier so hin, dass nur wenig davon auf den Tisch schwappt, und nichts auf den Gast selbst. Oder zumindest selten. Und sie laufen in regelmäßigen, kurzen Abständen vor einem entlang, so dass man sich zur Bestellung nicht umdrehen muss.

Ich blicke mich um, der Laden ist zu drei Vierteln gefüllt, fast ausschließlich mit Expats, dazu ein paar Chinesen, es wird, soweit ich das hören kann, nur Englisch gesprochen.

Die gesamte Wand hinter dem Tresen ist mit Flaschen zugestellt, maßgefertigte Regale stehen bis in fünf Meter Höhe, davor eine Bibliotheksleiter auf Rollen. An unregelmäßigen Tagen kommt seit Urzeiten ein Barkeeper und mixt altmodische Cocktails. Nicht immer der gleiche, aber wer immer Dienst hat, hat die klassische Uniform des guten Barkeepers an, schwarze Hose, weißes Hemd mit aufgekrempelten Ärmeln, Krawatte. Weste. Sie sind die einzigen, die Stammkunden ein Zeichen des Erkennens geben, ein kaum merkbares Kopfnicken, ein angedeutetes Abknicken der Hand, und ihr Elefantengedächtnis erinnert zwar nicht jedes Mal, *was* man wünscht, aber wenn man es bestellt hat, dann wissen sie, *wie* man es haben möchte. In meinem Falle wieder einmal klassische Martinis, eiskalt, klar und crisp.

Allerdings: Diesen Service gibt es nicht jeden Tag, und freitags und sonnabends nie. Die Blaue Libelle ist eben keine klassische Cocktail-Bar, und am Wochenende soll das Bier in Strömen fließen, keine klassischen Drinks.

Am Ende aber sollte es gut sein, dass mein Kopf nicht durch Gin und sonstiges hartes Zeug vernebelt wurde…

Es kommt statt Martini oder Manhattan ein Eimer belgisches Weißbier und ich weiß, dass die versonnene Träumerei aufhören muss. Langsam wird es Zeit, einen groben Schlachtplan zu entwickeln.

Ich nehme einen großen Schluck und gucke über den Rand des riesigen ausladenden Glases auf die Straße und hätte mich beinahe verschluckt.

Es gibt Untersuchungen, wie groß die Wahrscheinlichkeit ist, dass sich auf einem Flughafen zeitgleich eine Gruppe von x Personen befindet, die sich kennt. Diese Möglichkeit ist sehr groß, wobei dieser Jemand aber natürlich zum genau gleichen Zeitpunkt in der Nähe sein muss, und da scheiden sich die Geister. Wenn ich zwölf Stunden auf dem Flughafen Frankfurt in der Mitte der Abfertigung A sitze, ist es zu neunundneunzig Prozent sicher, dass ich jemanden Bekanntes sehe.

Wie hoch aber ist die Chance in Hong Kong, wenn ich in einem Pub sitze, der von kaum einem Reiseführer empfohlen wird, dass jemand die Straße entlanggeht, allein, und dann als Gast hineinkommt, den ich kenne? Genauer, den ich bisher nur auf einem Foto gesehen habe.

Einem Polaroid.

Ich glaube nicht an göttliche Fügung und bin auch nicht empfänglich für chinesischen Aberglauben, der gerade in Hong Kong extrem ausgeprägt ist. Also Logik. Die Chance ist gar nicht so klein: Expats kennen den Laden, in jedem Insider-Gespräch kommt er vor. Jeder hat eine Meinung über die Blaue Libelle, keinem ist sie egal.

Die Fakten: Hier ist nun ein Europäer, der hier arbeitet und auf einem Freitagabend allein in die Blaue Libelle geht. Er geht an die Bar und wird nicht als Bekannter begrüßt, was aber nichts bedeutet. Rein theoretisch könnte ihm der Schuppen gehören. Er bekommt ein helles Bier, kein Schaum, wahrscheinlich irgendein englisches Zeug. Er nimmt sein Glas und setzt sich drei Stühle entfernt von mir an einen Außenblickplatz. Das Bestellen des Bieres an der Bar sagt nichts; dass er im Stehen auf das Bier wartet auch nicht, das macht man manchmal. Ein Engländer hätte wahrscheinlich auch sofort bezahlt, das hat er nicht. Er ist entweder kein Engländer oder will noch mehr trinken. Ich gucke auf die Uhr. Zwanzig vor neun, er wäre entweder zehn Minuten zu spät oder zwanzig Minuten zu früh für eine eventuelle Verabredung. Da in Hong Kong alle so busy-busy-busy sind, kommt keiner je viel zu früh, aber weil alle wissen, dass die anderen auch busy-busy-busy sind, kommt auch keiner viel zu spät, denn der Wahnwitz des „das-Gesicht-Wahrens" oder eher umgekehrt „das-Gesicht-nicht-Verlierens" hat auch auf die Expats abgefärbt, und man behandelt sich gegenseitig immer respektvoll, zumindest nach außen. Denn wenn man zu spät kommt, verliert man nicht nur selbst das Gesicht, sondern man zeigt dadurch auch, dass der andere es nicht wert ist, sich zu beeilen, und dadurch lässt man ihn das Gesicht verlieren, was einem selbst auch und so weiter.

Ich weiß, dass er in einer Nebenstraße in Central arbeitet, tatsächlich in der Nähe von Lan Kwai Fong, das heißt aber gar nichts. Er trägt ein hellblaues Polohemd, beige Shorts und Bootsschuhe ohne Socken. Das ist keine Bürokleidung.

Er ist, nach dieser Logik, nach dem Büro zu Hause gewesen und hat dann dort gegessen, oder auf dem Weg.

Während diese Gedanken durch meinen Kopf irrlichtern, habe ich eines bereits entschieden: Ich dürfte ihn keineswegs kennenlernen, ja, man durfte mich nicht mit ihm sehen, er dürfte mich nicht sehen, keiner durfte irgendwas sehen.

Am unverdächtigsten wäre, einfach sitzen zu bleiben und auf die Straße zu gucken. Er kann mir nicht entwischen.

Während ich betont unangestrengt ins Leere gucke, rattert es in meinem Kopf. Zunächst: Ein kühler Kopf muss her. Kein Bier mehr, aber auch kein Wasser, das fällt auf. Ich muss mich an dem Eimer festhalten.

Man darf uns nicht zusammenbringen – nun kann man es nicht mehr ändern, aber es muss das einzige Mal sein.

Schritt für Schritt: Was soll ich machen? Gehen und auf ihn warten? Gehen, sobald er geht?

Was ist das für ein Typ – trinkt er viel? Bandelt mit Mädchen an? Viel Spaß in diesem Falle, die Frauen, die in der Blauen Libelle verkehren, sind zäh wie Leder.

Er bestellt noch ein Bier und sieht auf seine Uhr, ich studiere weiterhin angestrengt die Straße.

Um nicht aufzufallen, kann ich ihn natürlich nicht eingehend sezieren, aber er macht einen nervösen Eindruck. Handy raus, Handy rein, Uhr, unablässiges Drehen am Bierglas: Entspannt ist er nicht. Er wischt sich den Schweiß von der Stirn, was aber kein Zeichen von seelischem Ungleichgewicht sein muss – der eine schwitzt stärker, der andere weniger.

Ich werde selbst schon ganz wuschig und entscheide mich zu einer Strategie: Sobald er Anstalten macht, zu gehen, würde ich ihm folgen. Sollte er noch ein Bier bestellen, würde ich den Laden verlassen und auf der Lockhart Road herumlungern. Bliebe er dann noch länger, würde ich die Würfel neu schütteln.

Aber nein: Er trinkt noch ein Bier, zahlt und geht. Ich hatte mir auch schon zurechtgelegt, was ich machen würde, wenn er ein Taxi benutzen würde, nämlich nichts. Das tut er aber nicht, er nutzt die etwas frischer gewordene Luft und geht Richtung Central. Ich folge in weiter Entfernung.

Viele habe ich schon beobachtet, aber noch nie bin ich jemandem hinterher gelaufen – ich bin nervös. Aber bisher geht alles gut. Er geht schließlich die Hennessy Road entlang, außen am Pacific Place vorbei und biegt scharf hinter der Bank of China, diesem voller Symbolik steckenden messerscharfen Gebäude von I.M. Pei., links ab, und ich kann mir denken, wo es hin geht: Zur

Peak Tram. Er wohnt irgendwo da oben in den Mid Levels. Und er scheint genauso gern spazieren zu gehen wie ich. Was ihn sympathisch macht, aber Gefühle kann ich mir jetzt nicht leisten, obwohl: Es hilft, sich zumindest ein wenig in diesen Menschen, von dem ich nichts weiß, hinein zu versetzen.

Durch das nächtliche Hong Kong, über und um uns herum die stahl-gläsernen Hochhäuser in allen Formen und Schattierungen, bei einigen fällt es aufgrund der gespiegelten Lichter und Formen der Nachbarhäuser schwer, überhaupt Konturen auszumachen. Zum Glück weiß ich immer genau, wo ich bin.

Richtung Peak-Tram.

Aber was soll ich tun, wenn er jetzt doch in irgendein Hochhaus geht, in ein Hotel, in einen Bus steigt? Wie soll ich ihn jemals wiederfinden, wenn er Urlaub hätte oder gekündigt oder morgen nach Australien flöge? Hat Gott ihn in die Blaue Libelle geschickt?

Ich tendiere in diese Richtung, aller Agnostik zum Trotz.

Spielt mir das Schicksal jetzt in die Hände? Ich hoffe es, ich warte drauf.

Während der Mann über eine um diese Zeit ziemlich leere Fußgängerbrücke läuft, bin ich nähergekommen, denn ich weiß, es muss schnell eine Entscheidung getroffen werden, es liegt ein

Knistern in der Luft, ich schaue herunter, ich schaue nach vorn, unten fahren Busse, nicht alle halten an und haben deshalb ein gutes Tempo drauf.

Wenn man „Shanghai" und „Yan'an" googelt, dann erscheinen viele Bilder einer berühmten, irren Kreuzung scheinbar unzähliger Straßen, diese winden sich in mehreren Etagen, fast Dimensionen. Über diese Kreuzung bin ich oft gefahren, und auf der zweiten – oder ist es die dritte? - Ebene befindet sich ein ringförmiger Fußweg, den erkennt man auf den Fotos meist nicht.

Ganz so hoch ist die Brücke in Hong Kong nicht, aber sie hat gegenüber der in Shanghai einen Riesenvorteil:

Sie ist leer.

Ich will es jetzt erzwingen, ich hole auf, beginne zu laufen, der Mann, mein Opfer, ich weiß nicht einmal warum, blickt sich um und sieht mich, einen komplett Fremden, in ziemlichem Tempo auf ihn zulaufen, ich renne jetzt und bitte wen auch immer um Hilfe, um Beistand, dass es klappen möge, ich beuge meine rechte Schulter herab und gabele den nun ziemlich weit rechts stehenden Mann, ich kenne seinen Namen immer noch nicht, wie einen Hummer auf, der Schwung ist auf meiner Seite, ich hebele ihn kurz hoch, er ist etwas kleiner und leichter als ich und wuchte ihn über das Geländer auf die untenliegende Straße und noch bevor ich dem Fall hinterher schauen kann, höre ich ein mahlendes, aber trotzdem flüssiges Krachen und fauchende Luftdruckbremsen, aber zu spät: Ein Bus ist über den Mann, der buchstäblich aus dem Himmel fiel, gefahren und hat von allem, was sich oberhalb seiner Brust befand, eine flache, bunte Fläche auf dem schwarzglänzenden Asphalt hinterlassen.

Ich blicke mich kurz um und bewege mich langsamer werdend zurück in die Richtung, aus der ich gekommen bin. Mein Herz schlägt so schnell, dass ich nicht mal mehr schlucken kann, habe ich einen Herzinfarkt?

In meinen Ohren rauscht es, meine Hände zittern derart stark, dass ich die einzelnen Finger nicht ausmachen kann, eine schimmernde Masse bewegt sich da. Das muss die Adrenalinausschüttung sein, ich befinde mich im Höchststress.

Was jetzt?

Ich muss mich den Weg zurückzuarbeiten und überprüfen. Überprüfen auf was? Videokameras, Menschen, was auch immer.

Zurück, aber da ist nirgends etwas. Es gibt wohl an den Verkehrsknotenpunkten Kameras, die sind aber auf die Straßenkreuzungen gerichtet, nicht auf die Fußwege.

Ich gehe zurück und finde nirgends eine Kamera, die mir hätte gefährlich werden können. Ich zittere immer noch wie Espenlaub. Da ist die Blaue Libelle, gibt es dort Kameras?

Nein, doch, aber die würden kaum von außen nach innen filmen, hätten mich dann nicht auf dem Schirm. Zudem habe ich zu keinem Zeitpunkt neben ihm gesessen. Wir verließen den Laden zeitgleich, aber ich hatte vorher bezahlt und insofern keinen Verdacht erregt, man sah uns nie zusammen, ich bin sicher.

Ich gehe nochmals bis kurz vor der Brücke zurück. Hong Kong ist eine enge Stadt, das merkt man vor allem, wenn man wieder in normalen Verhältnissen ist. Aber gerade, weil alle eng aufeinander hocken, hat man einen unausgesprochenen Respekt vor der Privat- und Intimsphäre des anderen. Keiner hätte sich um zwei im Abstand von zwanzig Meter hintereinander gehende Gweilos gekümmert.

Irgendwo muss ich zur Ruhe kommen. Weit genug vor der Brücke, wo ich meinen Auftrag erledigt habe, das Ziel beseitigt habe, wenn es denn das richtige Ziel war, biege ich in Richtung meines Hotels ab.

Ich habe mich in ein immens hohes Risiko begeben. Wenn man mich jetzt, aus welchen Gründen auch immer, anhielt, wäre ich dran. Beiderseitige Kleiderfasern, vielleicht auch DNA-Spuren, ergäben ein beredtes Bild. Komplett ohne Vorbereitung, absolut aus dem Bauch heraus, hatte ich auf offener Straße einen sechsstellig bezahlten höchstkriminellen Akt buchstäblich aus dem Handgelenk heraus abgeschlossen.

Kopfschüttelnd laufe ich wie aufgezogen weiter, durch Central durch, links hoch in die Wyndham Street, eines muss ich noch wissen, das könnte sonst ziemlich bald gefährlich werden: Kurz vor der Adresse auf dem Polaroid bleibe ich stehen, sehe mich um: Kameras? Wieder nur innen, ich schreibe mir die Firmennamen von den diversen Schildern ab, die sagen mir alle nichts, und mache dann kehrt, zum Mandarin.

Schnell ins Zimmer, jetzt methodisch vorgehen: Sofort ins Badezimmer, in die Dusche, mit voller Montur duschen. Heiß. Mit Shampoo und Seife und Duschgel. Es ist immer noch Freitagabend, gegen elf, der Jetlag ist weg, wie sollte ich nur jemals wieder in Ruhe einen Schritt vor den anderen setzen können, es gewittert in meinem Kopf.

Wohin mit den Klamotten?

Ich gehe auch hier, oder gerade hier, sorgfältig an die Beweisvernichtung. Ich muss irgendwo hin, wo ich mich gut auskenne. Taxi wäre zwar einfacher, aber Bus ist anonymer. Ich stopfe die verfluchten Kleidungsstücke in eine Mandarin-Plastiktüte und gehe zum Busterminal unter der Stock Exchange. Ich nehme den 6er Richtung Stanley auf der Südseite von Hong Kong Island und steige in Deep Water Bay aus. Dann zum Strand. Hier gehe ich zum Fußweg Richtung Repulse Bay, nein, das darf ich nicht, denn am Ende des Strandes befindet sich eine Barbecue-Stelle, die abends immer voller Filipinos ist. Da würde ein einsamer Gweilo mit Mandarin-Hotel-Tüte um diese Zeit auffallen. Oder die würden denken, ich bin auf der Suche nach einem „Flirt" und ließen mich nicht mehr in Ruhe.

Es läuft nicht glatt, es gefällt mir nicht. Seitdem…, dem…, der…, *Sache* sind keine zwei Stunden vergangen, und jetzt scheint alles schiefzugehen.

Ich bin kurz vorm Heulen und beschließe, erst einmal zur Ruhe zu kommen. Es ist alles in Ordnung. Ich setze mich in den Sand, ganz nahe an der leise plätschernden South China Sea, hole tief Luft und denke nach.

Das Zittern lässt nach. Der Druck auf den Brustkorb lässt nach. Ich schließe die Augen.

Bisher ist immer alles gut gelaufen, weil ich zum einen gut vorbereitet war, vielleicht nicht perfekt, aber ich hatte an alles gedacht, und was ich nicht bedacht hatte, das lernte ich fürs nächste Mal. Es gab enge Momente, aber ich konnte mich auf das, was ich geplant hatte, vollends verlassen. Das hier ist anders: Ich setzte den Plan um, bevor ich ihn hatte.

Mein Leben lang bin ich Optimist gewesen, und ich merke, hier am Deep Water Bay Beach, dass dieser Selbstschutzmechanismus so langsam wieder einrastet. Was genau ist schlimm? Außer der Tatsache, dass alles sehr plötzlich geschah?

Wasserstandsmessung: Ich bin ok, auf frischer Tat hat man mich nicht erwischt, das Opfer ist tot, da gibt es kaum Zweifel. Auch bin ich trotz fehlender Beweise sicher, dass es der richtige war. Sollte mich irgendeiner gesehen haben, dann muss er mich erkennen. Sollte ich auf einer Kameraauswertung zu erkennen sein, dann kann ich ohnehin nichts tun. Das würde schnell herausgefunden werden, oder nie. Ich sollte vor allem die Beweise so verschwinden lassen, dass sie erst erheblich nach meiner Abreise aus Hong Kong gefunden werden könnten. Wenn überhaupt.

Und so mache ich es, und fange augenblicklich damit an – als ich fluchtartig mein Zimmer verlassen hatte, hatte ich geistesgegenwärtig an mein Schweizer Messer gedacht – damit zerfetze ich nun Hose, Hemd, T-Shirt, und Unterhose in möglichst kleine Teil, vertüte alles wieder und mache mich auf den Weg nach Stanley. Ich muss an der Barbecue-Stelle vorbei, das hilft nichts. Dort sind die herumsitzenden Filipinas höflich: "Good evening, Sir, how are you?" "Fine, fine, thanks." Mehr nicht. Ich atme auf.

Auf dem weiteren Weg werfe ich immer eine Handvoll dieser Wäscheklumpen in die regelmäßig aus der Dunkelheit auftauchenden Mülleimer. Immer so weit, dass man es bei einem halbwegs genauen Blick den Schlund des Eimers herab nicht sehen kann. Nach zwei Stunden ist das erledigt, ich bin mittlerweile in Stanley, es ist halb zwei nachts, es fährt kein Bus mehr, alle Kneipen sind zu. Ich bin komplett verschwitzt, aber mit ein wenig Glück kann man mir das auch als zerfeiert auslegen, und für die meisten Chinesen sehen wir eh alle gleich aus, ich gehe das Risiko ein: Taxi heranwinken - und ab nach Central. Und wieder einmal habe ich Glück, der Fahrer nimmt mich überhaupt nicht zur Kenntnis und telefoniert den ganzen Weg quer durch Hong Kong Island auf zwei iPhones gleichzeitig. Im Hotel laufe ich freundlich nickend am Nachtportier vorbei, auf mein Zimmer, wo ich als erstes ein eiskaltes Bier aus der Minibar in einem Zug meine verdörrte Kehle hinunterrinnen lasse.

Ausziehen, zweites Bier.

Dusche, Zähne putzen, ins Bett und weg bin ich.

Als ich am Samstag um zehn Uhr aufwache, Jetlag, Jetlag, Jetlag, sieht die Welt schon viel besser aus.

Und das sollte so bleiben.

Am Sonntag lese ich den Namen und die Story des Mannes in der South China Morning Post, und habe Frieden: Er war der richtige, seine Arbeitsstelle war eine derjenigen, die ich in der Wyndham Street gesehen hatte. Viel gibt die Story nicht her, nicht einmal, ob es sich bei seinem Tod überhaupt um „foul play" gehandelt hat, allerdings gibt es wohl Verdachtsfälle in Richtung diverser staatsanwaltlicher Untersuchungen und mysteriöse Verwicklungen – kurzum: Es ist alles sehr schwammig, der Mann war tot, und er war kein unbeschriebenes Blatt.

Das alles ist kein Grund, meinen vorher gefassten Plan, eine ganze Woche hierzubleiben, zu ändern.

Von den Leuten vor Ort kam dann auch nichts mehr, wozu auch.

Aber in die Blaue Libelle ging ich nicht wieder.

26.   Straßenseite

Man soll sein Glück nicht erzwingen oder aufhören, wenn es am schönsten ist oder, welcher Allgemeinplatz auch immer am passendsten erscheint, Murat machte sich nichts draus. Sein Nettowert war mir nie ganz klar geworden, aber er schien immer nach der Devise zu leben, dass immer irgendwas wegbrechen kann und somit jede sich bietende Gelegenheit zu ergreifen sei.

Ich kam jetzt seltener an einen seiner Treffpunkte, sah sein Management kaum noch und auch unsere früher zumindest sporadisch stattfindenden Treffen waren auf null gefahren. Ich lebte mein Leben, er lebte seines, und auch wenn ich mich nicht als Aussteiger sah, so hatte ich mittlerweile genügend Geld angesammelt, um den Rest meines Lebens, unseres Lebens, angenehm verbringen zu können. Meine Frau und ich verreisten zusammen auf kleiner Flamme, wie wir es uns früher immer vorgestellt hatten, fuhren ohne großen Aufwand alle zwei Monate für einige Wochen an Orte, die wir uns früher schon gewünscht hatten. Frankreich, Portugal, und machten im Sommer lange Segeltörns die Ostsee rauf und runter. Ich ging mit Freunden auf ausgedehnte Wandertouren in den Alpen und machte alle paar Monate einen Überseetrip, den ich meiner Frau als Kurierdienst verkaufte.

Nachdem ich einige Zeit nach meinem letzten Auftrag wenig von Murat gehört hatte, außer zwei Bürojobs hatte sich nichts ergeben, beschloss ich Jim zu fragen, wie der Stand der Dinge sei. Atatürk besuchte ich hin und wieder, setzte mich auch zu seinen Jungs in die Werkstatt, aber sie lebten ihr Leben und ich lebte meins, und auch mit Volkan hatte sich seit unserem Nummernschildergespräch keine weitere Zusammenkunft ergeben. Trotzdem waren alle froh, als ich kam und den obligatorischen Kasten des neuesten Craft-Biers in die Werkstatt schleppte. Man lachte über meinen blitzblanken Corsa, „sollen wir aufpimpen, Alter Mann?", lobte mein Outfit, Hawaiihemd, weiße Chinos und die obligatorischen Bootsschuhe, und ließ mich dann mit Jim allein.

„Alter Mann, was läuft?"

„Alter-Mann-Zeug, Jim, ich versuche, mein Erspartes unter die Leute zu bringen. Was Rentner so machen. – Aber egal, ich sehe, hier läuft es noch."

„Allerbest, deine Nachfolgerin hat sich selbst auf halbe Tage reduziert, ist einmal die Woche bei Lisa und synchronisiert, echt, so nennt die das, und hier rollt der Zaster rein wie immer."

„Alles sauber?"

„Es gibt keine saubere Werkstatt südlich der B5, das weißt du, aber ja, so halbwegs."

„Was macht die Familie? Lisa, Kinder, Eltern, Bruder?"

Alles war ok, und ich merkte, dass es wirklich nichts Neues zu berichten gab. Während es für mich aufregende Zeiten gewesen sein mögen, hat sich doch der Rest der Welt in seinem Hamsterrad gedreht.

„Jim, hörst du viel von Murat? Ich habe lange nichts mehr mit ihm zu tun gehabt, ist alles im Lot bei ihm?"

„Hör auf, Alter Mann, privat ist es sehr gut, die beiden lieben die Kinder und machen das supertoll, wir sehen die auch oft. Geschäftlich steht er mächtig unter Strom, diversifiziert in alle möglichen Richtungen, wir machen auch einiges mit ihm, aber das willst du nicht wissen. Ich sehe ihn heute Abend, soll ich ihm sagen, dass du gefragt hast?"

„Ja, sage ihm doch, dass ich morgen mal bei ihm vorbeikomme."

Und nach ein paar weiteren Belanglosigkeiten und Espressos machte ich mich wieder vom Acker.

Am nächsten Mittag kreuzte ich bei Murat auf. Die üblichen Manager hockten im vorderen Teil des momentanen Lieblingsrestaurants am Grindel, es war ein Kommen und Gehen, es gab auch hier die üblichen Frotzeleien, ich war allerdings ordentlicher angezogen, weil ich darauf spekulierte, mit Murat essen zu gehen.

„Alter Mann, lass dich umarmen, Mensch, ewig nicht gesehen, wir dachten schon, du magst uns nicht mehr, stimmt's Jungs?"

„Echt, Alter Mann, genau. Wir dachten schon."

„Oi, Alter Mann, was geht? Hast du neue Frau oder was, schickes Gewand."

„Stimmt, und immer noch Corsa und keine neue Rolex, was geht, Alter Mann, hast du teure Freundin? Oder willst du?"

„Hey, Alter Mann, hier, neuer Manager, René"

„René?"

„Ja, wollte er unbedingt. René, das ist der Alte Mann. Nie Alter, nie Mann, immer Alter Mann. Und nie sagen „alles gut", ich schwöre, das mag er nicht."

René war ein gutaussehender, sehr dunkler Typ mit so etwas wie Kajalstrichen unter den Augen. Nun gut.

Christoph jetzt: „Alter Mann, muss ich erzählen, ich bin jetzt im Fitness Club vom Vier Jahreszeiten."

„Wie hast Du das denn geschafft?"

„Hatte ja mehrfach mit richtigem Namen versucht, die haben mich nicht mal ignoriert, nichts, keine Redaktion. Dann habe ich ‚Christoph' genommen, und wohlklingenden

Nachnamen, und Bingo! Bekam Mitgliedskarte plus Gutscheine für dreimal kostenlos und Flasche Schampus."

„Wohlklingenden Nachnamen? Welchen denn?"

„von Thurn und Taxis."

Ich verschluckte mich fast an meinem Espresso.

„'ne Nummer kleiner ging nicht?"

„Wozu, Alter Mann? Wir haben das alle verfeinert hier, alles auf diese Pseudonamen, Mitgliedskarten, Nummernschilder, Monogramme auf Hemden, guck an hier."

Und tatsächlich, statt der sonst üblichen Gangstakluft trugen alle Leinenhosen, maßgeschneiderte monogrammisierte Hemden, Westen oder Blazer und rahmengenähte Budapester. Der eine oder andere eine Hornbrille, einige wahrscheinlich mit Fensterglas.

"Wie hast du denn Thurn und Taxis aufs Nummernschild bekommen?"

"In Schweden zugelassen, Alter Mann. CVTUT1. Ging ohne Weiteres. Plus ich bin jetzt mit der Fitness-Tante vom Vier Jahreszeiten zusammen."

"Nimmt die dir den Thurn und Taxis ab?"

Er röhrte. "Das nicht, aber sonst passte ich in ihr Beuteschema. Geh auch mal hin, Alter Mann, nicht immer nur Marathons. Ich sag ihr, dass sie auf dich aufpassen soll, extra."

Nachdem ich diese Stahlgewitter groben Bullshits über mich ergehen lassen hatte, nahm Murat mich grinsend beiseite und verließ mit mir das Büro.

„Da hast du was angerichtet mit deinem Vorschlag der Namensgermanisierung, aber wir haben das uns zum Vorteil gedreht, verdient einen Bonus. Du hast doch bestimmt Hunger, komm, wir gehen ins Rive, habe schon reserviert."

Auf der Fahrt dorthin sprachen wir über Unverfängliches, die Kinder, das Wetter.

Im Rive wurden wir von einem ohrenbetäubenden Knall empfangen, ein bedauernswerter Kellner-Azubi hatte ein Tablett mit Aperol Spitz für die Tafel in der Mitte des Raumen fallen lassen.

"Nicht hingucken," zischte ich den Nebentischen zu und grinste Murat an.

"Mittagsmenü?"

"Mittagsmenü."

Nach noch etwas Smalltalk bestellten wir und fuhren durch einen weiteren Knall hoch: Der arme Kellner hatte dieses

Mal unser Mineralwasser wie eine Bombe fallen lassen; wir ignorierten das, was uns seine ewige Dankbarkeit sicherte. Er lächelte und brachte uns unfallfrei Ersatz.

"Wie geht es dir sonst so, Alter Mann? Brauchst du Arbeit?"

"Hast du einen Job?"

"Ja, aber etwas anderes. Einen Konkurrenten von extern."

"Wie das? Ich dachte, du hättest hier ein Monopol" Ich wischte mit der Hand über halb Hamburg, zumindest über den Teil, den wir von unserem Fensterplatz aus sehen konnten.

"Na, nicht ganz. Ist gegen Kartellrecht."

Er hob sein Wasserglas und blickte mich aus seinen kalten Augen prüfend an.

Ich lehnte mich vor, fragte leise:

"Erzähl mir doch mal, wo das Problem liegt. Du hast doch die ganze Gegend automäßig in deiner Tasche, plus alle diese Läden in der Billstraße, dann hunderte von Kneipen und Restaurants und was weiß ich, zusätzlich alles, wo irgendwo ein Türke seine Hände mit im Spiel hat. Das ist nur das sichtbare Geschäft. Was weiß ich, was du mit Geldwäsche, Prostit..."

"Komm hör auf, Alter Mann, du weißt, dass ich keine Nutten und keine Drogen mehr mach."

"Na du nicht, aber doch bestimmt jemand, der an dich zahlt."

Er zupfte an seinen Manschetten.

"Zahlt Jim auch an dich? Müsste er doch."

"Bist du verrückt? Er ist mein Freund, der zahlt an die Russen."

Ich prustete fast mein Wasser weg.

"Russen? Ich dachte, er gehört zu dir?"

"Niemals Freundschaft und Geschäft vermischen. Mir war's ganz Recht, dass er damals an Volkan geriet."

"Volkan? Der ist doch keine Russe!"

"Na, dann eben Albaner oder Serben oder Kroaten, was weiß ich. Die hat Volkan da mit reingebracht."

"Aber der ist doch Meister-Mechaniker und hat die Mannschaft komplett im Griff. Inklusive der Russen, meinetwegen."

"Ja, das war Riesenglück, als der sich als Fachmann erwies. Umgedrehter Kollateralschaden, sosagen."

"Aber Volkan ist doch sauber."

"Kennst du einen sauberen Ex-Knacki? Ich nicht."

"Aber du hast ihm doch die Chance gegeben damals."

"Ja, indem ich ihn bei den Russen parkte. Oder Serben, egal. Das war als die Albaner auf den Kiez gingen, letztes Aufbäumen da, heute ist das alles Lifestyle-Business. Oder Rocker, hast du das gehört?"

Ich schüttelte den Kopf: „Was?"

„Früher fuhren die Rocker Harleys, und neulich erwischten die einen in einem Bentley. Bentley! Das war ein Nebenbuhler, die hatten sich wegen einer Ische. Die Braut lockt ihn raus, der andere fährt nebenher und schießt ihm anner Ampel in' Kopf."

Wir lachten und er hob die Hand.

„Moment, geht weiter. Dann Rache – die anderen überfallen deren Stammladen an der Reeperbahn, erwischen drei, die gerade zum Rauchen draußen sind, und einer will übern Zaun springen und bricht sich dabei ein Bein, den lassen sie leben. Das sind unsere Rocker heute. Gehen raus zum Rauchen. Springen über Zäune. Und dem, der die Schießerei beauftragt hat, dem legen sie einen Sprengsatz unter seinen Lambo, der ging dann auch hoch, allerdings zur falschen Zeit."

Er sah mich an.

„Alter Mann, mal ehrlich jetzt, was sollen wir davon halten? Soll ich davor Angst haben? Vor jedem einzelnen, ja klar, die sind fies, aber als Organisation? Ich weiß nicht…"

Er sinnierte kurz und nahm den Faden wieder auf:

„Wir verdienten alle genug, und ich wollte wissen, wo es lang läuft. Russen? Serben? Ich will das Geschäft sowieso nicht mehr, aber jetzt kommt so ein Arsch aus Dortmund und will hier was vom Kuchen ab."

"Was willst du nicht mehr?"

"Die Clowns vor meiner Tür."

"Das Management."

"Das Management. Die sind seit ein paar Monaten Franchisenehmer. Deswegen hatte ich so wenig Zeit, ich musste das eintüten, ich kriege nur noch Umsatzbeteiligung."

"Waaas?"

"Super-Modell. Ich habe zehn Jungs, unter denen habe ich alle Läden aufgeteilt, na ja, fast alle, gleichmäßig Schutzgeld, Shisha-Bars, Barbiere, den ganzen Scheiß, alles in allem macht das gut eine Million pro Woche, das macht für jeden hunderttausend, davon gibt mir jeder zehn Prozent ab. Verstanden soweit?"

"Gut. Jeder hat dann noch neunzig, davon verteilen sie auf ihre Krieger oder wie auch immer sie die nennen knappe vierzig, bleibt jedem dieser Clowns fünfzig die Woche. Netto. Ich kriege hundert. Dafür, dass ich das alles aufgesetzt habe und die Organisation steht. Alles ist diversifiziert, es kann selbst in einer üblen Krise nicht allen alles auf einmal wegbrechen. Machen Kneipen zu, machen Kioske auf. Und so. Außerdem Kredithaie, Personalvermittlung, waschen waschen waschen. Hehlerei."

"Und wie lange werden die dir diese zehn Prozent bezahlen, was meinst du?"

"Noch ein paar Monate, dann murren die ersten. Den Plan für danach habe ich auch schon: Dann verkaufe ich ihnen meine Anteile. Dann sind sie als Gesamtheit ihr eigener Franchisegeber. Eine gemeinnützige Genossenschaft mithin."

"Mithin?"

"Ja."

"Und für wieviel willst du ihnen das verticken?"

"Egal. Eine Jahresprovision."

"Jeder fünfhunderttausend, haben die das?"

"Nein. Aber ich denke mal, sie werden mir dreihundert bieten, und dann landen wir bei vierhundert. Mal zehn. Und dann mache ich etwas total anderes. Mehr in Dienstleistungen, fast alles sauber, nur ein paar krumme Dinger, und die im Finanzbereich.

Geldwäsche, Geld legalisieren. Apropos – da hätte ich was für dich, aber erst essen, yalla."

Nach dem Krabbencocktail gab es Fisch und ein weiteres Gläserattentat des zitternden Kellners, allerdings etwas weiter entfernt von uns, das war es dann aber auch, danach wurde er entweder sediert oder entsorgt.

Wir sprachen nicht weiter über Interna, bis Murat mich nach dem Essen fragte, ob ich noch etwas an der Elbe entlang gehen würde, er hätte etwas für mich, das wäre aber nicht für fremde Ohren, ich wisse schon.

Elbe war immer schön, das Wetter gut, wir marschierten Richtung Övelgönne.

"Ich habe einen Auftrag, der ist etwas speziell, ich fange von Anfang an. Du kannst dir denken, dass ich dich benutze, du bist Teil meines Dienstleistungs-Angebots an Abteilung eins."

„Dem legalen Teil."

Er grinste schwach.

"Ich stelle das Produkt am Markt zur Verfügung, bla-de-bla, du bist Kaufmann, du weißt, wie das geht. Ich bringe Angebot – ein Mord – und Nachfrage – den Wunsch nach Geld – zusammen, zahle dir, was du zum Glücklichsein brauchst und sacke den Rest als meinen Profit ein. Kleines Einmaleins. Mäxchen, der Profikiller."

"Jetzt aber will hier jemand rein, und auch wenn ich das Kartell bin, so bin ich nur mein eigenes Kartell, ich habe dir von den Russen oder Serben erzählt, dann gibt es die Zuhälter oder wie man die heute nennt, die Pornofilmer, die gesamte Branche, die hier in Hamburg sauber aufgeteilt ist, ach ja, und diese bescheuerten Clans, aber die sind in Berlin und im Ruhrpott prominenter, die kriegen hier kein Bein auf den Boden, tun immer nur so, aber außer Lambo fahren haben die nicht viel drauf, aber egal. Und nun will hier einer aus Dortmund rein. Nicht in alles, nicht sofort, aber der wird kommen wie ein Wespenschwarm und alle nerven. Dann kommt der mit seinen wilden Horden und bricht die lange gewachsenen Strukturen auf."

"Aber bisher war doch auch nicht immer Frieden bei euch."

"Nein, klar. Der Dealer gönnte dem Reinigungsabzocker seine leichtverdienten Tausender nicht, aber keiner hinderte ihn, selbst Reinigungen abzuzocken, aber eben nicht unsere. Und kaum fing der damit an, merkte der, wie schwer das war und dealte lieber wieder. Ja, mal gab es richtig Stunk, dann starb mal einer, aber du hast es selbst gesehen, hier in Hamburg wird selten einer umgebracht. Dafür sind aber die anderen Methoden brutaler als anderswo, aber zu Tode gefoltert? Hier?"

Er schüttelte den Kopf.

"Alter Mann, es ist einfach: Hier kommt ein Typ her, der muss weg, und dafür kriegst Du eine halbe Million."

Das nützte mir nichts, das hörte sich unmöglich an, ich sagte erstmal nichts.

Wir waren an der Strandperle angekommen, ich holte uns einen Kaffee und wir setzten uns in den Sand.

"Und nicht nur das, Alter Mann: Ich packe auf diese Summe noch einen Bonus von einer Viertelmillion drauf, und wir können das alles notariell als völlig legale Erbschaft deklarieren, Du zahlst Steuern und hast eine halbe Million offizielles sauberes Geld auf Deinem Volksbankkonto. Hm?"

Natürlich wusste ich, dass ich das machen wollte, das klang ok, aber ich wollte nicht übereifrig klingen.

Es gibt den Begriff des "man's crush" - das bedeutet, dass des Abschweifens völlig unverdächtige heterosexuelle Männer sich in meist öffentliche Idole vergucken, mit denen sie gern befreundet wären oder von denen sie zumindest, wenn es denn möglich wäre, gemocht werden wollen. Brad Pitt und George Clooney sind bestimmt der "man's crush" der halben männlichen Menschheit. Ganz so weit war ich bei Murat nicht, aber doch, ich wollte von ihm gemocht werden. Ich wollte die unschöne Szene mit dem Messer nicht vergessen, aber zumindest ungeschehen machen, ich wollte nicht an seine Brutalität und seinen Zynismus glauben, und ich wollte auch nichts davon wissen, dass er ein

Psychopath war oder zumindest ein janusköpfiges Charakterschwein, denn wer konnte die Kinder seines Bruders wie seine eigenen abgöttisch lieben, seine Freunde und Verwandten zärtlich umgarnen und dabei gleichzeitig seine Mitarbeiter, sagen wir lieber Leibeigenen, als erbarmungslose Geldeintreiber, Knochenbrecher oder gar gedungene Mörder missbrauchen?

Trotzdem: Ich wollte von ihm gemocht werden. Ob man das nun psychologisch hinterfragen wollte oder nicht. Es war mein frommer Wunsch.

Mein emotionales Gewitter ebbte schnell wieder ab, ließen wir doch mal die Kirche im Dorf: Bisher hatte ich alle Aufträge freiwillig erledigt, ich wurde nie zu etwas gezwungen, hatte mich schließlich aus eigenem Antrieb mit Murat eingelassen und war bis auf die Messerattacke nie selbst Opfer irgendeines Wutausbruchs geworden. Die es geben sollte, aber bei aller Schwätzereien seines namensmäßig eingedeutschten Managements – auf gewaltsame Weise war von denen noch keiner verschwunden, das hätte sich herumgesprochen. Obwohl…

Zudem konnte man Murats Führungsstil nach außen hin nur als kollegial beschreiben, er wurde nie laut und wusste seine Aufträge ohne Umweg so in die Gehirne der Befehlsempfänger zu platzieren, dass diese fast dachten, den Gedanken selbst gehabt zu haben.

Wahrscheinlich waren das alles nur Gewissenbisse von mir, befeuert durch die Aussicht auf einige sorgenfreie Jahre.

"Olaf?"

Ich drehte mich erschrocken zu ihm hin.

"Ja?"

Wieso nannte er mich "Olaf"?

"Du wirktest eben wie abwesend, wo waren wir?"

"Wir waren bei meinem sich füllenden Volksbankkonto."

"Richtig, aber nein, noch mal wegen Hong Kong."

Ich hatte zu Hong Kong nichts gesagt, „need to know"... Er wusste, dass ich aus Hong Kong zurückgekommen war, und mangels irgendeiner weiteren Information ging er immer davon aus, dass die Aufträge erfüllt waren. Meldung nur im negativen Falle, das hält das Geschnatter und Generve klein.

"Mission accomplished. Wieso?"

"Ja, das habe ich gehört. Der Auftraggeber war absolut "satisfied", sauberer Job, kein klarer Verdacht, aber doch exakt die gewünschte Unruhe innerhalb der community. Was hast'n da gemacht? Ich hörte nur irgendwas von "man-handling"? Du, Alter Mann?"

Im Trivialroman stünde jetzt, dass ein "spöttisches Lächeln seine Lippen umspielte", und so war es auch. Ich spiegelte das Lächeln und erzählte ihm den Ablauf der Dinge fast in Echtzeit, er saß mit offenem Mund dabei und bemerkte, als ich geendet hatte, als erstes: "Du solltest Bücher schreiben, Alter Mann. Donnerwetter, Herr im Himmel, Allmächtiger. Wie bist du denn so schnell darauf gekommen, den da runterzuschubsen? Stell Dir mal vor, der hätte sich im falschen Moment umgedreht oder da wären plötzlich Leute gekommen, von vorn oder von hinten?"

"Du denkst auch schon zu viel nach, so war es ja nicht. Ich habe mir das in zwei-drei Sekunden überlegt, mehr Zeit hatte ich nicht. Scheiß drauf."

"Lief das vor deinem inneren Auge ab? So ist das beim Boxen nämlich, diesem fiesen, du hast ja keinen, der aufpasst, du musst alles durchspielen."

"Ich glaube nicht, ich habe nur meine Aktionen durchgespielt, nicht die des anderen. Und dann kam die Dynamik der Bewegung, die Richtung, der absolute Wille und das alles ergibt Adrenalin, oder? Wenn nicht das, was dann?"

"Absolut. Ich hätte das nur nicht von dir gedacht. Ich war immer der Meinung, du machst das mit super Vorplanung, legst dir alles zurecht, und wenn dann was dazwischenkommt, dann verschiebst du es und alles geht von vorn los. Ich hatte dich nicht als spontan verortet."

"Ich bin nicht spontan, Murat, ich bin schnell."

"Keiner sagt, dass es anders ist. Der Auftraggeber lobt uns, ich lobe dich. 'Any time', sagt er. Wenn du mal wieder nach Hong Kong willst, er sorgt dann schon für den Bedarf."

"Alles klar, ich melde mich, aber wenn das Volksbankkonto legal gefüllt wird, dann würde ich gern etwas länger pausieren."

"Ok, dass Du aber bloß nicht einrostest. Aber eines noch – es ist doch wirklich außergewöhnlich, dass in all den Jobs bisher kaum etwas nach außen drang."

"Kriegst du immer Pressemappen deiner Auftraggeber oder woher weißt du das?"

"Die sagen mir das, trompeten das so raus. Aber hier, in diesen Fällen? Nichts."

Ich wusste es besser, als ihn zu fragen, wer diese Auftraggeber waren, insofern sagte ich nun nichts mehr und wartete.

Er setzte seinen Kaffee an, sein Gesicht wurde ernst, ohne an Leichtigkeit zu verlieren, und legte los:

"Zehnmal so viel Kohle, ich schätze dreimal so schwer, wenn's hoch kommt. Ein Typ plus sein Bodyguard, das steht für den Löwenanteil der Schwierigkeit, und dann eben, dass es hier in Hamburg sein muss, vor unseren Augen. Dortmunder Russe, oder Albaner oder Serbe, das wissen die oft selber nicht, glaube ich, schwingt sich auf, König vom östlichen Ruhrgebiet oder was ist das, Westfalen? zu werden. Kennt jemanden hier, der jemanden kennt, hat Kontakte, will auch hier investieren. Das wollen aber die Russenalbanerserben hier nicht, und sie fragen mich, was ich dazu denke."

"Und? Und überhaupt, gibt es hier auch mal anständige deutsche Verbrecher? Oder muss man dafür Migrationshintergrund haben?" Murat wusste, wie ich das meinte und lachte.

"Die Angels sind oft deutsch, bisschen Drogen, Hochfinanz, Juwelendiebstahl, Bigamie, Beamtenbestechung, diese Sachen. Gehen zum Rauchen vor die Tür… Meine Meinung dazu ist egal, du kennst meine These, ich denke mal, dass ich der beste und schlaueste hier bin, das denken die aber auch, und solange wir darüber nicht in Kriege verfallen, egal. Die Russen sind primitive Arschlöcher, die Serben Sadisten und die Albaner unmenschlich, aber wer ist das alles nicht? Und die Clans? Ha ha ha. Klauen Goldmünzen und lassen sich dabei erwischen. Alle denken von der Gegenseite dasselbe bla-bla, aber wir sind uns einig, dass das Leben hier schwer genug ist, außerdem bekriegen sich unsere Jungs teils schon heftig auf der Straße, aber das wäre immer so, langer Rede Sinn: Der Russe darf hier nicht her, wir wollen keinen aussem Pott oder sonstwie. Reden kannst du mit dem sowieso nicht, wollen wir aber auch nicht, der, den er kennt, der tut uns nichts und den lassen wir in Ruhe."

"Volkan etwa?"

"Nein, Volkan ist nicht mehr aktiv. Sollte er dir irgendwie einen Gefallen getan haben, dann war das wirklich ein Gefallen und würde ihn nur ein Lächeln kosten, aber er ist komplett sauber. War er dir was schuldig?"

Hemingway und Stephen King.

Ich lächelte und schüttelte den Kopf, und Murat ließ es ruhen.

"Der Punkt, Alter Mann, der Punkt ist, dass dieser Typ hierherkommt und denkt, dass er nur so Tourist ist, vielleicht bringt er ja seine Frau oder Freundin oder beide mit, aber er wird sich sicher fühlen, weil er ja nicht weiß, dass sein Kumpel hier nicht nur gequatscht hat, sondern alle Protagonisten eingeweiht sind. Ich habe jedenfalls sofort gesagt, dass ich das erledigen werde, dass es aber teuer ist. Den Rahmen kennst du, und noch zwei Dinge: Es ist riskanter, weil es Hamburg ist, bisher war da nur der Anwalt, der Bruder, und Horst, aber das war Norderstedt und Horst aus einer anderen Ecke. Das jetzt ist, und ich sage, wie es ist: Das bleibt an keinem von uns, deswegen du, wir werden alle bombenfeste Alibis haben, auch wenn wir alle unbescholten sind. So 'ne Sache kann Jahre schmoren, und dann kommt das irgendwie hoch, außerdem, so doof es auch klingen mag: Ich kenne sonst keinen, der das so kann wie du *und* zudem völlig unconnected ist. Egal, und dann gibt es wesentlich mehr Geld und du kannst dir den M.O. aussuchen. Was und wie du es machen willst. Du kriegst an Werkzeug, was du willst, alles sauber, nur keinen als Hilfe."

„Also wie immer."

„Wie immer, Alter Mann."

„Weißt du, wo er absteigt?"

„Vier Jahreszeiten."

„Natürlich."

Er zog seine Augenbrauen hoch, stand auf, klopfte sich den Sand aus den Klamotten und das Meeting war beendet.

„Ach, Alter Mann?"

„Murat?"

„Wir machen keine Gefangenen, was?"

„Nein, Murat. Wir machen keine Gefangenen."

Wir trennten uns da und dort, ich würde ihm irgendwie mitteilen, was ich brauchte und das wäre dann das.

Ein paar Tage später fand ich eine Glock 19 in meinem Corsa, mit zwei gefüllten 15er Magazinen, Schalldämpfer und einem post-it in Schönschrift: „Ist sauber, kann danach entsorgt werden."

Ja ja.

Vier Jahreszeiten war gut.

Nicht gut war, dass ich nicht wusste, wie lange der Kerl bleiben wollte. Es musste alles wieder möglichst schnell gehen.

Nochmal zu Murat: „Christoph hat doch diese Freundin im Hotel, finden wir da was raus?"

Murat versprach, das innerhalb von ein paar Stunden zu regeln und mir per Kurier zuzusenden. Abends lag ein Umschlag im Corsa: Hotel gebucht für drei Nächte, von Freitag bis Montag, eine Suite mit angeschlossenem Personalzimmer, man lernte nie aus, ganz oben mit Blick auf die Binnenalster.

Drei Nächte.

Ein Wochenende.

Ich meldete mich bei meiner Frau ab und zog in ein Hotel in der Nähe, an der Esplanade, ein paar hundert Meter entfernt. Ich hatte ein Zimmer auf der Rückseite, da konnte ich das Vier Jahreszeiten fast sehen.

Ich verließ mich auf meine gewohnte und bewährte Mischung aus Glück, Vorbereitung, gesundem Menschenverstand und Inspiration.

Ich kannte den Typen nicht, wusste aber, dass er mit Bodyguard und Freundin/Frau käme. Ich musste in den sauren Apfel beißen und warten, bis jemand, der wie das Polaroid aussah, im Hotel aufkreuzte. Ich setzte mich falsch herum auf eine Bank direkt gegenüber dem Hotel und wartete.

Bingo, wie es sich gehört, am frühen Freitagabend erschien ein irgendwie unpassender Fünfer BMW-Kombi mit Dortmunder Kennzeichen vor dem Hotel, auf der Beifahrerseite klar erkennbar das Ziel, am Steuer wohl der Bodyguard. Eine Frau war nicht dabei. Beide überraschten mich: Der Mann selbst war garantiert kein Russe, er sah aus wie das personifizierte Hanseatentum; weißes offenes Hemd mit Manschettenknöpfen, dunkelblauer Blazer, dunkelgraue Flanellhose mit Bundfalten, weinrote Slipper. Kein Rolextyp, eher einer für eine goldene Patek. Kurze Haare...aber während ich ihn so weiter studierte, kam mir kurz sein Bodyguard ins Auge, der auch nicht viel gefährlicher aussah, allerdings sehr groß und sehr breit zu sein schien. Freitagabend, ich trug meine klassische Plastiktüte mit meinem Arbeitsgerät aus Gründen des Vorbereitseins schon bei mir und bekam ein Déja Vu. Wie in Hong Kong könnte ich jetzt spontan zuschlagen, alles im Keime ersticken, wer auch immer mit diesen Leuten ins Geschäft kommen wollte, würde sie nicht einmal sehen, weil es sie nicht mehr gäbe. Volkan war es nicht, da war ich froh. Der Wagen stand auf der falschen, an der Alsterseite, nicht am Hotel gegenüber, der Beifahrer hatte seine Tür geöffnet und war im Begriff, auszusteigen und zeigte die klassische, fast rührende, Unsicherheit von einem Menschen, der für sich völlig simple Abfolgen noch nicht abgespeichert hat. In dem Moment war mir klar: Sie würden nie wieder falsch vor dem Hotel vorfahren, sie würden es nicht vermeiden, weil sie es gelernt hatten, sondern weil sie nie wieder hierher kommen würden, denn ich hatte wieder einmal die Gelegenheit beim, wie man so sagt, Schopf gepackt und sah die Baumreihe, die die Alster nur hier und da aufglitzern ließ, als perfekte Tarnung an, wer hätte denn ahnen können, dass diese Idioten falsch vor einem der besten Hotels Deutschland vorfahren würden, da sah man es mal wieder, trotz aller Eleganz waren es keine ehrbaren Hamburger, nicht einmal ansatzweise und während mir all das durch den Kopf ging, hatte ich die fünf Meter von meiner Bank zum Auto hin getan, wo mein Mann, ganz ungeduldiger Chef, seine Beine aus dem Auto gestreckt hatte, sonst hätte ich ja die Farbe seiner Schuhe nicht ausmachen können, egal, ich sah in dem Moment *meinen* Moment gekommen, denn keiner der wuseligen eilfertigen beflissenen Hoteldiener scherte sich einen Dreck um das, was auf der anderen Straßenseite geschah, und auch die Passanten, die hier vorbei kamen, kümmerten sich nicht um Hotelgäste, die zu blöd sind, den Eingang eines Luxushotels zu finden, zudem waren einige Fahrradfahrer unterwegs, und der Fahrradweg und die Bäume trennten den Fußweg von der Stelle, wo der BMW hielt, und ich hielt die schallgedämpfte Pistole meinem Mann ins Gesicht und drückte viermal ab, lehnte mich dann über den zum Glück nach innen und nicht nach außen sinkenden Körper, der sofort tot war und feuerte fast den ganzen Rest des Magazins in die breite Masse des Leibwächters, der seinen Auftrag in dieser Situation somit eindeutig verfehlt hatte. Amateur! Der Straßenlärm hatte das kalte Zischen der Schüsse weitgehend verschluckt, ich sah final ins Auto, alles erledigt, ließ die Pistole in der Plastiktüte verschwinden und zog Richtung Jungfernstieg ab. Erschreckend erschrockene Blicke würden erst kommen, wenn irgend jemandem auffiel, dass das Auto da etwas zu lange mit offener Beifahrertür im Halteverbot stand. Denn die Ironie der ganzen Geschichte, der wirklich befriedigendste Teil für mich war das Fehlen der Geräusche von schrill splitterndem Glas und das kreischende Pfeifen von zerfetztem Autoblech. Denn was war geschehen? Die Logik brach sich, wieder einmal, Bahn: Wenn in ein gepanzertes Fahrzeug keine Kugel von außen hinein kann, dann kann auch keine von innen heraus.

Wieder nichts. Keiner sah mich auch nur, den zwar sportlichen und modern angezogenen, aber doch merkbar grauhaarigen Herrn im frühen Rentenalter, der steten Schrittes aber schnappatmend diagonal den Neuen Jungfernstieg überquerte, rechts in die Colonnaden einscherte und schneller werdend diese nette niedliche Straße entlang zum Stephansplatz schritt. Dort hinein in die U1 Richtung Walddörfer, bis Ohlstedt, von dort, immer noch mit Plastiktüte, durch nette kleine Dorfstraßen, die man nie in Hamburg verortet hätte, an die dort noch als Rinnsal gluckernde Alster und sehen, wie ich meine kontaminierten Klamotten loswerden würde. Absolut spurlos würde das diesmal nicht gehen, da ich keinerlei Schutz gegen Blut oder Autodunst aufweisen konnte, aber so war es nun mal und auf den ersten Blick hatte ich nichts abbekommen. Ich hyperventilierte wieder mal, mein Herz schlug mir buchstäblich bis zum Hals, aber es passierte mir nichts, ich entsorgte die in fünf Teile zerlegte Glock samt Ersatzmagazin. Overall und Brille schleppte ich mit mir herum und warf das dann sorgfältig zerlegt in diverse städtische Abfallkörbe.

Ich fuhr zurück in mein Hotel, duschte, verrichtete meine üblichen Dinge mit meinen Klamotten und ging an die Außenalster, um in Pöseldorf etwas zu essen. Ich müsste jetzt bis Sonntag in diesem Hotel bleiben ohne jemals am Vier Jahreszeiten vorbeizugehen, man wusste ja nie. Die Chance aber, dass irgendjemand mich mit den brutalen Ereignissen in Verbindung brachte, war gering.

Sehr gering.

Am Montag ging ich zu Murat, der mich nur ansah, leicht den Kopf schüttelte und "Sache läuft" hauchte. Und ja, noch in der Woche rief ein Detektiv bei meiner Frau an, er hatte sich auf das ausfindig machen von Nachlassempfängern spezialisiert, yah-di-yah, dann kam der Notartermin, meine Frau war aufgeregt, wir gingen zusammen hin, eine entfernte Tante war gestorben und hatte mir ihr gesamtes Vermögen vermacht, achthunderttausendvierhundertdreiundneunzig Euro und null Cent.

Mir.

Nur mir, deshalb, so warnte der Notar, solle ich besser Stillschweigen bewahren.

Ausweise mussten gezeigt und kopiert, Bankinformationen gegeben, Steuererklärungen gleich an Ort und Stelle erledigt und schließlich, ach ja, Beileidsbekundungen angehört werden.

Zwei Tage später war der Betrag, minus des gleich an der Quelle angezapften Steuersatzes von fünfundzwanzig Prozent, auf meinem Konto.

Bei der Volksbank.

27.   Aus

Als ich aber später in einem Parkhaus in der Innenstadt parkte und dann nach dem Verrichten aller meiner Erledigungen in mein Auto steigen wollte, blickte ich in das schwarze Loch einer Pistolenöffnung. Dahinter stand ein Wesen in einem weißen Wegwerf-Maleranzug mit Plastiktüten an den Füßen und Latexhandschuhen. Ich sah, wie der Zeigefinger seiner rechten Hand sich langsam krümmte.

Dann wurde es dunkel.

28.   Erlöst

Und in Hamburg-Harvestehude, dem Kleinod in Alsternähe, machte Jennifer sich abendfertig. Die Kinder, ihre süßen Kinder, waren im Bett. Es waren nicht ihre eigenen, aber dass ihr Mann ihr einen Wunsch erfüllte, dessen Unerfüllbarkeit sie fast zerrissen hatte, das schmiedete ihren Bund noch enger zusammen. Sie würde alles für ihn tun.

Ich würde für dich töten, und ich würde für dich sterben.

Jennifer jedoch fasste von Herzen den weit weniger blutigen Entschluss, ihre Ehe nun endlich auch körperlich zu vollziehen. Sie wusste nicht genau, was Murat trieb, aber er meldete jeden Abend seine ungefähre Ankunftszeit per Telefon (alte Schule eben) und wäre bald zuhause.

Sie ging ins Schlafzimmer und wählte jede kitschige Zutat mit Bedacht. Rote Kerzen, Champagner, sanften Jazz, Chanel Nr. 5. Sie zog ein super-sexy Kleid an, verzichtete sichtbar auf jede Art von Unterwäsche und setzte sich rittlings auf einen Stuhl direkt gegenüber der Eingangstür.

Als sie Murats Auto hörte, durchfuhr sie der erste Schauer, von oben nach unten.

Als sich der Schlüssel im Schloss drehte, fuhr der Schauer von unten nach oben zurück und blieb auf halber Höhe stecken.

Als sich die Tür öffnete und Murat sie sah, wusste er, was die Stunde geschlagen hatte.

29.   Barrier Reef

In Australien aber trocknete sich ein Mann, der früher Rechtsanwalt in Hamburg gewesen war, der einen Zwillingsbruder gehabt und auf Bali als Barkeeper gearbeitet hatte und mit dem Besitzer dieser Bar, einem Indonesier namens Handoko, immer noch eng befreundet war, der dann auf romantischen Wegen nach Australien kam, sich durch Darwin biss und dann in Cairns eine mittlerweile gut laufende Bar aufmachte und sie aus Erinnerung an ein paar lustige Stunden in Hong Kong, und weil es ein toller Name war, "Die Blaue Libelle" nannte, der sich allen gierigen Lockungen widersetzte und es bei dieser einen Bar beließ, der eine Frau hatte, die ihn über alles liebte und es immer noch nicht fassen konnte, dass aus einem Urlaubsflirt ein anhaltendes Glück werden konnte, dieser Mann nahm, wie jeden Abend, ein billiges Klapphandy mit einer SIM-Karte aus Papua-Neuguinea aus seinem Barschließfach und sah, dass eine SMS eingegangen war. Von einem Absender aus der Türkei, die Nummer würde ab heute ebenso unbenutzt sein wie die aus Papua-Neuguinea. Die SMS enthielt nur ein Wort, auf Deutsch.

Er löschte die SMS und ging mit dem Handy in der Hand zum Strand. Es war dunkel. Auf dem Weg durch den noch warmen Sand nahm er die SIM-Karte heraus und steckte sie zwischen die Lippen. Er öffnete das Klapphandy und riss mit

314

einer blitzschnellen Drehbewegung den Deckel ab. Er ging am Strand entlang. Die Mülleimer würden erst morgen früh geleert werden. Er vergrub die untere Hälfte des Handys tief im zehnten Mülleimer, den Deckel im zwanzigsten. Die SIM-Karte hatte er noch in den Lippen. Er ging weiter und fand, was er gesucht hatte: In einer der vielen Barbecue-Stellen glühte es noch recht stark, was eigentlich streng verboten war, aber ihm war es recht. Er warf die Karte in die pulsierende Glut und sah, wie sie schrumpfte und langsam ihre Form verlor. Sie schmolz. Nach zehn Minuten nahm er sich den Eimer unter dem Grill, füllte ihn am Salzwasserhahn für sandige Füße und löschte vorsichtig die Glut.

Er hatte in einer Bar in den USA mal einen coolen Barkeeper gesehen, der am Gürtel ein langes Messer in einer schlichten schwarzen Lederscheide trug. Das war eine tolle Idee, aber in Australien, das in manchen Aspekten rigoroser war, als man dachte, wäre das etwas übertrieben, er hatte sich dann für einen Leatherman entschieden, der in einem ledernen Etui immer an seinem Gürtel steckte.

Er öffnete die Zange, suchte in der Glut herum und fand die metallenen Überreste der SIM-Karte. Er hielt das hauchdünne Stück in den Händen und zerriss es in kleine Teile, die er dann in eine Handvoll Sand steckte, und den warf er in scheinbarem Übermut und in hohem Bogen ins Meer.

Er meinte, im fahlen Mondlicht einige Metallstückchen, eher Späne, glitzern zu sehen, das konnte aber auch ein holder Traum gewesen sein.

Er ging langsam zu seiner Bar zurück und hob in grober Richtung Hamburg den Mittelfinger.

Er betrat seinen Laden, die Blaue Libelle, unter dem Absummen der James-Bond-Melodie und mixte sich mit automatischen Handbewegungen einen großen Martini.

Eiskalt, klar und crisp.

THE END

30.   Dank

Das ist mein erstes Buch, und ich danke allen, die mir vor, bei und nach der Erstellung nicht nur Mut zugesprochen, sondern auch mit Rat und Tat zur Seite gestanden und viele Scharten ausgewetzt haben, insbesondere Anne, Antonia und Lucy. Und May und Peter. Sowie den ersten Lesern Bärbel, Gunnar und Ingo. Helga für das Quasi-Lektorat nebst feedback. Sven für wertvolle Tipps, Caro fürs Titelbild und Bernd für unter die Haut gehende Inspiration. Susan for believing in me although she wouldn't read such brutal stuff. Ariane, Bärbel, Christian und Matthias für Abende, in denen es ums Lesen geht. Michael, der wohl noch mehr gelesen hat als ich. Stephen of course. Meinem Vater, der fand, dass immer mindestens ein Buch auf einen Gabentisch gehört. Meiner Mutter, mit der ich bis zum Schluss über Bücher sprechen konnte.

Am meisten aber meiner U-Ling, Uschi, die genau versteht, was ich mag und ohne deren Unterstützung, Kritik und starke Meinung das alles hier gar nicht ginge.

Die Blaue Libelle geht weiter.